# 巻き込まれ召喚!?
# そして私は『神』でした?? 2

A L P H A　L I G H T

まはぷる
Mahapuru

JN044733

アルフ… 文庫

セプ
エルフの里の長老。齢《よわい》二千を数えるハイエルフ。
大神官
教会の頂点に君《くん》臨《りん》する男。信仰心は誰よりも篤《あつ》い。
ネネ
タクミと一緒に召《しょう》喚《かん》された大学生。職業は聖女。

Characters
タクミ
先日定年退職した平凡な男。異世界ではなぜか若返っている。職業は『神』だが、本人はよくわかっていない。
ムカ
アンジー
旅の途中で出会ったやんちゃな子供。訳あって一人旅の途中。

目次

# 第一章　私と少年と海賊と

こんにちは。

斉木拓未《さいきたくみ》と申します。六十歳を迎《むか》えまして、ついに私も定年退職する番となりました。なにせ、いろいろとガタも出てきたこの老体、今後は穏《おだ》やかに余生を過ごそうと思っていたのですが……

一ヶ月と少し前、異世界なる場所に連《つ》れてこられ、穏やかどころか波乱万丈《はらんばんじょう》の毎日です。いきなり十万近くの魔物と戦うことになるやら、王様暗殺《あんさつ》の嫌疑《けんぎ》で賞金首として追われるやら、魔窟《まくつ》と呼ばれる魔物の巣に出くわすやらと、大わらわです。

肉体が若返り、〈万物創生〉なるスキルがなければ、早々に人生を辞《じ》することになっていたかもしれません。

とりあえず、定年後の第二の人生を異世界で送ることになり、知人も少しずつ増えました。

お世話になった町や村で、温かい人たちの支援《しえん》を受けながら、それなりに楽しくやっております。

そんな折、私の賞金首が免罪《めんざい》されたという話を聞きまして、一度、初まりの場所である王都カレドサニアへ戻ってみることにしました。

目的は、私と同じくこの異世界に連れてこられた、いまや三英雄と称《たた》えられる三人——『勇者』エイキに、『賢者《けんじゃ》』ケンジャン、『聖女』ネネさんに会うことです。

その道中でも、悪辣《あくらつ》なAランク冒険者パーティ『闇夜の梟《ふくろう》』に襲《おそ》われ、それを成敗したりと、のんびり旅情《りょじょう》に浸《ひた》るわけにはいかないようです。この異世界とやらは、本当に物騒《ぶっそう》ですね。

王都に着いた私は、首尾《しゅび》よく『賢者』ケンジャンに再会できたのですが……そこで聞かされたのは、私を賞金首の厄災《やくさい》から救ってくれたのが、今は王都を出た『聖女』ネネさんということでした。

ここでお礼のひとつも述べなくては、人としての義理に欠けるというものです。

次なる私の目的地は、『聖女』と崇《あが》められているネネさんが身を寄せる国教教会の総本山、ファルティマの都となりました。

◇◇◇

やっぱり、乗合馬車は揺《ゆ》れますねえ。

乗客をぎゅうぎゅう詰《づ》めにした荷台に揺《ゆ》られながら、私はファルティマの都に向かっています。

今度は少しでも旅情を味わうため、幌《ほろ》のないタイプの乗合馬車にしてみました。視界が開けて眺《なが》めはいい上、運賃も割安ときています。支出を抑《おさ》えたい私としても、ありがたい限りですね。

今回の乗り換《か》えは七回ほどと聞いています。

多いは多いですが、こちらでの移動とはそういうものなのでしょう。郷《ごう》に入っては郷に従《したが》えとも言いますし、急ぐ旅路《たびじ》ではありませんから、のんびり行きましょう。

途中には海峡《かいきょう》も挟《はさ》まれているそうですので、前回よりも旅らしいものになりそうですね。

馬車の歩みは、相変《あいか》わらずに牛歩《ぎゅうほ》のごとく。だからというわけではないでしょうが、道を足早に忙《せわ》しなく行き来している方々が目につきますね。

どうやら城下町でも見かけた冒険者ギルドの方々のようですね。あのときは、皆さん総《そう》出《で》でどなたかを捜《さが》しておられましたが、まだ見つかっていないのでしょうか。街道《かいどう》を行く人々に、声をかけて回っています。

その内のひとりと目が合いました。

あれは先ほど城下町で、私を誰かと間違えて声をかけてきたお嬢《じょう》さんですね。あちらも気付いたようでしたので手を振りますと、お嬢さんも笑顔で手を振り返してくれました。

なにかいいですね、こういうの。人と人との触《ふ》れ合いという感じで。

他にも城下町で見かけた数人の冒険者ギルドの方と笑顔を交わしつつ、乗合馬車はのんびり進んでいきます。

ラレントを出発した当初は、乗合馬車の想像以上の激《はげ》しい揺《ゆ》れに驚《おどろ》きましたが、人間慣れるものですね。今では、温泉宿のマッサージチェアのように思えてきます。眠《ねむ》くなってきました。

いつの間にかうとうとしていたらしく、知らずに天を仰《あお》いでいたところ、私の額《ひたい》を大粒《おおつぶ》の雨が打ち、目が覚《さ》めました。

空をどんより雲が覆《おお》ってしまっています。さほど時間は経《た》っていないように思えますが、このあたりは天候の移り変わりが激しいのでしょうかね。

などと考えている内にも雨足が強まりまして、本格的に雨模様《あめもよう》です。

私は手荷物もないに等しく、服が濡《ぬ》れる程度ですので構いませんが、他の乗客の方々――特に荷物を抱《かか》えている方は悲惨《ひさん》ですね。必死に雨から荷物を守ろうと、抱《だ》きかかえています。

『雨傘《あまがさ》、クリエイトします』

驚かせてしまうかと躊躇《ちゅうちょ》したのですが……出産の里帰りでしょうか、お隣《となり》に座る大きなお腹《なか》で、さらに大きな荷物も抱える妊婦《にんぷ》のお嬢さんを、濡れ鼠《ねずみ》にしておくわけにはいかないでしょう。

「……ありがとうございます」

「いえいえ。お気になさらずに」

他の乗客さんを含めて、少々驚かれてしまいましたが、そういったスキルであることを説明しますと、すんなり納得してもらえました。

やっぱり、こちらではこの〝スキル〟というものは、一般常識として浸透《しんとう》しているのですね。

まあ、私のスキル――複製系とやらは、かなり珍《めずら》しい部類に入るようですが。

「おや？　ああ、またですか。ぽちっとねっと……」

またもや例の『はい　いいえ』の選択肢が出る表示窓です。いつも突然出てきますから、とりあえず『はい』を押して消しています。いまだに正体《しょうたい》不明ですが、なんなのでしょうね。

「……どうかされましたか？」

「いえ、こちらのことで。お気になさらずに」

「え？　……はぁ」

しばらく傘《かさ》をさしていましたが、雨音はますます強まるばかり。私は半身、他の乗客さんたちは全身が、雨でびっちょりです。

こうなりますと、他の乗客さんたちからも無言の要求が聞こえてくるようですね。

『ビーチパラソル、クリエイトします』

仕方ないので、大きめの傘に変えてみました。日傘ですが、一時凌《しの》ぎとしては問題ないでしょう。

三メートルはありますから、客席の大部分はカバーしていますが、それでも一部の方々は濡れてしまっています。御者《ぎょしゃ》さんまで、こちらをちらちら見ています。あなたもですか……。

結局、私が客席のど真ん中に居座《いすわ》り、両手にビーチパラソルを掲《かか》げることにしました。これでどうにか、御者席を含めた乗客席はすべてカバーできました。中心の私だけは、傘と傘の隙間《すきま》で濡れっ放しですが。皆さん、喜んでおられるようですから、良しとしましょう。

雨はほどなく止《や》みましたが、そんなこんなで乗客の皆さんとは、かなり仲良くなりました。お土産《みやげ》などもいただいたりしまして。

それからしばらくして、もうすぐ乗り換え場所の村近くに差しかかるというところで、乗合馬車が数台ほど渋滞《じゅうたい》していました。

異世界で信号待ちはないでしょうから、なんらかのトラブルですかね。

乗合馬車を降りて確認してみますと、前方で大型の馬車が横転《おうてん》しており、道の大部分を塞《ふさ》いでしまっていました。見たところ、人的な被害はなさそうで一安心なのですが、これでは後続《こうぞく》の馬車が通り抜けられませんね。

十人ほどの恰幅《かっぷく》の良い男性陣《じん》が、馬車を押して路肩《ろかた》に寄せようと躍起《やっき》になっているものの……馬車は板金で補強《ほきょう》された年季入りのもので、相当な重量があるせいか、なかなか上手《うま》くはいかないようです。

「お手伝いしますよ」

「おおよ、アンちゃん、助かるわ！　そんな細っこい腕でも少しは足《た》しになんだろ」

いえいえ、あなたの丸太のような腕と比べられましても。

とりあえず、人壁《ひとかべ》の真ん中付近に入り込める隙間《すきま》がありましたので、身を押し込めます。

「んじゃ、アンちゃんもいいな⁉　皆も、もう一回行くぞ‼　せぇーのぉ――！」

掛け声に合わせて、私も思い切り押してみました。

どぉん！

「「「…………」」」

馬車が吹っ飛んで――道脇《みちわき》の大木に直撃したかと思いますと、木端微塵《こっぱみじん》になってしまいました。

少し遅《おく》れて、その大木もめきめきと音を立てて倒壊《とうかい》します。

……さすが皆さん、見た目通りの並々ならぬ腕力ですね。力を合わせればここまでとは。感服《かんぷく》してしまいます。

道が空《あ》き、順番待ちとなっていた馬車の列が、続々と通過していきます。

壊《こわ》れた馬車に乗車していたと思《おぼ》しき方々が、別の馬車に次々と同乗していくのも、もはや見慣れた光景ですね。

私も乗っていた馬車に戻ろうとしたのですが……道端《みちばた》にひとり佇《たたず》んでいる少年の姿が目に入りましたので、足を止めました。

「その小僧は、今の馬車に無銭《むせん》乗車してた文《もん》なしだよ。この状況じゃあ、役人に突き出すのだけは勘弁《かんべん》してやろうってことになってな」

親切な方が教えてくれました。

警察に通報することに目を瞑《つぶ》ったとしても、次の馬車にまで無銭乗車させるほど甘くはない、といったところなのでしょう。少年には可哀相《かわいそう》ですが、その言い分は仕方のないことですね。

「あら。あなたは乗らないの？」

「ええ。乗り換え場所も近いですから、私はこの子と一緒に行くことにします」

だったら私ひとりくらい、この少年に付き合うのもいいでしょう。どうせ急ぎ旅でもないわけですし、なにより村に近いとはいいましても、子供のひとり歩きは物騒ですから。

「物好きだねえ」

「はは。お気遣《きづか》いいただき、ありがとうございます」

「あんたには世話になったからな。見かけたときには声かけてくれよ？」

先ほどまで同乗していた乗客の方々に、いろいろと声をかけられました。ありがたいことですね。

馬車を見送ってから、少年のところに行ってみます。

十歳くらいでしょうか。オーバーオールにでっかい帽子《ぼうし》を目深《まぶか》に被《かぶ》り、俯《うつむ》いています。幼いながらに身なりはきちんとしていますので、大人の保護《ほご》下にあるとは思いますが、どうして無銭乗車など……

「こんにちは、ぼく」

「……なんだよ。無銭乗車がそんなに珍しいかよ？　お、ち、ちゃんよぉ!?」

帽子《ぼうし》の下から不敵《ふてき》な笑《え》みで睨《にら》まれます。

「いえいえ、そんなつもりはありませんよ。ただ、子供ひとりでは危《あぶ》ないですからね。単なる老婆心《ろうばしん》です」

微笑《ほほえ》みで返しますと、少年は意表を突かれたように驚いた様子で、なにやら戸惑《とまど》っていました。はて。

「憐《あわ》れみかよ。いい人ぶって、上から目線で自己満足たぁ、いい趣味《しゅみ》だな？　お、おっちゃんよぉ！」

うん、子供ながらに難《むずか》しい言葉を知ってるんですね。

ちょっと無理した跳《はね》っ返り気味な態度が、微笑《ほほえ》ましくてなりませんね。

しばらく、にこにこしていますと、少年は諦《あきら》めたように嘆息《たんそく》しました。

「どうしました、ぼく？」

「……わかったよ、オレが悪かった。あんた、多分いい人だ。今のはオレの八《や》つ当たりだよ。兄ちゃん」

このくらいの幼い子に「兄ちゃん」呼ばわりされるのは、物凄《ものすご》い違和感《いわかん》がありますね。

「……できれば、さっきみたいに、おっちゃんでいいのですが？」

「はあ？　なんでだよ！　普通は兄ちゃんくらいの歳《とし》で、おっさん呼ばわりは嫌がるもんだろ⁉」

「では、じいちゃん、とでも」

「悪化してんだろ⁉」

なにかおかしなことを言ったでしょうか。少年は疲れたように肩で息をしています。

「ぼく、大丈夫ですか？」

「兄ちゃんは、いい人じゃなくって、変な人なんだな。逆に下心もなさそうだから、安心したよ。でも、子供扱《あつか》いはやめてくれよな。オレにはアンジェ――アンジーって名前があんだから」

「アンジーくんですね。私はタクミです」

「タクミ兄ちゃんね。わかった」

「それで、どうして無銭乗車などを？」

「……いやあ、兄ちゃんはやっぱ変な奴だよね。普通なら聞きにくいことをずばっと……」

「いえね。なにか理由がありそうですので。見たところ、アンジーくんは可愛《かわい》くて素直そうないい子です。止《や》むに止《や》まれぬ事情でもあったのではないかな、と」

「頭、撫《な》でんなよ。帽子《ぼうし》がずれるだろ」

おっと、無意識に手が出てしまっていました。

このくらいの歳になりますと、どうも子供は皆、孫《まご》のように見えてしまって仕方ありませんね。もし、私に子がいたら、孫がいたらと、ついつい夢想《むそう》してしまいます。

「人のこと、可愛《かわい》いとか素直そうとか、照《て》れもなく……なんか、兄ちゃんはオレの祖父《じい》ちゃんみたいだな」

「お祖父《じい》さんですか？」

「うん。優《やさ》しくて大好きだったんだけど……一昨年、死んじゃった。まだ五十七歳だったのに、病気で……」

私より年下ではないですか。こんな小さなお孫さんを残して亡《な》くなられるとは、さぞや無念だったでしょう。

気付いたら、また頭を撫《な》でてしまっていましたが、今度は嫌がられませんでした。

「でしたら、私がアンジーくんのお祖父《じい》さんの代わりになってあげましょう」

「えええ？　その歳で、それはさすがに無理あるよ！　兄ちゃんでいいじゃん！」

そうですか。がっくしです。

「それで、兄ちゃん。虫のいい話だとは思うんだけど……次の村まで行ったら、お金貸してくれないかな？　絶対に返すから、この通り！　オレは急いでアダラスタに行かないといけないんだ！」

アダラスタ――港町ですね、たしか。

目的地であるファルティマの都までの行程を調《しら》べた際に、乗合馬車の路線図で見かけた覚えがあります。私の向かう予定の港町のミザントスとは、だいぶ距離《きょり》のある町ですね。ですが――

「アダラスタまでの道順は知っていますか？」

「え？　何度か馬車で往復《おうふく》したことがあるから、知ってるけど……？」

「それは上々ですね。アンジーくんにはお金ではなく、足を貸しましょう」

『サイドカー、クリエイトします』

「わっ⁉　なにこれ、かっけー！」

ふたり乗りといえばこれでしょう。特撮《とくさつ》ヒーローの御用達。

私も特撮ヒーローに憧《あこが》れて、親や友達に内緒で自動二輪の免許を取ったものです。

自動車免許の取得まで、バイクにはなにかとお世話になりました。昔取った杵柄《きねづか》というやつですね。

「では、ナビをお願いしますね、アンジーくん」

ついでに創《つく》り出した指ぬきグローブを装備《そうび》しまして、私とアンジーくんを乗せたバイクは、新《あら》たな目的地、アダラスタの港町へと向けて発進しました。

◇◇◇

冒険者ギルド、カレドサニア支部のギルド長執務室《しつむしつ》――

デスクの椅子《いす》の背もたれに上体を預け、天井を見上げるギルドマスターに対面しているのは、報告に来室した事務局長である。

いくつもの資料を手に、事務的に報告を続ける事務局長だったが、お互いの表情からも、その報告が芳《かんば》しくないことは容易《ようい》に窺《うかが》える。

「――以上により、王都内の〝タクミ〟なる人物の存在は、認められませんでした」

最後には、そう締《し》めくくられた。

すでに捜索《そうさく》開始から丸三日が経過している。

今回のこの捜索事案は、大多数のギルド職員にとっては有能な人材のスカウトの域を出ない。だが、このカレドサニア支部内で唯一真意を伝えられているふたりにとっては、その落胆《らくたん》は他の職員の比ではない。

自分たちの進退――それ以上に、冒険者ギルド全体の威信《いしん》がかかっている事案といっていい。

臨時《りんじ》で一般の捜索人も雇《やと》い入れ、さらには近隣《きんりん》の冒険者ギルド支所からも応援を回してもらい、実に千人態勢での捜索だったのだが、あえなく空振《からぶ》りに終わっていた。

王都は人の出入りが激しい割には、長く滞在《たいざい》する者は少なく、ゆえに彼らを調べるのは容易《たやす》い。となると、件《くだん》の人物はすでに王都を立ち去ったと考えるのが妥当《だとう》だった。

それを見越《みこ》して、あらゆる街道に人員を配置し、完璧《かんぺき》に近い包囲網《もう》を敷《し》いていたはずなのだが。

「ですが、有力な情報もいくつか得ております。情報と酷似《こくじ》する人物が、ファルティマの都に向かう道を尋《たず》ね歩いていたとの目撃証言が」

「ファルティマというと南西か？　王都からそちら方面の道という道には、特に人員を割いていたはずではなかったか？」

「それがその、どうも例の〝タクミ〟なる人物を、乗合馬車の停留所で見かけたという情報も……」

ギルドマスターの目が大きく開かれる。

「くっくっ――ははっ！　ではなにか。彼奴《きゃつ》めは我々の捜索網の只中《ただなか》を、堂々と正面《しょうめん》切って突破《とっぱ》していたと？」

「遺憾《いかん》ながら……そうなります。これは協力を募《つの》った、捜索系スキルを持つ冒険者から得た情報と、方角的にも合致《がっち》します。可能性は非常に高いかと」

「なんたる切れ者――そして、なんたる豪胆《ごうたん》さなのだ。こちらの目論見《もくろみ》など、いとも容易《たやす》く看破《かんぱ》され、裏をかかれたようだな。どうやら、相手は想像以上の傑物《けつぶつ》らしい。いや、仮にもSSランクをも上回《うわまわ》るかもしれない英傑《えいけつ》だ。当然なのかもしれないが……ただ、こうも見事にしてやられるとは。もはや笑うしかないな！」

そう言いながらも、ギルドマスターの顔は笑っていない。

世界に轟《とどろ》く冒険者ギルドの支部を任《まか》されたギルドマスターの称号を持つ者だけに、このまま黙《だま》って引き下がるほど凡庸《ぼんよう》な人物のわけがない。

「王都からファルティマに向かうとなれば、必ず海峡を渡る必要がある。そのためには、いいいい、ミザントスの港町からの渡し船を利用するしかない……あそこにはギルドの支所があったな？　すぐに通信システムを用《もち》いて、腕利《うでき》きの冒険者を集め、身柄《みがら》を押さえるように通達せよ！」

「はっ！　承知《しょうち》いたしました、ただちに！」

「くくっ。いかに我らを出し抜こうとしても……こちらには移動速度を圧倒的に上回る通信網がある。さて、これでどう出るかな？　いまだ相見《あいまみ》えぬ切れ者の強者よ……」

事務局長が去った執務室で、ギルドマスターは静かにほくそ笑んでいた。

◇◇◇

南の辺境《へんきょう》、ラレントの町に、今まさに旅立とうとする冒険者パーティがあった。

彼らはパーティ名を『青狼のたてがみ』といい、今や一部で時の人となった面々だ。タクミの倒した魔物のせいで評価が上がり、図《はか》らずもSSランクになってしまったのである。

「王都支部からの最新情報。例の子は、ファルティマの都に向かってるんだって」

「助かります。キャサリーさん」

SSランクパーティ、『青狼のたてがみ』のメンバー――リーダーの剣士カレッツ、盗《とう》賊《ぞく》のレーネ、エルフの精霊使いフェレリナの三人を見送るのは、冒険者ギルドのラレント支所受付嬢のキャサリーだ。

「ごめんなさいね。私があのときに気付いていたら……それ以前に、最初に彼がギルドに来てくれたときに満足に応対していたら、こんなことにはならなかったんだけど」

「それは違うって、何度も言ったじゃないですか」

彼らが再度ペナント村を訪問したとき、タクミはすでに村を去った後だった。

それどころかよくよく聞くと、彼らが最初に村を去った翌日にはタクミも村を出ており、意図的か偶然《ぐうぜん》か、このラレントの町にやってきていた。先に出発したはずの、彼らが到着する三日も前に。

キャサリーの姉、キャシーの話によると、冒険者ギルドでのランクアップ騒動《そうどう》の際にも、ギルドの隣の仕事斡旋所《あっせんじょ》に居合《いあ》わせていたらしい。

同じ町で何日も過ごしながら顔を合わせることもなく、ついには隣で寝泊まりするタクミに会いに、はるばるペナント村まで出向くという……結果的には笑い話にもならない始末。これにはさすがに三人揃《そろ》って項垂《うなだ》れた。

キャサリーを通じて知らされたところによると、タクミを冒険者として勧誘し、パーティに引き入れることが、冒険者ギルド本部の意向らしい。

普段、冒険者が自由な冒険稼業《かぎょう》を行なっていることもあり、世間からはいまだにギルドは支援組織と思われがちだが、その本質は管理組織だ。

滅多《めった》にないが、いったんギルド側《がわ》から依頼という名目の指令が発せられれば、冒険者に引き受けないという選択肢はない。

ただし、そんな依頼がなかったとしても、彼らにはもう一度タクミに会いたい気持ちが三者三様《さんしゃさんよう》にある。

特にリーダーのカレッツは、他人に誇《ほこ》れないSSランクとなってしまって以降、忸怩《じくじ》たる思いで過ごしてきた。パーティとしてランクアップしていくことは、三人でパーティを組むようになってからの悲願《ひがん》だった。それが他人の力であっさり世界最高位になってしまい、ランクに中身の伴《ともな》わない体《てい》たらく。冒険者として、情けないにもほどがある。

それに、タクミにも謝《あやま》らないといけない。

彼が三英雄のひとり、『勇者』ではないことは、すでに判明している。

しかし、その秘められた実力は本物で、なんでも、非道《ひどう》を働いていたAランクパーティ『闇夜の梟《ふくろう》』の捕縛《ほばく》に貢献《こうけん》したらしい。

『闇夜の梟《ふくろう》』というと、実績と実力に秀《ひい》でた、冒険者の間ではかなりの著名《ちょめい》なパーティだ。彼らをたったひとりで降《くだ》したとなると、凡人《ぼんじん》であるわけがない。

素性《すじょう》は知れないにしろ、それほどの実力を有していながら、これまで表に出てこなかったとなれば――なんらかの事情があり、あえて秘匿《ひとく》していたに違いない。

それを意図せずとはいえ、暴露《ばくろ》してしまったのは自分たちなのだ。おかげで、あの気のいい青年は、今や犯罪者かお尋《たず》ね者のような扱い。彼がどれほど心を痛めているか、想像に難《かた》くない。

まずは彼に会い、謝る。そして、追加報酬《ほうしゅう》として得た金貨千枚全額を渡す。すべてはそれからだ。

冒険者ギルドの意向は関係なく、冒険者になることを勧《すす》めて断《ことわ》られたら素直に諦《あきら》めるつもりだ。ギルドから責任を取ってパーティを解散しろといわれたら大人《おとな》しく従う。円満解決とはいかなくても、それで時間が経てば、都市伝説になってやがて忘れ去られるだろう。

「さて、出発だ」

カレッツは幌《ほろ》馬車の御者席に。レーネとフェレリナは荷台へと、それぞれ乗り込む。

決して安くはない馬車は、冒険者パーティとしてのステータス。念願だった購入《こうにゅう》資金が貯《た》まり、その最初の旅路がこれとは、まったく皮肉なものだ。

今のところ、タクミは難《なん》を逃れていると聞く。

しかし、王都を拠点《きょてん》とする冒険者ギルドも、威信をかけて追っ手を放っているだろう。

Aランクを降《くだ》した相手が、追っ手程度にどうこうされるとは考えにくいが、世の中にはさらに上位の、本物のSランクやSSランクの冒険者も存在する。万一、そんな人外《じんがい》の連中が、手段を問わずに捕縛《ほばく》に乗り出してきたら、どうなるかわからない。

だがカレッツらには、顔見知りというアドバンテージがある。

それに、王都カレドサニアからファルティマの都までの行路では海峡を挟むが、ラレントからなら陸続きの上、距離的にもずっと近い。首尾よく先回りすることも可能だろう。

こうして、ＳＳランクパーティ『青狼のたてがみ』を乗せた幌《ほろ》馬車は、冒険者ギルドと目的地を同じくして、だが別ルートでもって、ラレントの町を旅立ったのだった。

◇◇◇

制限速度はありませんので時速百キロ程度で走行し――目的のアダラスタの港町まで、乗合馬車の通常運行で五日かかるところを、翌日の昼前には到着してしまいました。

それも、創ったログハウスで一晩休んでからのことでしたから、実際にはものの三～四時間ほどで着いてしまったわけです。

アンジーくんは寝ているとき以外は始終《しじゅう》、興奮《こうふん》しっ放しでしたね。

私も、何十年ぶりに自動二輪に跨《また》りまして、身だけではなく心も若返った気分です。

朝焼けの海沿《ぞ》いの道を、潮風《しおかぜ》に吹かれながらバイクで進むなどロマンですね、やっぱり。

港町というからには、私としては勝手に演歌に出てくるような寂《さび》れた港町を想像していたのですが、意外にもかなり栄《さか》えていました。

さまざまな建築物が所狭《ところせま》しと立ち並び、貿易港といった風情《ふぜい》ですね。

「ありがとー、タクミ兄ちゃん！　まったねー！」

アンジーくんは人に会う大事な用があるとかで、町に入ってすぐに別れました。

すごい素直な元気いっぱいの様子で、昨日出会った際のつっけんどんとしたさまが嘘《うそ》のようです。あれはあれで、子供らしくてよかったのですが、やっぱり率直な子もいいものですね。

年齢を超《こ》えた男同士として、短いですが一緒に楽しい時間を共有したおかげでしょうか。

結局、ここを目指した詳《くわ》しい目的などを問い質《ただ》すことはしませんでしたが、それでよかったのかもしれませんね。

子供とはいえ、自我《じが》を持つ一己《いっこ》の人間。独自《どくじ》に考えて行動することもあるでしょう。

そこに大人がしたり顔で土足で踏《ふ》み入るのはよくありません。大人の役割は、助けを求められたときに手を差し伸《の》べることくらいでしょう。なるべく、そんなときが来ないのを祈るばかりです。名残惜《なごりお》しいですが、また会うこともあるかもしれませんね。

ひとり旅に戻ってしまいましたが、やるべきことは変わりません。

少々、順路を変更してしまったものの、目的地がファルティマの都なのですから、どのみちどこかで海峡を渡る必要があります。でしたら、当初予定していた港町のミザントスでも、ここアグラスタでも、さしたる違いはないでしょう。

そう思い、まずは町中をぶらぶらと散策《さんさく》していたのですが、なにか言い表しにくい……どんよりというか、どうもピリピリした空気が流れているように感じます。

こういった漁港のある町でしたら、イメージとしては魚市場の競《せ》りのような、活気あふれる威勢《いせい》のいい声くらい聞こえてきてもよさそうなものですけど。

それに……海に隣接《りんせつ》した港町にしては、魚介類を取り扱う光景を見かけませんね。道行く猫ですら魚を咥《くわ》えていませんよ。おかしくないですか、これ。

もしかして、そこらへんが、この町の異様な雰囲気《ふんいき》と関係あるのでしょうか。

そういえば、昔は行商をしていたという、先日馬車でご一緒したラミルドさんの話を思い出しました。初めての土地でなにかに迷《まよ》ったら、その冒険者ギルドに足を運ぶのがセオリーだそうです。冒険者ギルドは性質上、情報が集まりやすいとのこと。

海峡を渡る方法も訊《き》かないといけませんし、ここは先人の知恵にあやかり、冒険者ギルドへ行ってみることにしましょう。

冒険者ギルドは、大抵は町の中心の目立つ場所にあるのだとか。これは、その地に初来訪した冒険者が、ギルド探しに戸惑わないようにするための処置だそうです。

とにかく、人通りの多いほうに向かって歩きますと――本当にありましたね、冒険者ギルド。

平屋ですが立派な造《つく》りの建物で、掲《かか》げられた大きな看板に『冒険者ギルド　アダラスタ支所』の文字が躍《おど》っています。荒事《あらごと》専門な冒険者さんの拠点だけに、粗野《そや》っぽいのが味になっていますすね。

規模《きぼ》としては、ラレント支所よりもふた回りほど大きいでしょうか。あちらは元は酒場を改築《かいちく》したものだそうですから、仕方ないのかもしれませんが。

ただ、入り口が西部劇の酒場ふうなのは変わらないのですね。

観音開《かんのんびら》きの扉を潜《くぐ》りますと、熱気に溢《あふ》れ――とはいきませんで、意外にも外観《がいかん》と違い、人もまばらで寂《さび》れた感じがしました。

こちらも飲食店といいますか、酒場を兼業《けんぎょう》されているようで、ふたテーブルほどがお客さんで埋《う》まっており、それぞれ五人くらいの方々が、真昼間からアルコールのジョッキ片手にでき上がってしまっていますね。ですが、盛《も》り上がっているとはいいがたく、なにやら不穏《ふおん》な雰囲気《ふんいき》です。

「おーおー、兄ちゃん！　まさかそんなヒョロイなりして、冒険者とかいわねえよな⁉」

「冒険者希望でもやめとけや⁉　すぐに死んじまうぞ！　ぎゃっはは！」

片方のテーブルから、野次《やじ》が飛んできました。飛ばされているのは私なのでしょうね。

「まさか。単なる通りすがりの者ですよ。荒事《あらごと》はからきしでして」

「……けっ。だろうな。つまんねー」

すぐに私に興味をなくしたみたいで、彼らはまた飲酒に興《きょう》じてしまいました。

「よかったな　あんた。連中に絡《から》まれないで」

店内のカウンターの中にいるバーテンダー……かと思ったのですが、着ている服は冒険者ギルドの制服のようでした。

「冒険者ギルドの方ですか？」

「一応ね。ここ二ヶ月ばかしギルドの仕事のほうは、ご覧《らん》の通り閑古《かんこ》ってるけどな。そろそろ本格的に、自分が酒場のマスターじゃないかって思いはじめてきたところさ。もしかして依頼かい？」

「いいえ、そういうわけではないのですが……」

「だろうね。今のアダラスタじゃあな。ま、座りなよ。なんか飲むかい？」

「では、お水でもいいですか？」

「おいおい！　水だってよ⁉　酒場で水とか、舐《な》めてんのか、てめー⁉」

先ほどの方々から、即座に野次《やじ》が飛んできます。

どうも見ていない振りをして、動向を注視《ちゅうし》されているようですね。

「では、あちらの方々と同じものでお願いしますね」

「……なんだよ。つまんねー」

またあっさり鎮静化《ちんせいか》しました。

出されたエールをちびちび飲んでいますと、マスター――ではなく、ギルドの職員さんが、小声で告《つ》げてきました。

「……あんた、すごいスルー能力だな？　連中、まともな仕事がなくてイライラしているもんだから、誰彼構わず難癖つけて暴れようとするんだよ。下手に応対したところで、いつもだったらすぐに喧嘩《けんか》になってるんだがね」

「へえ、そんなものなのですか。物騒ですね。イライラしているといいますと、町のほうもそんな感じでしたが、なにかあったのですか？」

「ああ、そうか。あんたは余所《よそ》から来たんだったな。じゃあ陸路《りくろ》だよな。なんの用かは知らないが、こんな辺鄙《へんぴ》な場所まで、遠路《えんろ》はるばるご苦労なこった」

「余所《よそ》から来たから陸路って、どういうことです？」

「知らないのか？　二ヶ月ほど前から、町の生命線というべき海路《かいろ》を海賊に封鎖《ふうさ》されていてな。船に頼《たよ》っていたせいで、物資も人の流れも途切《とぎ》れててよ。不足する物資を陸路で運《うん》搬《ぱん》しようにも、数倍もの費用が掛かる。そうなりゃ物価も上がり、人だって離《はな》れていくだろ。さらに漁にすら出られない有様《ありさま》じゃあ、町が廃《すた》れる一方なのも当然ってなもんだ」

「海賊、ですか？」

「先々代の領主の時代も、海賊被害が横行《おうこう》していたって聞くけどな。先代領主になってからは、海賊はいなくなったはずなんだが……今の領主に代替わりしてから、また復活したらしい。困ったもんだよ、まったく。おかげで冒険者ギルドへの依頼も、海賊絡《がら》みばっかりだ。とはいえ、海の上では海賊の独壇場《どくだんじょう》だからな。腕自慢の冒険者でも、海では連中に敵《かな》わない。剣を交えるどころか、それ以前に船ごと海に〝ぼちゃん〟だからな」

なるほど。荒事《あらごと》専門の冒険者にも、得手不得手《えてふえて》はあるということですね。

この場合、海賊のほうが上手《うわて》というべきでしょうか。餅《もち》は餅屋《もちや》なのでしょう。

「町は寂《さび》れて人は減《へ》り、冒険者も減り……こうして冒険者ギルドも廃《すた》れていくって、ありがたくない悪循環《あくじゅんかん》だよ」

「ということは、海峡を渡る船なども？」

「そりゃあ無理だね。渡し船どころか、漁船一隻《せき》すら見逃してもらえないからな」

まあ、そうなりますよね。さて、困りました。

「どうにかならないのですか？　解決策は？」

「領主のところに、町としての陳情書《ちんじょうしょ》は出しているそうだ。王都での魔物騒動も一段落して、噂《うわさ》ではようやく討伐《とうばつ》船団を編制しているって話だが……いつになることやら」

でしたら、どのくらいここで足止めを食うかわかりませんね。

いくら急ぐ旅路ではないといっても、一所に留《とど》まるには旅費も含めて限度があります。

それこそ遠回《とおまわ》りにはなるでしょうが、別の経路で向かう手段――当初の目的通りにミザントスの港町まで戻ることもできますが、海賊がいる町にアンジーくんを置いていくのも気が引けますね。

私には〈万物創生〉スキルもありますし、なにか町のお役に立てることがあるかもしれません。

まずは少し、海賊について調べてみましょうかね。

◇◇◇

それから二日間ほどかけて、決して小さくはないアダラスタの港町を、昼から晩まで探し歩いたわけなのですが、結果は芳《かんば》しくありませんでした。

冒険者ギルドでの話から、町の中に海賊の協力者もしくは海賊の一味がいると想定していました。

なぜなら、町から出港した漁船の一隻も見逃さないとなりますと、常時それを遠くから見張っているとは考えづらいものです。どのような場所でも、死角となるところはあるでしょうし、出港を見届けてから準備をして追いかけるとなれば、時間的に毎度間に合うとは思えません。

即座に対処するために、アダラスタの町側の――おそらくは港付近で船を見張っている者がいると思われます。同時に港内部も監視下《かんしか》に置き、出港準備の段階で察知しているのでしょう。

そこまでの推理《すいり》には自信があるのですが、そこから先がなかなか厳《きび》しく、難航《なんこう》しております。

さすがに二ヶ月もの間、町の住人や冒険者の方々が指を咥《くわ》えて見ていたはずもなく、私と同じ結論に達した方も当然いたでしょう。

その上でこの現状なのですから、今更《いまさら》私が探しても簡単に手がかりが見つかるわけもなく。

むしろ土地勘《とちかん》もなく、町の住人と顔見知りでもないせいで、逆に不審者《ふしんしゃ》と疑《うたが》われてあらぬ誤解《ごかい》を受けかけたり、道に迷ったりして散々《さんざん》でした。

運よくアンジーくんに会えるかもと期待したものの、それすらない状況です。

何度か冒険者ギルドにも足を運んだのですが、目ぼしい情報はありませんでした。新情報としても、数隻の船団を組んで強行突破を試《こころ》みた方々が海賊に襲われて失敗したという、被害報告くらいでしょうか。

あと余談ながら、何度か通っている内に、あのギルドに入り浸《びた》っていた冒険者の方々とだいぶ仲良くなりまして、昨晩はお酒を奢《おご》ってもらいましたよ。

腹を割って話してみますと、現状に不満を持って今は荒《あ》れていますが、生来の性格はさほど荒《すさ》んではいませんでした。

皆さん、この地方の生まれらしく、この町の現状に、そして冒険者でありながら解決できない自分たちの不甲斐《ふがい》なさに、辟易《へきえき》しているようですね。それでも故郷の地を去る気にはなれないと、そんな感じでした。彼らのためにも、なにか手がかりくらいは見つけませんと。

三日目になっても進展しませんので、今度はアプローチを変えてみることにしました。探しても見つけられないのでしたら、相手から見つけてもらおうという作戦です。まあ、作戦というほど大したことではなく、出港すると海賊が襲ってくるのですから、こちらから海に出ればいいだけのことでした。

どうしてこんな単純なことに、すぐに気付きませんかね、私。三日も無駄《むだ》にしてしまいましたよ。

誰もいない港の波止場《はとば》に座り、穏やかな海を眺めて思案《しあん》します。

考えているのは、乗り物をどうするかということです。

船舶《せんぱく》や漁船を借りるのは、金銭《きんせん》的に厳しいでしょう。となりますと、もはやお馴染《なじ》みの〈万物創生〉スキルの出番なのですが、そもそもなにを創ったらよいのでしょうね。

あまりに小型の船やボートでは目立ちませんし、もし転覆《てんぷく》でもしようものなら船ごと消えてしまいますので、溺《おぼ》れる可能性大です。

正直《しょうじき》なところ、もともと水泳は得意ではありません。最後に泳いだのは三十歳の時分です。もう半生は泳いでいないことになりますね。いくら身体《からだ》が若返っているとはいいましても、プールならまだしも相手は自然の海、まったく自信がありません。

転覆の心配がない大型の船は……動力付きは私が操縦《そうじゅう》できないので無理でしょう。複数で動かすタイプも無理ですね。

ひとりで動かせて、かつ大いに目立ち——仮に転覆しても、即身体が離れて消えることのない、そんな利点を兼《か》ね備《そな》えた船、もしくはボート——となりますと。

『スワンボート、クリエイトします』

私の貧弱《ひんじゃく》な想像力では、やはりこれしかありませんでした。

足漕《こ》ぎでひとりでも動かせますし、屋根があるので引っくり返っても新たな創生をする猶予《ゆうよ》はあるはずです。それになんといいましても、目立つことこの上ないでしょう。文字通り浮いているこの純白《じゅんぱく》色に、このスワンなディテールですからね。

問題点としては、乗ってる私がかな～り恥《は》ずかしいことでしょうか。

本来は家族連れや恋人同士が、和気《わき》あいあいと同乗するふたり乗りボートに、いい歳した男がひとり乗りですよ。ある意味、罰ゲームっぽいですよね、これ。

ともあれ、贅沢《ぜいたく》はいってられません。

スワンボートに乗り込み、大海原《おおうなばら》に漕《こ》ぎ出します。

キコキコと鳴るペダルが、なんだか哀愁《あいしゅう》を誘いますね。気分的に。

などと侮《あなど》っていましたが、このスワンボート——意外にスピードが出るもので。出港してから五分も経ちますと、町が風景の一部になるくらいには港から離れることができました。

そろそろかと思った矢先——その港の方角から、物凄《ものすご》いスピードで一隻の船舶が迫ってきます。

黒塗《くろぬ》りの船体に、多数の砲門《ほうもん》を備《そな》えた中型の木造船ですね。マストには髑髏《どくろ》の旗《はた》——こちらへんは異世界含めた全世界共通なのでしょうか。紛《まご》うことなき海賊船です。ようやく会えました。

接近する波しぶきに煽《あお》られて、小さなスワンボートの船体が大きく波打ちます。

ここで、問答無用《もんどうむよう》でロケットランチャーを撃《う》ち込み、沈《しず》めてしまうという手段もありますが、それでは海賊全員が海の藻屑《もくず》となりかねません。

そもそも海賊船がこれ一隻という保証もありませんから、まずは相手の船に乗り込み、アジトに連れ去ってもらうのが順当でしょうか。海賊にアジトは付きものですし、海賊退治とはそういったものですよね。

アジトの位置だけを確認して、後は冒険者の方々にお任せするのも手かもしれません。

皆さんの積《つ》もりに積《つ》もった鬱憤《うっぷん》も、晴れるというものです。

船上から縄梯子《なわばしご》が投げ込まれましたので、登ってこいということでしょうね。

縄梯子《なわばしご》を使うのは初めてでして、不安定に揺《ゆ》れる足場に難儀《なんぎ》しましたが、どうにか登り切りました。

甲板に降り立ちますと、日に焼けたいかつい顔と、色黒でたくましい身体つきをした半《はん》裸《ら》の偉丈夫《いじょうふ》たちが、ずらりと居並《いなら》んでいます。ご丁寧《ていねい》に腰には、海賊映画で見るような曲刀装備です。

「降参《こうさん》します」

速《すみ》やかに両手を挙《あ》げました。

こうして襲いかからずに威圧《いあつ》しているということは、殺傷《さっしょう》が目的ではないはずです。

私の身なりでは、金品などの高価な品を持ち合わせていないのも一目瞭然《いちもくりょうぜん》でしょう。

「だったら用なしだ」とばかりに刀を向けられるようでしたら、ロケットランチャーで真下の船底に大穴を開けた後、スワンボートを再創生して逃げることにしますか。

そこは、展開次第の臨機応変《りんきおうへん》ということで、はい。

「――あれ？　タクミ兄ちゃん？」

「…………はいぃ？」

オーバーオールに目深に被った大きな帽子《ぼうし》。

甲板の海賊たちの中に――どうして、アンジーくんが交じっているのでしょうね？

思いがけない展開になってきましたね。

いかつい海賊の方数人とアンジーくんに連れられて移動した先は、船内にある一室――『船長室』と銘打《めいう》たれた部屋でした。その中には、いかにも『海の男！』といわんばかりの色黒のたくましい壮年《そうねん》男性がひとり、待ち構えています。

鍛《きた》え上げられた肉体を軍服のような衣装《いしょう》で包み、無精髭《ぶしょうひげ》を生やした精悍《せいかん》な相貌《そうぼう》に鋭《するど》い目つきと、野性味が溢《あふ》れまくっている御仁《ごじん》ですね。

船長室にいるからには、この方が船長さんなのでしょうが、海賊の船長というよりも、海軍の将校のような雰囲気《ふんいき》です。ただし、現場上がりの荒《あら》くれ将官といった風情でしたが。

「さ、タクミ兄ちゃん。ここ座って！」

「これはどうも」

アンジーくんに椅子を勧められ、部屋の中央に据《す》えられたテーブルを囲む椅子のひとつに腰かけます。すぐさま隣にアンジーくんが座り、少し遅れて船長さんも対面の椅子に腰を下ろしました。

なにか席に着くなり、じーっと無言で観察されているのですが……わかりますよ、なにせそれはこちらも同じ気分ですから。

「ひとつ、確認してもよろしいでしょうか？」

無言で見つめ合っていても埒《らち》が明きませんので、こちらから口火を切ってみることにしました。

「なに、兄ちゃん？」

船長さんに訊《たず》ねかけたのですが、答えたのは隣にいるアンジーくんでした。なんだか、とっても楽しそうですね、アンジーくん。

まあ、答えが得られるのでしたら、どちらでも構わないのですけれども。

「この船は、海賊船なのですよね？」

「違うよ！」

「違う」

さて、おかしなことになってきましたね。ここにきて、大前提が崩《くず》れてしまっているのですが。

そこを否定されますと、これ以上の質問のしようがありません。

少なくとも、ここにこうしてアンジーくんがいるのですから、当初思っていたほど危険な状況でもないようです。情報を精査《せいさ》するためにも、まずはこちらの手持ちの情報を開示してみました。

「私が聞いた話ですと――町の生命線ともいえる海路を封鎖し、海に出るものは漁船だろうと一隻も逃さずに襲いかかる、私利私欲《しりしよく》に満ちた極悪非道《ごくあくひどう》な海賊集団。おかげで町の交易や漁業も廃《すた》れる一方――という認識だったのですが、どうも違うようですね？」

「全然、違うよ！　酷《ひど》いや、町の人たち！　ガルおっさんは、町を守ってくれてるってのに！」

アンジーくんが憤慨《ふんがい》しています。爪先が床に届かない状態で、手足をぱたぱたしている姿は愛らしくありますが、それはさておきましょう。

「ガルおっさん？」

「こっちの髭面《ひげづら》のおっさんのことだよ。本名はガルロだけど、ガルロおっさんは言いにくいから、ガルおっさんね。見ての通り不愛想《ぶあいそう》で不機嫌そうで口も悪いおっさんだけど、凶《きょう》悪《あく》さは見た目よりはマシだから。んで、こっちの兄ちゃんが、タクミ兄ちゃんね。すげー、いい人だよ。少し――いや、かなり変人だけど」

お互いに初対面の相手を紹介する言葉のチョイスとしてはどうかと思いますが、橋渡しをしてくれようという気持ちは嬉《うれ》しいですよ。ええ。

「これはわざわざどうも、アンジーくん。それで、ガルおっさん？」

「てめえにおっさん呼ばわりされる筋合《すじあ》いはねえ」

それもそうですね。

「失礼しました。ガルロさん。では、町で噂《うわさ》になっている、あなた方が海峡に近付く船を襲って海路を封鎖しているという情報も誤《あやま》りなのですか？」

「それについては、間違っちゃいねえな」

「…………」

認められてしまいましたね。さて、困りました。どうしましょう。

それを俗世《ぞくせ》では一般的に、海賊行為というのではないでしょうか。

「ああー！　なんでまたそんな誤解されそうな言い方すっかな、おっさん！　違うかんね、兄ちゃん。皆は、町の人たちや船に乗ってる人を守るためにに、そうしてるんだって！」

「そうなのですか？」

「まあ、そうだな」

「そうそう！　おっさんたちは、ここらに棲《す》みついた……なんだっけ、クラーリンから皆を助けるために、頑張《がんば》ってるんだよ。近付くと襲われて、凶暴《きょうぼう》な天災ランクで――」

「ちょっとは落ち着け、アンジー。そんな説明じゃあ、わかるもんもわからん。それに、クラーリンじゃねえ、クラーケンだ。ったく、なんでこんな部外者にいちいち……めんどくせえ」

　と、口では言っていますが、そこはかとなくアンジーくんを気遣っているふうですので、面倒見のいい方のようですね。

「ご面倒おかけします」

「二ヶ月ほど前になるか。海峡にZランクの魔物が棲《す》みついちまったんだよ」

　魔物のランク――以前カレッツさんに教えてもらった脅威度《きょういど》のランク付けというやつですね。

　ん？　そうなりますと……

「Zランクといいますと、物凄《ものすご》く弱いということですか？」

「……はあ？　なにいってんだ、あんた冒険者だろ？」

「違いますが？」

「はあぁ!?　だったら、なんであんた、こんなとこまで出張ってきたんだ？　町で依頼を受けたんじゃないのか？」

「いいえ。私は海峡を渡りたいのですが、海峡を渡るためには、海賊をどうにかしないといけないと聞きまして」

「それで冒険者でもないあんたが、その海賊船と呼ばれている船に、単身乗り込んできたってか？」

「……そうなりますかね」

あらためて指摘されますと、我ながら大胆《だいたん》な行動でしたね。若返ってからというもの、どうも無鉄砲《むてっぽう》な行動が増えたような気がします。便利なスキルを身につけた反動でしょうか。

しかしながら、不思議と危険を危険と感じなくなっているのですよね。本能的にとでもいいますか。

「アンジー、おめえが正しいな。こいつは変な奴だ」

「でしょ？　へへっ！」

少し反論してもらえると嬉しいのですが。なぜか誇らしげですね、アンジーくん。

「通常、脅威《きょうい》ランクは、魔物の凶暴性や戦闘能力、習性やずる賢《がしこ》さなんかを考慮《こうりょ》して、Gから始まって、F・E・D・C・B・A・S——って上がるほど厄介《やっかい》になっていくもんだ。だがよ、Zランクは別枠《べつわく》だ。Zランクは通称、天災ランク。そこに存在すること自体が災《さい》厄《やく》ってランクだな」

「存在するだけで災厄、ですか？」

「そうだな、わかりやすくいうと——アンジーの身長が百メートルあったとする。本人には悪意もないし害意もない。だが、普通に生活しているだけでも、歩けば森や畑、村や町を踏み潰《つぶ》し、喉《のど》が渇《かわ》いたと池の水を根こそぎ飲み干《ほ》す。そういったものと共存できるか？」

「なるほど。巨大アンジーくん自体には欠片《かけら》も脅威《きょうい》がなくとも討伐対象となり——その場合がZランクとなるわけですね」

「そうだ」

「そうだ、じゃないよ、ガルおっさん！　オレをそんな嫌な例えに出すなよ！　タクミ兄ちゃんも、なるほど、じゃないって！　もー！」

アンジーくん憤慨、第二弾です。微笑《ほほえ》ましい。

「海峡に棲《す》みついたのは、海魔クラーケン。全長二百メートル超《ご》えのまさに化け物だ。やつは海面を漂《ただよ》うものに巻きつく習性がある。海上を航行する船なんてものは格好《かっこう》の玩具《おもちゃ》だな」

ああ、それで合点《がてん》がいきましたね。つまり、彼らはそれを未然に防ぐために、海路を封鎖しているというわけですか。決して悪意があっての行為ではないと。

「でしたら、誤解を解《と》くためにも、町の方々にご説明してはどうです？　私が聞いた限りでは、あなた方は完全に海賊扱いされて、かなり嫌われてしまっているようですよ？」

「……だろうな。最初は俺らもそうしようとしたんだが……クラーケンに沈められた船を助けようとしたところを他の船舶に見られた。どうも連中には、俺らが襲って沈めたように見えたらしい。それ以降は、俺らを退治しようとする冒険者やらを撃退《げきたい》している内に、あれよあれよという間に海賊様のでき上がりだ。船の見た目が、昔の海賊船のままだったこともあったからな」

「だから、船を改装《かいそう》したほうがいいって、オレいったのに！」

「海賊船っぽくっても、海賊じゃねえから構わんだろうが。これでも伝統や格式もあれば、様式美《ようしきび》もあんだよ。アンジーも、今よりガキの頃はカッコいいって気に入ってたじゃねえか」

「う。それは……そうだったかもしんないけど……」

「ちょっと待ってくださいね。そこらへんが私にはわからないので、ご説明願えますか？　あなた方は海賊ではないですが、昔は海賊だったと。そもそも、あなた方が悪評《あくひょう》を被ってまで、そうしている理由とはなんなのです？」

根本はそこですよね。今回の海賊騒《さわ》ぎ。真意は別にあったとしても、『海賊』となるべき存在なくしては、騒動にならなかったはずです。

これがもし、海上自衛隊――に相当する組織がこちらにあるのかはわかりませんが、そんな方々が事に当たっていたのでしたら、誤解を生ずることもなかったように思えます。

返答を待っていたのですが、ガルロさんは腕組みしたまま黙《もく》して応じず、代わりに隣に座るアンジーくんに視線を送っていました。

そのアンジーくんは、こちらをちらちらと窺《うかが》っていますね。なんでしょう？

「それを説明するには……タクミ兄ちゃん、驚かないで聞いてもらえるかな？」

意を決したような表情です。

アンジーくんが椅子から降りて私の真横に並ぶと、視線がちょうど同じくらいの高さになります。

まっすぐに私を見つめるアンジーくんは緊張気味《きんちょうぎみ》でして、下腹のところで握《にぎ》り締《し》めた両拳も、なにやらぷるぷる震《ふる》えていました。

「実はオレ――」

そう言いつつ、アンジーくんは、片時も外さなかった大きな帽子《ぼうし》に手をかけて、一息に脱《ぬ》ぎ去ります。頭の大半を覆っていた目深な帽子《ぼうし》が取り払われ、その中に収まっていた髪が解放されました。

きれいな銀色をした、思いのほか長かった髪は、毛先がふわりと舞い――重力に従って腰のあたりで落ち着きます。

「――アダラスタの領主、アルクイン侯爵家《こうしゃくけ》の長女、アンジェリーナ・アルクインっていうんだ！」

「はあ。そうなんですね、ご丁寧に。それにしても、キラキラしてきれいな髪ですね。アンジーくん」

ちょうどいい高さの位置にあったので、ぽんぽんっと頭を撫《な》でます。

どういうわけか、アンジーくんは、ぽかんと口を開けたままでした。

おや？　やっぱり気安く頭を撫《な》でるのは、まずかったでしょうかね？

◇◇◇

「や～。このようになっていたんですねぇ……」

ガルロさんの案内のもと、私が連れてこられたのは、彼らのアジト――もとい、拠点でした。

港町アダラスタの外《はず》れ、死角となった湾岸《わんがん》の洞穴《ほらあな》が秘密の入り口となっていまして、入り組んだ水路を抜けますと――そこはちょっとした規模の地下空洞《くうどう》となっていました。

天然の船着き場には十隻近い船が停泊《ていはく》しており、その向こうの陸地には建築物群《ぐん》が望めます。

いかにも〝秘密のアジト〟といった趣《おもむき》で、彼らが以前は本当に海賊稼業を営《いとな》んでいたことが窺《うかが》えますね。以前といいましても、すでに三十年は昔のことで、ガルロさんが今のアンジーくんくらいの年齢だった頃のことらしいですけれど。

この拠点ですが、アダラスタの町の真下に位置しているそうで、実は秘密の階段を通じて町との行き来も自由だとか。

むしろ、アダラスタの成《な》り立ちこそが、大昔に海賊のアジトの上にカモフラージュとして建《た》てられた村に由来しているそうです。

町から出港する船舶の監視が容易で、すぐに駆《か》けつけられる要因は、拠点が真下にあったからなわけですね。盲点《もうてん》でした。

そして、どうして部外者の私が、この秘密の場所にご招待《しょうたい》を受けたかといいますと――あることについて、力になれるかもしれないからでした。

そのために、私はこうしてガルロさんと連れ立って、秘密の拠点を闊歩《かっぽ》しているわけです。

この拠点では、かなりの人数が暮《く》らしているようですね。

余所者《よそもの》の私が練《ね》り歩くさまは、どうしても人目を集めてしまうらしく、見た目は海賊以外に見えない方々から、奇異《きい》とも敵意ともつかない視線に晒《さら》されてしまいます。

先導するガルロさんと、肩の上のアンジーくんがいなければ、とっくに絡まれていそうです。

アンジーくんは私の肩の上――つまりは肩車されて、上機嫌のようですね。

先ほどから通りかかる先々の建物や出会う人について、頭の上から熱心に説明してくれています。

船での出来事――本名を明かしてからというもの、よくわかりませんが、なんだか物《もの》凄《すご》くご機嫌です。

ただ、あの後、女の子だと告白したのに無頓着《むとんちゃく》だと、罰ゲームを命じられました。なぜ。

その罰ゲームとやらが、この肩車でして。これが罰なのかと疑問に思いますが、アンジーくんがとても喜んでいますから、まあ良しとしましょう。

ちなみに、アンジーというのは愛称《あいしょう》とのこと。呼び慣れていますので、私もアンジーくん呼びのままですが。

「着いたぜ、ここが例の物がある場所だ」

ガルロさんに連れてこられたのは、古ぼけた建物の一室でした。

建物自体は古いですが、もとは立派な建築物のようです。人が住んでいるような生活感はありませんが、内装がほとんど埃《ほこり》を被ってないことからも、定期的に掃除《そうじ》されているのでしょう。

「入るぜ、じじい」

一声かけてから、ガルロさんが入室します。

すでに故人となった方の部屋だそうですから、誰もいるはずがありません。それでも声をかけるあたり、ぶっきら棒《ぼう》ながらもガルロさんの気持ちが表われているようですね。

「うわ、懐《なつ》かしい！　オレ、じじいの部屋、久しぶりだ！」

アンジーくんもはしゃいでいます。

ここはガルロさんの父親、先代と呼ばれていた人物の私室だったそうです。

「ここで見たことは内密に頼《たの》むぜ。よっと」

ガルロさんが一見なんの変哲《へんてつ》もない壁《かべ》を操作しますと、壁の一部がせり上がり、ぽっかりと四角い穴が開きました。隠《かく》し部屋というやつですね。密閉《みっぺい》空間で澱《よど》んだ空気のカビ臭さが鼻を突きます。

部屋は三人で手狭《てぜま》になるほどの小部屋でして、その中央に、でんっと存在感を放つ正方形の金属の箱が据えられています。

頑丈《がんじょう》そうな外見通りの金庫ですが、小さな鍵穴《かぎあな》はあってもダイヤルはないようです。

「こいつだ。どうにかなりそうか、あんた？」

これが、私がここに呼ばれた理由でした。

金庫はガルロさんが先代から受け継《つ》いだものらしいのですが、肝心《かんじん》の鍵《かぎ》が失われており、開けることが叶《かな》わないそうです。アンジーくんは、私の〈万物創生〉のスキルを目《ま》の当たりにしているため、どうにかならないかと持ちかけてきたのでした。

この中に収められているのは、一枚の証書ということです。

他言無用《たごんむよう》と剣先を突きつけられて教えられたのですが、その内容とは数十年も昔の出来事でした。

遡《さかのぼ》ること三十年前、この近隣では多数の海賊が横行しており、重要な航路であるこちらの海峡もまた、彼らの脅威《きょうい》に晒《さら》されていたそうです。

当時の若き領主、アンジーくんのお祖父《じい》さんは、情報を突き止めたその足で海賊のアジト——つまりはここに、単身で乗り込みました。酒樽《さかだる》ひとつ抱えて。

その海賊を束《たば》ねていた船長が、ガルロさんのお父さんだったと——そういうことみたいです。

ふたりの間でどういうやり取りがあったのかは、子供だったガルロさんは教えてもらえなかったらしいのですが、そういった経緯《けいい》があり、両者は協力体制を結《むす》んだそうです。

おそらく、それまでの海賊行為を免責《めんせき》し、海賊の一味をそのまま私設船団として雇い入れたのでしょう。

ガルロさんのお父さんは、表向きは海賊のまま他の海賊を支配下に置き、この地の秩序《ちつじょ》を取り戻しました。

ただし、領主の貴族が海賊と繋《つな》がりがあると表沙汰《おもてざた》にはできずに、あくまで秘密裏《ひみつり》のままだったようですね。海賊騒動が収まった後も、ガルロさんたちは侯爵家の旗下《きか》で独立した組織として、影に徹《てっ》して海の平和を守ることに務《つと》めてきたそうです。

しかしそれも、アンジーくんのお祖父《じい》さんが急死されると同時に反故《ほご》になりました。援助も打ち切られて久しいとのことです。

詳しい事情は告げられていなかったであろうアンジーくんですら、幼い頃から頻繁《ひんぱん》にお祖父《じい》さんに連れられてここを訪れていたため、皆さんが海賊などではないことは知っています。

現領主のアンジーくんのお父さんが、その事実を聞かされていないはずがありません。きっと、代替わりしたのを幸いと手を切り、過去の汚点《おてん》として抹消《まっしょう》するつもりなのでしょう。

それどころか、今回の海賊騒ぎに便乗《びんじょう》して、領主の役割として、海賊退治の名目で大規模な船団を派遣《はけん》したそうです。

今回、アンジーくんが後先考えずにひとりでここアダラスタを目指していたのは、この情報をいち早く聞きつけたのが原因でした。

幼い時分から慣れ親しんだ人たちの危急《ききゅう》の事態に、じっとしてはいられなかったのでしょう。

しかし、アンジーくんのお祖父《じい》さんは聡明《そうめい》な方だったらしく、この事態も想定されていたようですね。

盟約《めいやく》を書面に残して、ガルロさんのお父さんに託《たく》していました。

それさえあれば、公明正大《こうめいせいだい》に身分を証明できます。さらに、関係者であることが明かされますと、領主さんも家名のため、巷《ちまた》の誤解を解くために尽力《じんりょく》せざるを得ないでしょう。

ついでに、町の方々へのこれまでの申し開きも、クラーケンのことも勧告《かんこく》できるのですが……

生憎《あいにく》と、その証書は固く閉ざされた目の前の金庫の中。それで、この窮地《きゅうち》に陥《おちい》っているというわけでした。

「タクミ兄ちゃん、持ってきた！」

アンジーくんから手渡されたのは、ガルロさんのお父さんの生前の写真ですね。

ガルロさんは荒《あら》くれ将校といった感じでしたが、お父さんのほうは完全な荒《あら》くれ海賊ですね。

見た目がすでに怖《こわ》いです。昔の任侠《にんきょう》映画の組長といった風格《ふうかく》ですよ。アンジーくんのお祖父《じい》さん、よくこの方にサシで相手されましたね。

今より少し若いガルロさんも隣に写っています。揺《ゆ》り椅子に腰かけたお父さんの膝に乗ってる幼児……これ、もしかして、アンジーくんでしょうか？　このいかつい面子《メンツ》に囲まれていて、満面の笑みです。

「その、じじいが首にかけているペンダント！　それが多分これの鍵だよ！」

「大事な物だとかいってた割には、いつからか着けているのを見かけなくなったからな。面倒かけやがる、あのじじい」

故人に向かって「じじい、じじい」はあんまりです。中身がじじい目前の私としましては、せめて敬称《けいしょう》くらいは付けましょうよと物申したくなりますが、これもまた愛情なのでしょうね。

それにしても、アンジーくん……男の子に変装《へんそう》するための荒《あら》っぽい言葉遣いと思っていたのですが、素《す》なのですね。女の子としての将来が、ちょっぴり心配になりますよ。

間違いなく、こちらの船団の皆さんの影響でしょう。物心付くか付かないかのずいぶん幼い時分から、お祖父《じい》さんと一緒にここに通っていたみたいですし。

「ああ、これですね。たしかにペンダントの先端《せんたん》が、鍵のような形状ですね」

魔法で焼きつけた写真だそうですが、写真自体が小さく見づらい上に、日本のものほど精巧《せいこう》ではないものの、どうにか見て取れます。

「でもよ、本当にあんた。その写真を見ただけで複製《ふくせい》なんて可能なのか？　アンジーがどうしてもと聞かないから、物は試《ため》しと連れてきてみたが……」

「大丈夫だと思いますよ」

今までもできていましたしね。

これまで創生したものもすべて、実物に触れたことがあるわけじゃありません。そもそも架空《かくう》のものもありますし。

ですので、写真でも問題はないはずです。

「俺の知る複製スキルは、目の前に現物ありきで、再現性も大したことない程度だったぞ？　それを見ただけでなんてよ」

「ガルおっさん、うっさい！　今更だろ、黙って見てなよ。タクミ兄ちゃんは、すっごいんだから！」

アンジーくんが自信満々です。まあ町に着く前夜に創生して泊まったログハウスで、要望されるままにいろいろ創り出しては遊んでましたからね。

……これで失敗したら、目も当てられませんね。気張《きば》りましょう。

「でもそれ、魔法の鍵だぞ。付加された魔法まで再現できるなんて、それはもう複製じゃなくて創造――」

『魔法の鍵、クリエイトします』

「できましたよ。お……開きましたね」

なんとか体面は保てたようですね。成功してよかったです。

アンジーくんの尊敬《そんけい》の眼差《まなざ》しが痛いほどです。期待に応《こた》えられて、なによりですね。

「おおっ！　やるじゃねーか、あんた！」

ガルロさんに大きな掌《てのひら》で、背中をびしばしと叩《たた》かれます。

「やっぱ、すごいや！　兄ちゃんは！」

アンジーくんからは、嬉しそうに脛《すね》をげしげし蹴《け》られます。

喜び表現の行動パターンまで同じなのですが。痛くはないですけど。

分厚《ぶあつ》い金属の扉の向こう側には、重厚《じゅうこう》な外見に比してあまりに質素な、一枚の封筒《ふうとう》が収められていました。ただ、それが多くの窮《きゅう》する立場にある方々を救うのですから、大げさではないのかもしれません。そして、封筒の傍《かたわ》らには、ペンダント状の一本の鍵――

「あああ！　この金庫の鍵じゃねえか！　あんのじじい、どうりでどこ探しても見つからないわけだ！　そのくせ、心残りはないとばかりの満足な顔で逝《い》きやがって！」

愛情……ありますよね？　まずは落ち着きましょう。どうどう。

「結果オーライということでいいじゃないですか。これで、海賊の汚名《おめい》を返上できますよね」

「あ、ああ。すまん。つい取り乱した。それよりあんた、疑ってすまなかった。感謝する」

「頭を上げてください。これぐらい、なんでもありませんから」

「それにしても、すごいスキルだな。これは複製スキルなんてものじゃないな。創造スキルとでも言うべきか」

「〈万物創生〉というスキル名みたいですね」

「それはまた、大層な名前だ――んん？　万物、創生……？　なにか、どっかで聞いた、いや見たことがあるような気がするが……？　んー、思い出せん」

もしかして、これってメジャーなスキルなのでしょうか。

「なんにせよ、よかったじゃん！　これで、ガルおっさんたちが悪い奴じゃないって証明できるしさ！　船団が来る前に、早いとこそれを町の人や親父に突きつけてやろーぜ！」

嬉しそうですね、アンジーくん。たったひとりで家を飛び出した甲斐《かい》がありましたね。はしゃぐアンジーくんを、ガルロさんも口の端《は》に微笑《ほほえ》みを浮かべて見ていましたが……不意にその目が細められました。すでにその表情に微笑《ほほえ》みはなく、静かな眼差《まなざ》しでアンジーくんを見下《みお》ろしています。

……なにか、嫌な予感がするのですけれど。

「いいや。残念だが、それはまだ先の話だ。大船団には予定通りこの地に来てもらわないと困る」

「……え？　なんで？」

「今回は言わばチャンスだ。この船団を利用させてもらう。あちらもかなりの腕利きを積んでいるだろう。この地に誘導して、クラーケンと遭遇《そうぐう》してもらう。なし崩し的に戦闘に巻き込むつもりだ。うちの戦力とあちらの戦力をあわせれば、いかなZランクの海魔といえども倒せるかもしれん」

「……え？　え？　でも、そんなことしたら、皆が危ない……」

「死ぬかもしれん。確実に大勢の犠牲者《ぎせいしゃ》は出るだろう。だが、この機を逃しては、いつアダラスタの町や、一般の船が襲われないとも限らん」

今のように船を遠《とお》ざけて危機回避《かいひ》しているのが対症療法《たいしょうりょうほう》に過ぎないのは、私にもわかっていました。原因のクラーケンとやらは健在《けんざい》なのですから。

この確固《かっこ》たる口調《くちょう》からして、今しがた唐突《とうとつ》に思いついた計画ではないようですね。

「もしかして、海賊と誤認《ごにん》させたまま噂《うわさ》を広めたのは故意ですか？」

「なんだ、のんびりした雰囲気《ふんいき》の割には、あんた鋭いじゃないか。唯一の心残りは、生き残った野郎どもの今後の生活だけだったが……あんたのおかげで、そいつも解消できそうだ。こいつさえあれば、なんとかなるだろ」

ひらひらと封筒を揺《ゆ》らしていますが、そんなつもりで力を貸したのではなかったのですけどね。

決死の覚悟に満ちた瞳です。生き残りの中に自分を勘定《かんじょう》していないのが、よくわかります。

どうしてこう血気盛《けっきさか》んな若者は、老人よりも先に死にたがるのでしょうね。

「やだ……やだ、やだー！　絶対、やだー‼」

ついに、アンジーくんがガルロさんに縋《すが》りつき、大声で泣き出してしまいました。

アンジーくんにとって、ここの皆さんは家族も同然なのでしょう。少なくとも、我《わ》が身の危険を考慮外にして、身ひとつで家を飛び出してきてしまうくらいには。

「……クラーケンとは強いのですか？」

「まあな。討伐例がないから、実際にどれほどかはわからんがな。巨体に加え、大型船舶のメインマストーを簡単に圧《へ》し折る怪力に、強力な再生能力。かつて、極大《きょくだい》魔法で胴体半分を吹っ飛ばされても、即座に再生したって話は有名だ。やつが棲《す》みついた海域は魔の領海と呼ばれ、船舶は迂回《うかい》するのが普通だな。だが、ここは海峡。満足に避《さ》けるだけのスペースもない。なのに侯爵様が管理するほどの海の要所《ようしょ》でな。通れなくなるだけで、おまんまにありつけなくなる奴も大勢いるだろーさ」

「だからって　皆が死ぬなんて——嫌だよぅ……」

「アンジー。これをわざわざ話したのは、おめえを仲間と見込んでのことだ。仲間を騙《だま》すのは不義理だからな。じゃなかったら、言いくるめてさっさと屋敷に帰して、こっちで勝手に実行してた。幼い頃から俺らを見てたおめえならわかんだろ？　この海を守る——それが先代から受け継いだ、俺たち海の漢《おとこ》の誇りと使命だ」

「じゃあ、オレも——」

「馬鹿か、おめえは？　海仕事に、足手まとい以下のガキは必要ねえ。おめえには遺《のこ》した野郎どもを頼みたい。この証書を親父さんに届けるのが、おめえの重要な仕事だぜ？　そいつは、おめえにしかできねえ。頼んだぜ？」

「嫌だ……嫌だ……」

床にへたり込み、アンジーくんがさめざめと泣いています。

「重《かさ》ね重《がさ》ねすまねーが、あんたにはアンジーを任せたい。あんたにはよく懐《なつ》いてるようだしな。屋敷までの帰路《きろ》を頼めないか？」

「お断りします」

「……そうか。あんたにはもともと関係ないことだったな。無理強《じ》いした、すまない。それはこっちでなんとかしよう。あんたは旅に戻ってくれ」

「それもお断りします」

「は？」

私はね、子供が泣いているのは嫌いです。それが知り合いだったら、なおさらです。仲のいい子だったら、言うまでもありません。私は、アンジーくんのお祖父《じい》ちゃん代わり——は断られましたので、お兄ちゃん代わりになると約束しました。軽い口約束でしたが、約束は約束です。ですのに、その子が泣いたままなど、言語道断《ごんごどうだん》です。

私、なんだか柄《がら》にもなく腹が立ってきましたよ。どうして、大きいだけのイカごときのために、アンジーくんのようないい子が悲しまないといけないんですか。

「おふたりとも。私に考えがあります。ここは狭《せま》いですね……ちょっと外に移動しませんか？」

アジトのある地下洞窟《どうくつ》から、別の道を通った先には、小ぢんまりとした入江《いりえ》がありました。

今は砂浜になっていますが、潮《しお》の満ち引きで海に没《ぼっ》してしまうそうです。

「これくらい広ければ、充分ですかね。ご足労ありがとうございました」

「恩義《おんぎ》があるあんたには、この程度はなんでもないが……」

付き添《そ》ってくれたガルロさんの手には、アンジーくんの手が握られています。

アンジーくんが離さなかったというのが正しいのですが。

あれだけ元気はつらつとしていたアンジーくんが、悲嘆《ひたん》のあまりに疲れ果てています。見る影もありません。イカ、許すまじですね！

「いったいここで、なにを見せる気なんだ、あんた？」

「あ、そのままちょっと離れていてくださいね。論より証拠《しょうこ》、つまりはこういうことです」

『――――、クリエイトします』

私の手が光り出しまして、傍《かたわ》らに望んだものを創生します。海で巨大イカと戦うなら、やはりこの兵器でしょう。

「は……あ……あ……？」

ガルロさんの視線がどんどん上方へと上がっていき――ついには垂直《すいちょく》に近いくらいになりました。

強い日照りを遮《さえぎ》り、巨大な影が頭上を完全に覆ってしまっていますね。

ずっと下を向いていたアンジーくんが、隣のガルロさんの様子に気付いて前を向きます。

その視線はガルロさんと同じように、目の前のモノに沿《そ》って、上へ上へと昇ってい
き――次第に驚愕《きょうがく》に満ちたガルロさんの表情とは裏腹《うらはら》に、希望の笑顔へと変わっていきました。

「……すっげー」

アンジーくんが呟《つぶや》きます。

「すっげー！　すっげーよ、これ！　タクミ兄ちゃん！」

興奮した笑顔が、実にアンジーくんらしいですね。やっぱり、アンジーくんには笑顔が似合います。

「どうです、ガルロさん？　これでしたら、巨大なイカごとき、なんてことはないと思いませんか？」

ガルロさんは唖然《あぜん》としたまま、声も出ないようですね。

待っていなさい、イカ。アンジーくんを泣かせた罪は重いですよ？

◇◇◇

翌日――ガルロさんに案内をお願いしてやってきたのは、例のクラーケンなる大イカの出没付近の岸壁《がんぺき》です。

海峡を見下ろせる崖《がけ》の上に陣取《じんど》りまして、潮風の吹き抜ける波間の風景を一望します。

一見、海面は穏やかに見えますが、海峡では潮の流れが速いらしく、水面下では激しい海流となっているそうです。それにも増して、海中には危険な海の魔物が潜《ひそ》んでいるというのですから、とんでもないことですね。

左手の方角には、小さくアダラスタの港町が見て取れます。

こんな目視《もくし》できる距離に、体長が二百メートルを超《こ》す怪物がいるなど、悪夢のようですよ。

しかし町では、この二ヶ月間で誰かが海魔に襲われたという噂《うわさ》は耳にしていません。それこそ、ガルロさんたちの努力の成果なのでしょう。

視線を前方に移しますと、遠く霞《かす》むように対岸が望めます。直線距離にして、およそ十キロほどでしょうか。

当初はただ遊覧船《ゆうらんせん》で海を渡る程度の感覚でいましたが、あらためて思いますと、大事《おおごと》になったものです。

ですが、これでよかったのでしょうね。

私の隣に立ち、おっかなびっくり崖下を覗《のぞ》き込んでいるアンジーくんの頭に手を置きます。

帽子《ぼうし》はもう被っていませんので、長い銀髪は風にさらわれるままになっています。

「なに？　どしたの、タクミ兄ちゃん？」

「いえね。アンジーくんの元気を分けていただこうかと思いまして。おかげでフルチャージですよ！」

力こぶを作ってみせます。

「ぷっ、なにそれ、変なのー？」

「そうですか？」

「そうだよ。やっぱ兄ちゃんは変人だな！」

けたけた笑うアンジーくんに心が安らぎます。

どうしてこう、子供というものは愛らしいのでしょうね。だからこそ、この笑顔を曇《くも》らすことなど許せません。次世代を担《にな》う子を守るのは、大人の務めですからね。

「ガルロさん。イカは具体的にどのあたりに出やすいですか？」

「そうだな……今の時間、ここからなら沖合い一キロ手前ってとこか」

「意外に陸寄りなんですね」

「どうも普段は、海流に乗って一帯をぐるぐる回っているらしくてな。海底の岩礁《がんしょう》の関係で、その海流がそこらの浅いところと深いところを交互に何度も通るんだよ」

「なるほどですね。立体的に行き交うとは、海の中も複雑《ふくざつ》なものですね」

「だが、どうやってそこまで近付く？　生半可《なまはんか》な船ではやつの起こす波だけで簡単に転覆するし、海に引き込まれでもしたら一巻の終わりだぞ？　あのスキルで、桟橋《さんばし》でも創る気か？」

「ええ。足場は必要なので、そこは考えています。ただ、桟橋程度では、強度が持たないでしょうね」

さて。久しぶりに激しく身体を動かすことになりますので、まずは準備運動ですね。

「なにそれ、兄ちゃん？　そのへんてこな体操？」

「ラジオ体操第一です。私の地元では、由緒《ゆいしょ》正しき体操なんですよ。おいっちにーさんしーと」

「へ～。オレもやってみよ。にーにーさんしー？　こんな感じ？」

「はい。上手ですよ、アンジーくん」

程《ほど》よく身体も心も温まったところで、いよいよ決行ですね。こうして、積極的《せっきょくてき》になにかに当たるのは久しぶりです。特に、今までの私には無縁《むえん》だった荒事《あらごと》になんて。

思い返してみますと、この世界に来てからというもの、荒事《あらごと》は何度か経験しましたが、それはどちらかというと巻き込まれた形だったように思えます。

自《みずか》らの意思で飛び込んでいくのは、初めてではないでしょうか。ちょっと緊張してきました。

「それでは、おふたりとも。行ってきますね」

「ああ、頼んだ」

「しっかりな、タクミ兄ちゃん！　オレ、信じてるから！」

こんな子にこうも信頼されたのでしたら、応《こた》えないわけにはいきませんね。

「ええ、それはもう。頑張《がんば》っちゃいますよ？」

助走をつけて、海峡の崖下へとそのまま飛び降りました。

「わっ！　兄ちゃん⁉」

『軍艦信濃《ぐんかんしなの》、クリエイトします』

落下を始めると同時、足元に地面ならぬ巨大な甲板が出現しました。

日本海軍の航空母艦《こうくうぼかん》――知る人ぞ知る信濃です。

失われた著名な軍艦を足場のためだけに創生するのは、マニアの方からは怒られてしまいそうですが、そこは目を瞑《つぶ》っていただきましょう。操縦できればそれに越したことはないですが、これだけの艦を単身で動かせるわけありませんからね。私としても残念なところです。

艦尾《かんび》から艦首《かんしゅ》までを、全速力で一気に駆け抜けます。

艦首から迷わず海に向かって大ジャンプです。

『戦艦武蔵《せんかんむさし》、クリエイトします』

足が離れたことで信濃は消えてしまいますが、すぐさま次の足場が創生されます。

今度は武蔵の艦尾に、勢いを殺さずに飛び移りまして、甲板を駆け続けます。

全長二百六十メートルを超す、超弩級《ちょうどきゅう》戦艦の揃い踏《ぶ》みです。

これでしたら、イカ程度に不意を突かれても、簡単に転覆することはないでしょう。

ある意味、海上で用意できる、もっとも安定した堅固《けんご》な足場ですからね。

『戦艦大和《やまと》、クリエイトします』

三度、飛び移ります。お次はかの有名な大和です。

戦艦の中で最もお気に入りの大和ですが、本物とこういう出会いをしようとは。

三隻もの巨大軍艦を縦《たて》に連《つら》ね、大和の艦首に至《いた》る頃には、沖合い一キロの予定地点に近くなっていました。

　さて、イカにとっては見たこともないような、自分の大きさ以上の巨大な物体が海面に浮いているわけですから、さぞかし巻き付き甲斐《がい》もあることでしょう。

　イカ釣りには豪華《ごうか》すぎる撒《ま》き餌《え》のような気もしますが、ここまでしたからには見事釣り上げてみせましょうか。

「来ましたねっ⁉」

　思わず、声が上擦《うわず》ります。

　艦体の脇《わき》から、いくつもの触手《しょくしゅ》が、うねうねと艦上にせり上がってきました。

　小さな私には目もくれず、触手は広い甲板を這《は》いずっています。さすがに間近《まぢか》で見ますと、物凄《ものすご》いでかさですね。大和の主砲よりも太い触手が、艦橋《かんきょう》にまで取りつこうとしています。

　ですが、不沈艦《ふちんかん》の呼び声高い大和を舐《な》めてもらってはいけません。そんな触手数本ごときで沈むほど、柔《やわ》ではありませんよ？

　業《ごう》を煮《に》やしたのか、ついにイカの本体が、甲板にまで乗り上げてきました。

　他の魔物と同じく、目が血のように真《ま》っ赤《か》ですね。

　海中にいては、攻撃も有効打は難しいでしょうし、すぐに逃げられてしまう恐れがあります。

今こそがチャンスです！

『潜水《せんすい》戦艦、クリエイトします』

超質量の物体の登場に、さしもの超弩級戦艦も軋《きし》みます。

太陽光を照り返す、流線型《りゅうせんけい》の金属フォルム。前回の王都での、あれが宇宙の戦艦なら、やはり海中での戦艦ではこれでしょう。

即座にハッチから内部に乗り込んだことで、戦艦大和は姿を消しました。

標的《ひょうてき》を見失ったイカは、新たに現われた物体に反射的に巻きつきます。

（大和、ご苦労様でした）

「釣れました！」

重力に従って海面から沈みゆく艦艇《かんてい》と、それに絡みつく巨大イカ――まさに釣りの餌《えさ》に食いついた獲物《えもの》ですね。狙《ねら》い通りに、お膳《ぜん》立《だ》ては整《ととの》いました。

今回は、ただ倒せばいいというものではなく、いくつか条件がありました。

ひとつは、大掛かりな攻撃はできないということ。近くにはアダラスタの港町がありま す。下手に大爆発など起こしてしまうと、津波《つなみ》被害は必至《ひっし》でしょう。それは避けたいですから。

もうひとつは海魔も魔物。死ぬと同時に消えてしまうでしょう。それでは、ガルロさんたちの証言の信憑性《しんぴょうせい》が薄くなってしまいます。

だからこそ、選んだのが古い映画に出てきたこの潜水戦艦です。

記憶に蘇《よみがえ》る特撮映画の一場面――これには、あの武器が搭載《とうさい》されています。

ブリッジで目的の発射レバーはすぐに見つかりました。

艦体を動かしたりの操縦こそ無理ですが、発射くらいなら私にだってできます。

空想上の兵器は、だいたいレバーやボタンひとつで扱えるのでいいですね。実際の兵器は安全装置やらなにやら複雑そうで、とても素人《しろうと》の手には負《お》えませんから。

イカの本体は、主砲の目の前――あまりのんびりしていては、もろとも完全に海中に没してしまいます。そろそろ覚悟はいいですかね、イカ？

「ほいっとな」

レバーを押し上げますと、主砲から冷凍光線が発射され――海上に白い氷柱の花が咲《さ》き誇ります。

そして、海中から脱《だっ》し、私が凍《こお》った海面に降り立ちますと――そこには半身を海から突き出した、立派な巨大イカの氷漬《づ》けができ上がっていました。

◇◇◇

一昨日の海賊騒動、あらためイカ騒動も一段落しまして。

私はガルロさんの厚意《こうい》により、海峡の向こう岸まで船で送ってもらえることになりました。

海峡のアダラスタ側には、遠く氷のイカオブジェが望めます。

これで、アダラスタの港町にも船と活気が戻る上、ガルロさんたちの問題も解決と、万々歳《ばんばんざい》といったところでしょうか。

「あんたには世話になった。これでアダラスタも、この海も救われた」

波止場の前で、ガルロさんと固い握手《あくしゅ》を交わします。

「いえいえ。これまで尽力されてきたのは、ガルロさんたちではないですか。私など、最後に手助けしただけですから」

「本当に、名乗り出なくていいのか？　Ｚランクの魔物は国の脅威《きょうい》、討伐した者には国から無条件で報奨金《ほうしょうきん》が出るぞ？　栄誉《えいよ》も思いのままだというのに」

「目立ちたくないので、ご遠慮《えんりょ》しますよ。はは」

ただでさえ、あのメタボな王様には目をつけられていますからね。

そもそも、今回のことは売名行為でも報奨金のためでもなく、アンジーくんたちのためにやったことですから。で、そのアンジーくんはといいますと。

「おい。どうした、アンジー？」

ガルロさんの後ろに隠れて、なにやらもじもじしています。

「タクミ兄ちゃん、本当にもう行っちゃうのか？　もう少し、ゆっくりしていってもいいんだぞ？」

「そうしたいのはやまやまなのですが、今日明日中にでもアンジーくんの家から派遣された船団が来るんでしょう？　そこに余計な部外者がいては、まとまる話もまとまらないというものです」

ここから先は、ガルロさんやアンジーくんたちの問題です。

なにか力になれることがあるのでしたらまだしも、こんな異世界から来た素性も知れぬ者がしゃしゃり出ても、百害あって一利なしでしょう。

そもそも、救国のために召喚《しょうかん》されはしたものの、英雄として数えられていない私の立ち位置ってどうなっているのでしょうね。

「私の役目は終わりましたから、ここから先はアンジーくんの仕事ですよ。ガルロさんとお父さんの橋渡し、頑張《がんば》ってくださいね？　大丈夫。アンジーくんならきっとできますから。ね？」

「うん。頑張《がんば》る……」

やっとガルロさんの陰《かげ》から、出てきてくれましたね。

「兄ちゃん、また会えるよね？」

「ええ、もちろん。今回の旅は、ファルティマの都に知人に会いに行くためだけのものですからね。それからの目的は決めていませんから、会おうと思えばすぐにでも会えますよ」

「本当？　だったら、オレの家まで会いに来てくれたりもする？」

「ええ。お招《まね》きいただければ、いつでも」

「やった！　約束だよ⁉」

アンジーくんの表情にようやく笑みが戻ります。

「だったら、こっちにも一度は顔出してくれよな。うちの連中含めて、あらためて礼がしたい。酒は飲めるんだろ？　元海賊流の酒盛りを教えてやるからよ！」

「ははっ。そのときは、お手柔《てやわ》らかにお願いしますね？」

ガルロさんから、背中をばんばん叩《たた》かれます。

ついでに、アンジーくんからは腰あたりをびしばし叩《たた》かれています。

これって、こちらの皆さん独特《どくとく》の親愛表現のようですけれど……今度お邪魔《じゃま》したときにも、お仲間さん全員からやられたりしませんよね？　背中の皮が剥《む》けちゃいますよ。

「にしても、あんた、不思議な奴だな。海魔クラーケン相手に、あんなすごいことをひとりでやってのけたとは思えないほど、いたって普通なんだな。この目であの現場を見てた俺でも、信じられないくらいだ。なんつうか……あんたは、じっさまにそっくりだな」

「じっさま？」

「オレの祖父《じい》ちゃんだよ！　ガルおっさんも思った？　実はオレも思ってたんだ！」

「それって例の酒樽《さかだる》ひとつ担《かつ》いで海賊のもとに赴《おもむ》いたという……あの？」

そんな豪胆《ごうたん》な行動など、私にはとてもとても。領主としてもすごい人物だったようですし、一緒にしてはお祖父《じい》さんも迷惑《めいわく》されるというものですよ。

「おおよ。普段はのんびりした爺《じい》さんなのに、時々、突飛《とっぴ》な行動をして周りを驚かせやがる。俺たちも、ずいぶんと振り回されるやら、とばっちりを喰《く》うやらで苦労したもんさ。だがよ、どこか憎《にく》めない……変なカリスマを持った人でよ。一言でいうと、ありゃあ常識外れの変人だった」

……それは褒《ほ》められているんでしょうか……？　お祖父《じい》さんも私も。

「ああ、言えてるー！　兄ちゃんも変人だし、似てるよねー？」

そういえば、アンジーくんからは、出会った当初から変人扱いされていましたね。

そんなに変わってますかね、私。至極《しごく》、凡庸《ぼんよう》な者だと思うのですが。

「そっかそれでか。兄ちゃんといると楽しいし、安心するし！　まだまだ一緒にいたいと思うし！」

アンジーくんは前に歩み出ますと、私と触れ合うほどの距離で胸を張りました。

きれいな銀色の長髪が、潮風にさらわれて乱れまくっていますが、本人は気にしている様子もありません。そして、仁王立《におうだ》ちのまま――鼻先に、びしりと指を突きつけられました。

「ん、なんでしょう？」

「――よし、オレ決めた！　オレ、五年経ったら、タクミ兄ちゃんのこと、婿《むこ》に貰《もら》う！　アルクイン家の婿《むこ》に来てよ！」

唐突な宣言ですね、アンジーくん。

なんとも男らしい言動です。女の子ですが、その男っぷりたるや見事なものです。

これはあれでしょうか。私とお祖父《じい》さんを重ねて、「将来はパパと結婚する」的なものでしょうか。

娘どころか妻も子供もいない私が、世の中の数多《あまた》のお父さま方の、嬉し恥ずかしテンプレート的なイベントを経験できるとは。

私はしゃがみ込んで、アンジーくんと視線の高さを合わせます。

「ありがとうございます。すごく嬉しいですよ。ただ、アンジーくんと私とでは、年が離れすぎていますからね。そういうのは、本当に好きになった人ができたときのために、取っておいたほうがいいと思いますよ？」

「え～、オレとタクミ兄ちゃん、十歳も年離れてないよね？　オレの両親もそれ以上に年の差あるし、そんなの普通だよ！　将来、五十も六十にもなったら、十歳くらいの差なんて、たいして変わらないよね？」

なかなか具体的な実例を挙げてきました。やりますね、アンジーくん。

たしかに十歳くらいでは違わないのでしょうけれど、私の中身は六十歳ですから。さすがに半世紀の年の差カップルは、いかがなものかと思いますよ。

まあ、でもこれは、幼き日のささやかな思い出でしょう。女の子の夢を傷つけるのも、よろしくありませんね。

「わかりました。でしたらアンジーくんが成人するまでに、お相手の方が現われないようでしたら、結婚しましょうか？」

「え、本当⁉　やたっ！」

アンジーくんが幸せそうに頬《ほお》を赤らめます。

これでいいでしょう。きっと数年後には、本人からも忘れ去られる約束だとしても——こうして、こんな老年目前の私が、少女時代の美しい思い出の一部になれるのも、光栄というものです。

成人までの一年もの歳月があれば、アンジーくんもお年頃の淑女《しゅくじょ》となり、好意を寄せる異性も現われるでしょうし。

「ん！」

「はい？」

「ん！」

アンジーくんが催促《さいそく》するように、しきりに右手の甲《こう》を突き出してきます。はて。

……ああ、これはあれですか。中世の騎士が姫に忠誠《ちゅうせい》を誓《ちか》うような例の。

男勝《おとこまさ》りなアンジーくんも、やっぱり夢見る女の子なんですね。

「はいはい。わかりましたよ。お姫様」

私も寸劇《すんげき》に則《のっと》りまして、雰囲気《ふんいき》を出して大仰《おおぎょう》な仕草でアンジーくんの手の甲に口付けします。

ちょっと羽目《はめ》を外してしまいましたが、こういうのも案外、楽しいものですね。

アンジーくんは無邪気《むじゃき》にきゃっきゃっと喜んでいます。いい仕事しましたね、私。

「やるねえ、あんた」

ガルロさんが肩を組んできました。

なにやら意味ありげな、にやけ顔をされています。

「子供の夢を壊さないのも、大人の務めですからね。ましてそれが、可愛《かわい》い女の子でしたら」

「ぷくっくっ。ま、知らないみたいだから教えといてやるが、さっきのは簡易式だが、貴族での正式な婚約宣誓《こんやくせんせい》の儀式《ぎしき》だからな？」

「……はい？」

「つまり、今のであんたは、名目上ではあるにしろ、アルクイン侯爵家ご令嬢《れいじょう》、アンジェリーナ・アルクインの婚約者となったわけだ。おめでとさん」

「……はいぃ？」

あれ？　もしかして私、やらかしてしまいましたか？

「本人はどう捉《とら》えてるか知らんが、まだ単なる形式上の口約束だがな。ただ、あいつのことはほんのガキの頃から知ってる、俺の娘みたいなもんだ。相手があんたなら、文句はないがね。できりゃあ、本当にくっついてくれると嬉しいんだが。アンジーが五年といったところを、四年に短縮《たんしゅく》したくらいだ。あんたも満更《まんざら》じゃあないんだろ？」

四年に短縮……？　あ。もしかしなくても、こちらでの成人って二十歳ではないとか？

十四歳で成人……後四年。今から四年では、約束を忘れそうにないですよね。どうしましょう……

アンジーくんを好きか嫌いかでいうと、もちろん大好きなのですが——恋愛ではなく親愛、孫のようなものなのですよね。

しかし、小躍《こおど》りして喜んでいるアンジーくんに、今更冗談《じょうだん》でしたといえるわけもありません。

……そうですね。逆にいいますと、まだ四年ありますし、先のことなど誰にもわかりません。特にそれが、人間の感情となりますと。

しばらくは、置いておくことにしましょう。

気を取り直して、当初の予定通り、私はふたりと再会の約束をし、その場を後にしたのでした。

◇◇◇

「なんだって⁉」

ギルド長の執務室に、部屋の主たるギルドマスターの怒声《どせい》が響いていた。

叩《たた》き落とされた拳で、デスクの上に置いてあった花瓶《かびん》が床に落ちて割れ、飛び散《ち》った水と破片《はへん》とで惨憺《さんたん》たる状況になってしまっている。

ここは、王都にある冒険者ギルド――カレドサニア支部のギルド長の執務室である。

慣れない者が目の当たりにしたのなら、腰を抜かしそうな勢いではあったが、報告に訪れていた事務局長は、残念ながら慣れていた。

それどころか、最近はこういったことが増えてきている。

「ですので、港町アダラスタの支所からの連絡により、周辺海域にZランク魔物、海魔クラーケンが出現し、居合わせた者に討伐されました」

「それはいいっ！　あ、いや、よくはないのだが、この際はいい。問題はその後だ！」

「クラーケンを討伐した者の名は、〝タクミ〟とのことです」

「くうっ！」

「ただし、これは申請されたものではないため、名前はあくまで町の噂《うわさ》によるものです」

ギルドマスターはデスクに突っ伏《ぷ》し、大きく嘆息してから顔を上げた。

先ほどまでの殺気立った気配は鳴りを潜《ひそ》め、表面上ではあったが冷静さが見て取れる。

「……例の者と同一人物と考えて、間違いないだろうな。あの海魔クラーケンを倒すような同名の者が、世間にほいほいいてたまるか。奴はミザントスに向かったのではなかったのか？　アダラスタというと、同じ海峡に面してはいるものの、方角からすると逆方向だ。ファルティマの都に向かうという手がかり自体、フェイクだったたというのか？」

「いえ、そうとばかりはいえぬかと。情報によりますと、その者はアダラスタから海峡を渡ったようです。あの地は大森林が広がるのみ。目的地となるべき場所となりますと、大森林を越えた先にあるファルティマの都しか……」

「目的地がファルティマの都なら、なおのことアダラスタを経由した理由がわからんな。まったく意味がない。移動に倍の日数がかかる上、大森林越えという危険が増すだけだ。陽動《ようどう》でミザントスを避けるくらいは想定して、周辺の支所には通達を出しておいたが、まさかアダラスタとは……」

この一連の行動について、以前のように〝切れ者だから〟の一言で片づけるのは容易《たやす》い。

しかし、こうまで裏をかかれると、なにか別の意図があり、それをカモフラージュしているのでは？　という考えまで浮かんでくる。

「……話を戻そう。奴は海魔クラーケンを討伐した、といったな？　それ以前にＺランク魔物の出現は報告されていないと思ったが？」

「はい。実際に町や船への被害は出ていなかったようです。クラーケンの存在に町の者が気付いたのは、討伐後となります」

「それはおかしいだろう？　被害がないということは、目撃者もいないはずだ。どうしてクラーケンが出没したと断定《だんてい》できる？　それもまたブラフではないのか？　奴は冒険者登録をしていない。冒険者カードなしに、どのような魔物を倒したかなど、証明できないはずだ。魔物は死ぬと消えてしまうからな。奴は冒険者でないことを巧《たく》みに利用し、架空《かくう》の海魔討伐をでっち上げ、こちらを混乱させようとした――というのはどうだ？　アダラスタにいたのが本人ではなく協力者であったなら、偽装《ぎそう》も可能なはずだ。その意図はさておきな」

「残念ながら、クラーケンが出没したのは事実のようです。現物がありましたので」

「現物だと？　なんのだ？」

「クラーケンです。海上で氷漬けになった状態でいるのを、大勢の者が確認しています。丸ごと氷漬けにすることで、死した後も魔物の原形を留めておくというのは、なかなかに斬新《ざんしん》な試みで――いえ、失礼しました」

「いや、いい。わたしも現実から目を背《そむ》けたくなるくらいには、頭が痛くなってきたところだ……」

ギルドマスターはこめかみを押さえて、頭を振っていた。

「報告では、確認されている奴のスキルは複製スキルだったはずだな？　二百メートル級のクラーケンを氷漬けとは、魔法職でもあるというのか？」

「逆に魔法では、そのような強力な凍結《とうけつ》魔法は存在しません。それに、銀光を放つ巨大な水龍を見た、という証言もあります。なんにせよ、人外の力です。……よろしいでしょうか？」

事務局長はギルドマスターの傍《かたわ》らまで歩み寄り、周囲を警戒《けいかい》するように声を潜《ひそ》めた。

「〝タクミ〟なる人物――本当に人間なのでしょうか……？」

「……どういうことだ？」

「在野《ざいや》の者としても、不自然なほどに腕が立ちすぎます。今回のアダラスタの件も、単にファルティマの都への経路というわけではなく、町自体にも用があったのだとしたら？　そもそも奴の行動には一貫性がありません。ペナント村から始まり、ラレントの町、王都、港町アダラスタと、行ったり来たり……まるで場当たり的に移動しているかのようです。しかし、それには理由があり、各地でなんらかの仕込みをしているのだとしたら……」

ギルドマスターの額から汗が流れる。別の意図があり、カモフラージュをしているのではと、つい先ほど同じ結論に行き着いたばかりなのだ。

カレドサニア支部のトップふたりの意見が一致したことを、偶然と済ませてよいのだろうか。

しかも、事務局長の話は、さらにもう一歩踏み込んでいる。

「遠回しはやめましょう。わたくしは彼奴《きゃつ》が、魔王の手の者ではないかと疑っております。魔王軍は、先日ここ王都侵攻《しんこう》に失敗し、十万もの手勢を失ったばかり……力押しの常套《じょうとう》手段をやめ、なんらかの搦《から》め手を使ってきても、おかしくはないかと。もし、彼奴《きゃつ》が人間に化けた、噂《うわさ》に聞く魔王の側近《そっきん》――脅威度《きょういど》Sランク以上の魔物であったならば、どうでしょう？　魔王のもとでは、日常的に配下の粛清《しゅくせい》や、反抗勢力の弾圧《だんあつ》も行われていると聞き及《およ》びます。それでしたら、あの魔物討伐数にも説明が付くというもの。魔窟《まくつ》や海魔は、単に成り行きで排除《はいじょ》したとすると……」

そもそも魔窟《まくつ》にしろ海魔にしろ、なぜ自分の功績《こうせき》だと申し出ない？　栄誉は？　褒賞《ほうしょう》は？

常人であれば喜んで受け取る権利をあっさり放棄《ほうき》して、まるで行動自体を隠匿《いんとく》するかのよう。

想定外だったのは、潜入《せんにゅう》任務の最中、冒険者パーティ『青狼のたてがみ』の冒険者カードに触れてしまったこと。

この仮説なら、それだけの手練《てだ》れが冒険者ギルドに加入していないことも、ギルドからの追跡《ついせき》を逃れようとしていることにも説明が付く。付いてしまう。

ギルドマスターは、知らずに握り締《し》めていた拳を解いた。

その掌《てのひら》は、嫌な汗でびっしょりと濡れてしまっている。

「仮に、それが的《まと》を射《い》ていたとすれば、冒険者ギルドの沽券云々《こけんうんぬん》の問題ではないぞ……！

取り込もうとしていた者が実は魔王の手先で、しかも我らギルドがその者の存在を知りつつも、奸計《かんけい》が成されて人類に甚大《じんだい》な被害が出たとなれば――ギルドの存続《そんぞく》すら危《あや》ぶまれる」

「ここは、いったん捜索・勧誘という路線をやめ、捕縛《ほばく》に切り替えてはどうでしょうか？

『影』と『剣聖』に依頼を出しましょう」

「あのふたりを組ませるというのか？　たしかに連中なら、万一の失敗もあり得まいが……」

Sランク冒険者の通称『影』――ソロでの活動を主とした、拠点潜入殲滅《せんめつ》のスペシャリスト。正体を知る者はおらず、一部では死神とさえ称されている。追跡技術においても他の追随《ついずい》を許さない。

誉《ほま》れ高き剣の頂《いただき》、SSランク冒険者の『剣聖』――こちらもソロ、というよりはパーティを組む必要性がないほどの卓越《たくえつ》した戦闘力を有する剣士。常勝にして無敗。事実上、冒険者の最高位に君臨《くんりん》する者である。

一度でも冒険者を志《こころざ》したならば、知らぬ者なしと囁《ささや》かれるトップランカーふたりだ。

ただし、彼らは冒険者ギルドにとってもワイルドカードだった。

そうそう何度も切れる手札ではない。いわば、ギルドにとっての奥の手に近い。

「企《くわだ》てを未然に阻止《そし》する意味でも、戦力に過分《かぶん》ということはないでしょう。悠長《ゆうちょう》に構えている暇《ひま》もありません。もし、彼奴《きゃつ》が無害であれば、捕縛《ほばく》後に補償《ほしょう》なりの然《しか》るべき措置《そち》を取るといいでしょう。ギルドに対する少々の悪評が立とうと、手遅れになるよりは遥《はる》かにマシかと。いかがしますか？」

「よし、ここは、最悪の事態を想定して動くとする！　ふたりに依頼の手続きを、最優先でだ！」

「はっ！　承知いたしました！」

滅多《めった》に慌《あわ》てることのない事務局長が、ドアを開けるのももどかしげに、ばたばたと退出していく。

執務室にひとりきりになったギルドマスターは、閉め切られた窓から王都の風景を見つめた。

「さて、これで鬼が出るか蛇《じゃ》が出るか……いまだ見《まみ》えぬ兵《つわもの》よ、お前は人か？　それとも魔か？　我々ギルドの利となるか否《いな》か、少々手荒《あら》い方法だが、今度こそ見極《みきわ》めさせてもらおうか……」

――同時刻。

王都カレドサニアの王城、玉座《ぎょくざ》に腰かける国王メタボーニ・オブ・カレドサニアは、退屈な謁見《えっけん》を終え、暇を持て余していた。

王の興味としては、自分の権勢《けんせい》をいかに末永く天下に知らしめるか、それしかない。

だからこそ、国民の人気《にんき》取りのためとはいえ、下賤《げせん》な下々の意見に耳を傾《かたむ》けるという屈《くつ》辱《じょく》も、甘んじて受けている。

本来なら、民のことなど気にせずに、思いのままに贅《ぜい》の限りを尽《つ》くしたいところだが、時勢がそれを許さない。また、一国の君王ではあるものの、目の上のたんこぶもいる。

そして、それ以上に厄介《やっかい》なのが、かの魔王の存在だ。

なぜ、自分の統治時代に、自国領に魔王が現われてしまったのか……神を呪《のろ》わずにはいられない。

戦時下において、臣下《しんか》の叛意《はんい》は王政を揺《ゆ》るがしかねない。だからこその、単調で阿呆《あほ》のような謁見《えっけん》の日々だ。

馬鹿な家臣や臣民どもは、話を聞いてやるだけでも満足する。内容など聞き流しているとしてもだ。それで不満が抑えられるのなら、我慢《がまん》もしよう。なにせ、会って話を聞くだけなら、手間はかかるが金はかからない。

その点でいうと、先日の魔王軍の王都侵攻の折には、あの三英雄たちはよくやってくれた。

宮廷魔術師長のアーガスタから、カビの生《は》えた伝承《でんしょう》の秘術、〝英雄召喚の儀〟を勧められたときには、正直なところ眉唾《まゆつば》だと思っていたが……やるだけなら無料《ただ》とやってみたものの、よもや本物の英雄が召喚されるなど。

――若干《じゃっかん》一名、思い出したくもない不敬《ふけい》な輩《やから》もいたが、実際に連中はよく役立ってくれた。

おかげで、押し寄せてきた魔王軍を殲滅《せんめつ》。近年、平民どもにちやほやされていた冒険者ギルドの鼻も明かせて、偉大《いだい》なる王の権威《けんい》を示すこともできた。事前に用意しておいた、王都からの脱出計画に費《つい》やした労力や費用は無駄になったが、見返りは充分だった。

現在のところ、魔王軍の侵攻は落ち着いている。よほど、先の侵攻の失敗が痛手だったと見える。

あとは、あの『勇者』の小僧が、魔王を打ち倒してくれさえすれば、いうことなしだ。

さらには、魔王から国を救った王として、我が天下は盤石《ばんじゃく》というもの。永遠に歴史にも名が謳《うた》われよう。さすれば、この退屈な責務《せきむ》からも解放されて、心ゆくまで後宮にこもって贅沢三昧《ぜいたくざんまい》ができる。それまでの我慢だ。

「陛下、失礼いたします」

ノックの音に、入室を許可する。

姿を見せた宮廷魔術師長のアーガスタ・アドニスタは、血を連ねる従兄弟《いとこ》にして、王位に就《つ》く以前からの腹心《ふくしん》でもある。

「お耳に入れたきことがございます。アグラスタ付近の海峡にて、海魔クラーケンが出没しました」

その報告に、溜息《ためいき》が出る。

古来、天災級と称される魔物には、国士導で対処することになっている。単純に個人の力では対抗できず、軍が出動せざるを得ないからだ。

放置すれば国の権威が低下する上、甚大《じんだい》な被害のつけは最終的に国庫に回ってくる。

しかし、国軍を動かすのも無料《ただ》ではない。それに平和な時分ならまだしも、今の時勢では兵士の命とて無駄にはできない。兵がひとり減るということは、それだけ魔王軍に対する王国の——つまりは王の盾が薄くなるに等しいからだ。

それゆえに、冒険者が幅《はば》を利《き》かせてきた近年では、その功名心《こうみょうしん》を利用している。

「冒険者ギルドに正式に依頼を出しておけ。そうだな、あそこの管轄《かんかつ》はアルクイン侯爵家だったな。報奨金は侯爵に支払わせせよ」

栄誉と金。目の前にぶら下げておきさえすれば、冒険者連中は喜んで命を投げ出す。

どうせ、国には従わない生意気《なまいき》な連中ばかりだ。こんなときにこそ、役に立ってもらわねば。

「その必要はありません。クラーケンは発見と同時に退治されたそうです。それもたったひとりの者の前に」

「……また冒険者か？　単独とは……よもや、噂《うわさ》に名高き『剣聖』とやらか？」

市井《しせい》の世情に疎《うと》い国王でも、『剣聖』の名くらいは知っている。

もう数十年も以前から、国軍の猛将《もうしょう》を差し置いて、国内最強と呼び声の高い冒険者だ。

かつて、何度も天災級の魔物を単独で屠《ほふ》っているとも聞く。

つい最近までは、それらは噂《うわさ》に長い尾ひれの付いた話で、人ひとりの力でなにができるかと高を括《くく》っていた。おおかた実際は数の力に頼ったものとばかり思っていたのだが——

先の魔王軍と英雄たちとの戦闘を目の当たりにして、認識を改めた。

世の中には、化け物を超えた化け物も存在する。どちらが真の化け物か、わからないほどの。

「失礼ながら、違います。このたび報告に参ったのは、そのためです。調査に当たった者からの報告では、クラーケンを単独撃破《げきは》した者の名前は、〝タクミ〟だと」

「タクミ……？　どこかで聞いたな、その名前は。しかも、なにやら腹立たしくなる」

「例の三英雄のおまけです」

「ああっ！　思い出したぞ、あやつか！」

わざわざ英雄召喚の儀で喚《よ》んでやったというのに、他の三人と違い、まったくの役立たず。

そんな分際でありながら、国王たる自分に意見し、あまつさえ命を狙った不届《ふとど》き者。

魔物の群《む》れの前に晒《さら》された恐怖と、居合わせる臣下の前で恥《はじ》をかかされた屈辱《くつじょく》が蘇《よみがえ》る。

「だが、待て。彼奴《しゃつ》はたしか、わずかレベル1の神官であったはずであろう？　どうして天災級の魔物を倒せる？」

「それは、わたくしにもわかりかねます。が、あの場で実際に、奴のステータスを確認した者はおりませぬ」

「……虚言《きょげん》であったと？」

「海魔の件がたしかであれば、可能性は高いかと」

「……王であるこのわしを謀《たばか》ったというのか……許せぬ」

ふつふつと怒りが湧《わ》いてくる。

一度は、教会側についた『聖女』の要請で、賞金首の厄災を解いた。だというのにその恩も忘れ、下賤《げせん》な異世界人が偉大な君主たるこの国王を騙《だま》すなど、あってはならないことだ。

あの一件がなければ、あのまま『聖女』も手元に置いておくことができた。教会に大きな顔をされることもなかった。ますます、腹立たしい。

だが、そうした怒り心頭《しんとう》な心情の反面、冷徹《れいてつ》な施政《しせい》の王としての思考が働く。

仮にあの者が力を隠していたとして、一時は命を狙ったこちらを逆恨《さかうら》みしていないとも限らない。

放置しておけば、後の禍根《かこん》となる可能性も大いにある。

なにせ、魔王軍に止《とど》めを刺した、あの巨大な閃光《せんこう》の謎《なぞ》は解明されていないのだ。

『勇者』に詰問《きつもん》すると「気を失っていたから、記憶にない」と答えた。

『賢者』に詰問すると「覚えていないが、我が自爆魔法のおかげだろう」と答えた。

『聖女』は黙して語らなかった。

ゆえに、なし崩し的に〝三英雄の力で〟という曖昧《あいまい》なことになってはいるが、万一、あの力が奴のものだったのであれば、さまざまな意味で非常にまずいことになる。

「……あやつは、今どこにいる？　目的はわかるか？」

「最後に目撃されたのは、港町のアダラスタです。目的はわかりかねますが、最終目的地はわかっています。ファルティマの都ですな」

「教会の総本山……目的は『聖女』か？」

「おそらくは。わたくしもつい先ほど確認したことですが、実は数日前に奴がこの王城にやってきて、密《ひそ》かにタンジ殿《どの》に会っていたそうでして。その会話の中で、そう申していたようです」

「なに？　そんな報告は聞いておらんぞ？」

「どうやら、王城前の城門でばったりと出会ったらしく……そのままタンジ殿自ら自室まで連れ込んだ、と。……処罰いたしますか!?」

「……いや、よい。『賢者』には城への出入り自由の権限を与えている。なに、奴は連中の中でも、一番現実的な考えをしておる。わしの保護なしに、この世界では生きていけぬと心得ておるのだ。お互いに利用価値を見い出しておる以上、裏切ることはなかろう。それに、さすがは『賢者』。あの魔法は目を見張るものがある。今や、わしの最終防衛手段として、いてもらわねば困るというものだ。問題は、教会に匿《かくま》われている『聖女』のほうだな」

「なにか、よからぬ画策《かくさく》をしていると？」

「密《ひそ》かに『賢者』に会い、今度は『聖女』だ。疑わぬほうがどうかしている。もともと『聖女』は、あやつ寄りの立ち位置にあった。英雄の呼び声高い今、『聖女』を旗印《はたじるし》に教会と組んで、王家に対してクーデターを起こしてもおかしくない」

「それはよろしくないですな。……『鴉《からす》』を使いますか？」

『鴉《からす》』とは、元はアーガスタの所有する私設部隊で、主に汚《よご》れ仕事専門の特殊《とくしゅ》技能部隊である。

いまや、王直属の秘密部隊となってはいるものの、本質はなんら変わっていない。免罪を条件とした凶悪な犯罪者や、裏世界の住人から生粋《きっすい》の暗殺技巧者まで、表世界では真っ当に生きられない者ばかりで構成されている。

彼らの命はとても軽く扱われており、それゆえに今現在まで生き残った『鴉《からす》』の面々は、生き意地汚く、そして強い。その強さとは、国軍の代表たる正騎士団とは、真逆《まぎゃく》のものだ。

メタボーニは国王の座に就《つ》くまで、政敵や邪魔者を『鴉《からす》』を用いて排除してきた。まさに、王国の裏の部分を象徴《しょうちょう》する存在といえる。

「邪魔な芽《め》は早めに摘《つ》んでおくに限る。厄介事《やっかいごと》が起こる前に、あやつを追いかけて始末させろ」

「教会――『聖女』との約束はよいのですか？」

「なに、構わん。わしが約束したのは、国王暗殺未遂《みすい》の大罪を免罪《めんざい》することだけだ。すでにそれは果たしておる。だろう？」

「なるほど、たしかに。では、即刻《そっこく》『鴉《からす》』を投入いたしましょう。ひと月ほどもいただければ、吉報《きっぽう》をお届けできるかと」

「異世界人が、こちらでの旅の道中が危険なことを知らなくても無理はない。哀《あわ》れな旅人が盗賊に襲われて命を落とす、冥福《めいふく》を祈ろうではないか。はっはっはっ」

「左様《さよう》で。ほっほっほっ」

ふたりの邪《よこしま》な気配に満ちた哄笑《こうしょう》が、ひっそりとした王城の一室に木霊《こだま》した。

――その夜、闇に紛《まぎ》れて武装した一団が、王都を密《ひそ》かに旅立ったという。

今、たったひとりの人物を中心として、さまざまな思惑《おもわく》が入り乱れることになる。

# 第二章　世界樹の森と守り人たち

ちょっとした出会いから、当初予定していた経由地である港町ミザントスから港町アダラスタへと進路を変更し、無事に海峡を渡ったまではよかったのですが……

実は私、その後のことをまったく考えておりませんでして、はい。

地図もなければ土地勘《とちかん》もないことを、すっかり失念していました。

おかげ様で、ただ今、絶賛《ぜっさん》迷い子――迷い老だったりします。

颯爽《さっそう》とアンジーくんやガルロさんと別れたはいいものの、行けども行けども森の木々しかありません。しかも、どんどん鬱蒼《うっそう》となっていく始末です。

生《お》い茂《しげ》る枝葉の天蓋《てんがい》に邪魔されて、日光すらまともに差し込みません。見渡す限りの大森林は、まるで富士の樹海《じゅかい》ですね。すでに、やってきた方向すら見失っています。どうしましょう。

『方位磁石《じしゃく》、クリエイトします』

頼みの綱《つな》の〈万物創生〉スキルでしたが、針はぐるぐる回るばかり。

地盤《じばん》が元は溶岩で、磁鉄鉱《じてっこう》でも埋《う》まっているのでしょうか。GPSでもあればいいのですが、端末《たんまつ》を創生しても、肝心の衛星が飛んでないのでは無意味です。

いっそ、ブルドーザーで木を薙《な》ぎ倒しながら突き進みたいところではありますが、迷ったからとそれをやるのはあまりにはた迷惑ですよね。

不用意に生態系を崩すのも避けたいので、地道に徒歩《とほ》で進むしかありません。

ですが、そう思ってから、すでに丸二日と四時間が経過中です。

見事に変わり映《ば》えしない風景に、自分がまっすぐ進んでいるのかも怪《あや》しく思えてきました。

自然の緑は好きですが、そろそろお腹いっぱいです。挫《くじ》けそうになってきています。

こうなってきますと、不安を払拭《ふっしょく》するためにも、まずは現在位置くらいは確認したいところですね。

森の中で駄目《だめ》なら、森の上からではどうでしょう。高い木に登って木の天辺《てっぺん》から見下ろす感じで。

「問題は、私の運動神経がついていけるかですよね……」

登れないのはまだしも、中途半端《ちゅうとはんぱ》に登れてしまって、途中で落ちるのだけは、勘弁《かんべん》願いたいところです。とりあえず、手近で最も背の高そうな樹木を選び、しがみついて慎重《しんちょう》に登ってみました。

「う〜ん。いけそうな気がしないでも……？」

木登りなど、小学生時代に田舎《いなか》の祖父《そふ》宅で行なったのが最後ですが、身体は覚えているのか、どうにかなりそうな感じですね。

「よし、案ずるより産むが易《やす》しです。やってみますか！」

覚悟を決めて気合いを入れましたが、事前の心配はどこへやら。ほんの数秒ほどで三十メートルはある大木を一気に登り切り、瞬《また》く間に他の木々の背丈《せたけ》を追い抜きました。

視界が一気に広がり、先ほどまで見上げていた背の高い木々の先端を、眼下《がんか》に見下ろしています。

なんたる爽快感《そうかいかん》！　森の上を滑《すべ》るように吹き抜ける風が気持ちいいですね。何事も、試してみるものです。

「ん？　こんなときにまで、またですか？　はいはい、ぽちっとな」

こんなときにまで、また例の謎の表示窓です。いい加減に慣れてきましたが、時と場所くらいは考えてほしいものです。本当になんなのでしょうね、これ。

さておき、まずはこれで方角の確認はできました。

樹海に入る前に眺めていた、大きく連《つら》なる山脈が前方に見受けられます。

少なくとも、進行方向はあっていたようですね。

「……ふむ？」

ふと閃《ひらめ》きました。

樹海の上空は折《おり》しも強い追い風です。そして、眼下十メートル——遥《はる》か前方まで続く樹海の木の高さはほぼ均一でして、森の上部は平坦《へいたん》といってもいいくらいです。

……樹海の上を飛べませんかね、これ？

もちろんですが、操作方法のわからない航空機や、飛行速度が音速を超えるマシンやロボの類《たぐい》はノーグッドです。

なので、ハンググライダーとかどうでしょうか。滑空《かっくう》するだけでしたら、私にだって大丈夫そうな。

生き物でも、ムササビやモモンガだって、生態として普通にやっていることですから、これで大怪我《けが》することもないでしょう……と信じたい。

『ハンググライダー、クリエイトします』

「おおっ、飛びました！　予想以上に快適ですね！」

飛んだというより、背後からの強風に煽《あお》られて、吹き飛ばされたという感じではありましたが。

なんにせよ、風に乗る感覚が素晴らしいですね。スピードもほどほどで、爽快感《そうかいかん》もなんともはや。

「ふん、ふんふふ、ふんふんふん～♪」

空中ですので障害物もありませんし、時折、少し突き出した背の高い木の先端にだけ注意しておけば、大した労力もいりません。

「おや？」

このまま樹海を渡れてしまうのでは、と思った矢先――なにかを突き破《やぶ》る感覚がありました。

肩越しに背後を振り返りましたが、そこにあるのは空ばかりで、特に衝突《しょうとつ》するようなものは見当たりません。はて。

不可解《ふかかい》さを覚えつつも、前を向き直した瞬間、突如《とつじょ》として視界いっぱいに、巨大な樹木の幹《みき》がありました。その距離、わずか五メートル！

ただでさえ二十メートルクラスの大木が群生《ぐんせい》する大森林ですが、そんな周囲の木々と比べても、縦にも横にも五倍の丈《たけ》がありそうな巨大樹です。枝葉の傘だけで、森の一角がすっぽりと覆われてしまいそうな。

当然ながら、こんな巨大樹、たとえ数キロ離れていても、容易に目視できるでしょう。ましてやこんな間近に近付くまで、見過ごすはずなどありません。

ですが、それがここに確固たる質量をもって存在しているのは、厳然《げんぜん》たる事実でして。

――どぉーん！

滑空中《かっくうちゅう》に急ブレーキなどかけられるわけもなく。私はハンググライダーもろとも巨大樹の幹の中央に正面衝突し、あえなく墜落《ついらく》してしまったのでした。

「痛……くはないですけど、ひどい目に遭《あ》いましたね……」

二十メートル以上の高さから、真《ま》っ逆《さか》さまですよ。

地面が柔《やわ》らかい腐葉土《ふようど》でなければ、危ないところだったかもしれません。

目の前には、物凄《ものすご》く立派な大樹がそびえています。

尻餅《しりもち》をついた状態で見上げても、上空に緑の傘を広げたようで、全貌《ぜんぼう》を窺《うかが》い知ることはできません。

それにしても、この存在感たるや。いったい樹齢《じゅれい》何百年なのでしょうね。

返す返すもどうして真正面《ましょうめん》にそびえ立っていたはずの大樹に気付かなかったのか、不思議でなりません。老眼《ろうがん》でも再発したのでしょうか。

「何者だっ⁉」

「え？」

誰何《すいか》の声――もしかしなくても、私が問われているのでしょうか。

そろりと背後を見渡しますと――いつの間にか周囲に居並ぶ木々に紛《まぎ》れて、大勢の人たちに取り囲まれているようです。

その人たちは全員が弓を手にしており、番《つが》えた矢の先が、一様《いちよう》にこちらを向いていますね。

……嫌な予感しかないのですけれど。


嫌な予感は当たりました。

もっとも、弓矢を向けられている時点で、予感もなにもあったものではないのかもしれませんが。

座り込んでいた私の太もも近くの地面に、飛来した矢が突き刺さります。

「貴様は何者かと問うている！」

若い男性の声ですね。口調から、かなり感情的になっているように聞こえます。

肌をピリピリと刺すのは、殺気というものでしょうか。

「名をタクミと申します。害意はありません。射らないでくださいね」

刺激しないように、ゆっくりと両手を挙げて立ち上がります。

木陰《こかげ》から、油断なく弓を構えて姿を現したのは、淡《あわ》い緑の質素な服装に、長い金髪を肩口で結《ゆ》わえた青年でした。

やけに色白で、線の細い方ですね。華奢《きゃしゃ》な女性にも見えます。

視界に映るだけでも、似た格好《かっこう》をした方々が、何人も見受けられます。

その他にも、近くの木の枝葉の上、木陰や岩陰《いわかげ》などにも、かなりの人数が潜《ひそ》んでいるようですね。

青年の警戒の眼差《まなざ》しが、私の頭の先から爪先までを舐《な》めているのがわかります。

敵意がないことと、非武装であることを確認してくれたようでして、わずかに視線の厳しさが緩《ゆる》んだ気がします。

ただそれでも、相変わらず弓の先は、こちらを捉えたままですが。

「貴様、この隠れ里に、空から侵入《しんにゅう》しようとしていたのではないのか？　どうやってこの里の結界を破った？」

結界？　聞き慣れない単語が出てきましたね。破るといって思い当たるのは、もしかして先ほど飛んでいる最中に突き破った感覚のあった、あれのことでしょうか。

「空を飛んでいたのは事実ですが、結界を破ったのは、偶然です。悪気はありませんでした」

「戯言《ざれごと》を。我らの里の結界は、世界樹の加護《かご》によるものだ。そう易々《やすやす》と破れるはずなかろうが」

そういわれましても、実際に簡単に破れてしまいましたし。

そこまで率直に述べますと、いらぬ反感を買いそうでしたので、そこは黙っておきましょう。

困りましたね。無言の睨《にら》み合い――といいますか、一方的に睨《にら》まれているだけでしたが、その状態が続きます。

しばらくそうしていますと、物陰《ものかげ》から別の方々も出てきました。

こちらの方々も、ずいぶん似た容貌《ようぼう》をしていますね。女性と男性が交じっているようですが、正直、あまり見分けがつきません。

年若にして、色白で痩身《そうしん》、金髪で美形と、誰かの印象と被ります。

あれは……そう、『青狼のたてがみ』在籍《ざいせき》の、フェレリナさんにそっくりですね。彼女も弓を得手としていたはずです。

「ちょっと、この人間。どうしてこっち見て、微笑《ほほえ》んでるの？」

いやはや、ついつい懐《なつ》かしくなってしまいました。

カレッツさんやレーネさんも、お元気にされているのでしょうか。またお会いしたいものですね。

おや？　ちょっと待ってくださいよ。この方々も、フェレリナさんと同じく、耳が異様に尖《とが》っていませんか？　もしかすると、彼女と同じ疾患《しっかん》で……？

「今度は、慈愛《じあい》の表情になったんだけど……なに、この人間？」

この異世界特有の風土病《ふうどびょう》なのでしょうか。〝エルフ〟とかいいましたか。

もしや、ここはその病気の療養所か、隔離《かくり》病舎なのでしょうか。

同じ病《やまい》を患《わずら》う皆さんが、力を合わせて、ここで共同生活をされているのですね。

ご心労も絶《た》えなく……いえ、待ってください。それは、おかしくないですか？

「なんだか、この人間。今度はすごく落ち込んでるんだが……？」

同じ病なので、似たような耳の疾患《しっかん》はともかくとして、身体的特徴《とくちょう》まで、こうまで似通《にかよ》うものでしょうか……。この外見の共通点からも、もしかして〝エルフ〟とは、こういった外見を持つ種族を指す言葉なのでは？　ああ、そうに違いありません！

となりますと、私はフェレリナさんを勝手に病《やまい》と決めつけて、なんという失礼なことを。

そんな反省中の私を置いてけぼりに、エルフの皆さんは、なにやら相談中でした。

「……まあよい。申し開きは長老の前でしてもらおう」

最初のエルフの青年が、この中では隊長さん的な存在のようですね。

こちらに一歩だけ近寄り、掌《てのひら》を向けていました。

「夢の小人。眠りを誘《いざな》う小さき精霊《スプライト》よ。彼《か》の者にやすらかな安息を――スリープ・クラウド」

隊長さんが、なにかしらを唱《とな》えた直後、私の頭を紫色の煙《けむり》のようなものが包みました。

包みましたが――煙はすぐに消えてしまいましたね。なんだったのでしょう。

「よし。お前たちは、その眠った人間を抱えて、長老のもとへ連れていけ」

「あの……隊長。眠っていないようですが……？」

「ふん？　そんなわけあるか。我らの精霊魔法に、こんな人間ごときが抗《あらが》う術《すべ》など……」

すでにきびすを返そうとしていた隊長さんと目が合いました。

「…………どうも」

「……ふっ。どうやら、小癪《こしゃく》にも睡眠《すいみん》耐性のスキルを持っていたようだな。今ので大人しく眠っていれば、安らかな夢の中にいられたものを。ならば、多少のトラウマは覚悟するのだな！　恐怖と悪夢の化身。闇の精霊《シェイド》に抱かれ、深淵《しんえん》の底に堕《お》ちよ――ナイトメア・コウマ」

黒い靄《もや》の塊《かたまり》のようなものが、上半身をふよふよと漂いまして――すうっと消えてしまいました。

「…………」

「…………え？　終わりですか？」

どうしましょう。視線が痛いのですが。

「くぅっ！　偉大な父たる森の精霊《エント》よ。汝《なんじ》の腕《かいな》は其を縛《しば》る戒《いまし》めとならん――ソーン・バインド！」

四方八方から太い荊《いばら》の蔦《つた》が襲いかかり、私の全身を雁字搦《がんじがら》めにします。

「どうだっ!?　これなら、耐性スキルも関係あるまいっ！」

無数の棘《とげ》が肌に食い込み、ぎしぎしと身体を締《し》め上げます――が、それほど辛《つら》くもありません。

全身をこう……指圧マッサージされているような心地《ここち》よい感じです。

土埃《つちぼこり》が舞い上がっていましたので、鼻がむずむずして思わずくしゃみをしますと、蔦《つた》はあっけなく千切《ちぎ》れて消えてしまいました。

「…………私は悪くないですよね？」

「抵抗するとは、貴様っ！　その力——やはり、里に害をなそうとする者か⁉　ならば、外敵は威勢《いせい》をもって排除するのみ！」

隊長さんが弓に矢を番《つが》えて、距離を取りました。

抵抗など一切していないはずなのですが、なにやらまずい雰囲気《ふんいき》です。

「魅了《みりょう》せよ、木の精霊《ドライアド》。我が身は幻、虚空《こくう》に惑《まど》わし影を映せ——ファントム・ミラージュ！　ふははっ！　どれが本物のわたしであるか見破れまい⁉　幾千幾万《いくせんいくまん》の矢に射られ、地に伏《ふ》すがよい！」

どれが、と問われましても。どう見ても、隊長さんはひとりにしか見えません。

そして、隊長さんがこそこそと、私の死角に回り込もうとしているのも丸見えなのですが。なにがしたいのでしょうね。

自信満々に弓を飛ばしてきましたので、とりあえず避けました。

あんなにも大胆に狙いをつけられてけ、避けてくださいといっているようなものです。

「なっ⁉　わたしのファントム・ミラージュが破られた⁉　数多《あまた》の幻影の中から、どうして本物のわたしの攻撃が見切れたのだ⁉」

すごい悔《くや》しそうですね。よくわかりませんが、必殺技らしきものを破ってしまったようです。はい。

「こうなれば——総員、一斉攻撃せよ！　この人間は危険だ！」

あ、悠長に構えている暇はありませんでしたね。

少なく見積《みつ》もっても三十人に近いエルフの方々が、一斉に攻撃を仕掛けてきました。

『ライオットシールド、クリエイトします』

暴徒鎮圧《ぼうとちんあつ》用の盾で、次々と飛来する矢を弾《はじ》きます。

警察官が有事の際に持っている、あの透明《とうめい》な盾です。

透明なだけに、飛んでくる矢を目視して避けるには、実に有用ですね。

弓矢は銃器《じゅうき》と違い、連射が難しいので、ここは逃げるが勝ちでしょう。

ですが、駆け出す先から、矢が追い縋《すが》ってきて足元に突き刺さります。

どうやら、簡単に逃がしてくれるつもりはないらしいですね。

とりあえず、矢を避けつつ逃げますが、足元が腐葉土でぬかるんでいたり、地に張る木の根やらが剥《む》き出しになっていたりと、走りにくいことこの上ないのですよ。

周囲の木の上には建物も見受けられますので、ここは彼らの居住区なのでしょう。

地の利はあちら。数の利もあちらです。

巧《たく》みに逃げ道を誘導されている感もあります。先回りされているのか、突然、正面から攻撃されることもしばしばです。しかも、続々と相手の数が増してきている気もします。いまや、五十名近い人数に、追われているのではないでしょうか。

「舞い踊る風乙女、清き風の精霊《シルフ》よ。不可視《ふかし》の刃で汝《なんじ》の敵を切り裂《さ》け――エア・ブレイド！」

「凍《い》てつく氷の精霊《フラウ》よ。氷結の吐息《といき》、連なる氷槍となりて其を貫け――アイシクル・スピアー！」

「大地の子、土の精霊《ノーム》よ。小さき石礫《いしつぶて》、遊戯《ゆりぎ》と興じて乱れ飛べ――グラブル・バレット！」

矢に交じり、魔法のようなものまで飛んできています。

一点攻撃の矢と違い、広範囲に影響を及ぼしているようです。これはさすがに避けきれません。

幸いにして、人体に対する殺傷能力は低いのでしょうか、今のところ当たってもダメージはないみたいですが、それもいつまで続くことやら。

ただ、逃げる先々の建築物が、主に魔法の流れ弾で損壊《そんかい》していますけど、いいのでしょうか。

「おのれっ！　ここまで翻弄《ほんろう》されて、おめおめ取り逃がすは一族の恥！　我らが里を荒《あら》した責は、その命で贖《あがな》ってもらうぞ⁉　かくなる上は、上位精霊を喚《よ》び出す、皆、手を貸せ！」

「「応っ！」」

ええぇ⁉　この建物被害まで、私のせいになっているのですか？　それはないですよ！

「其は風の王。荒《あら》ぶる御霊《みたま》、猛《たけ》き風の精霊王《ジン》よ」

「その大いなる御力をもって、汝《なんじ》に仇《あだ》する愚《ぐ》を示せ」

「暴威《ぼうい》よ、吹き荒れよ。覇《は》を持ちて、薙《な》ぎ払え。顕現《けんげん》せし神威《しんい》を知らしめよ」

なにやら、不穏な空気です。

大掛かりな魔法なのでしょうか。数人がかりで唱える彼らの表情も辛《つら》そうです。

周辺の大気の流れが変わり、気圧が下がって耳鳴りがします。風が生き物のようにうねりながら、身体にへばりついてくるようです。これは――

「「旋し滅せよ――ルイン・トルネード！」」

私を中心として発生した竜巻《たつまき》が、天高くまで立ち昇ります。

内部はまるで、大型台風のような暴風と風圧です。ぶつかり合う風同士が摩擦《まさつ》で帯電《たいでん》しているらしく、雷光の煌《きら》めきまでが見て取れます。

周囲の木々や建築物が軒並《のきな》み呑《の》まれて巻き上げられます。なんという風力なのでしょう。

「ああっ、これは⁉」

――と、大仰《おおぎょう》に声を出してみたはいいのですが、なんのことはなく髪をぼさぼさにしただけで、竜巻はすぐに掻《か》き消えてしまいました。

「…………いまいち？」

「「「…………」」」

なんでしょう、このやっちゃった的な空気は。

「や、矢を放て――！」

逃げましょう。

先ほどの焼き直しですね。矢を避けたり盾で弾いたり。途中から魔法は面倒臭くなりまして、避けるのもやめました。見かけ倒しですし。

徐々に広がりつつある破壊の痕跡《こんせき》。何度も繰《く》り返しますが、私はなにもしてませんからね？

そうこう逃げ惑う内に、ついに袋小路《ふくろこうじ》に追い詰《つ》められてしまいました。

三方を天然の木々の壁が取り囲み、唯一の退路《たいろ》となる背後にはエルフの方々が陣取っているため、逃げ場がありません。

彼らの領分に無断《むだん》で立ち入ってしまった非がありますので、手荒《てあら》な真似《まね》はしたくなかったのですが、こうなりますと反撃せざるを得ませんね。

私とて、むざむざやられたくはありませんので……すみません。

『スタンガン、クリエイトします』

相手が魔法なら、こちらは科学の力で対抗しましょう。取り出したるは、非殺傷武器の代名詞、スタンガンです。こちらを無手《むて》だと侮《あなど》っていたことが仇《あだ》となりましたね。

私は反転するや否《いな》や、盾を前面に押し出したまま突進し、一息に間合《まあ》いを詰めました。

弓や魔法を主力としているだけに、予想通り接近戦は不得手のようで、咄嗟《とっさ》の状況の変化に対応できていません。

彼らの薄手《うすで》の服は、効率的に電気を通してくれるみたいですね。スタンガンの電極《でんきょく》を押し当てますと、エルフの皆さんはぱたぱたと倒れていきます。

高電圧でバチバチ激しい音をともないながら白い電光がスパークするさまは、使っているこちらも生理的嫌悪感《けんおかん》を抱くほどですね。

こちらが突然の反撃に出ましたので、相手の動揺《どうよう》も著《いちじる》しいものです。

聞き慣れない異質な音に、強力な電撃を放つ未知の武器も、混乱を来《きた》すのに一役買っているようですね。あれだけ綿密《めんみつ》だった連携《れんけい》が、見る影もなく崩れてしまっています。

ここは一気に押せ押せでしょう。一点突破あるのみですね。

気絶《きぜつ》した方々を跳《と》び越えて、囲みの薄い地点から逃れようとしたところ――木陰から小さな人影が飛び出てきました。

反射的にスタンガンを向けたのですが、トリガーボタンを押す指が止まります。

まだあどけなさを残した幼い少年でした。子供用でしょうか、小振りの弓を手に、必死に矢を引き絞《しぼ》っています。

内股《うちまた》になった足はがくがくと震えて、眉《まゆ》と長い耳はへにょんと八の字に垂《た》れ下がっています。

それでも立ちはだかろうとするのは、幼いながらもこの地を守る一族としての矜持《きょうじ》でしょうか。

この子にとって、自分たちの暮らす世界に押し入ってきた私は、よほどの恐怖の対象なのでしょう。歯を食いしばっていますが、目尻《めじり》には大粒の涙が浮かんでいます。

私はスタンガンを手放して、両手を挙げました。

「降参します。できるのでしたら、穏便《おんびん》に扱っていただけるとありがたいのですが」

古今東西《ここんとうざい》、泣いている子供に敵《かな》うものはいません。

まして、その泣いている原因が自分とあれば、致《いた》し方なしです。

「怖がらせてしまったようで、ごめんなさいね、ぼく」

投降《とうこう》した私は、エルフの皆さんに捕縛《ほばく》されてしまいました。

――見事に全身、簀《す》巻《ま》き状態ですね。

伸縮性《しんしゅくせい》のある蔦《つた》のようなもので肩口から膝辺りまでを、完全にぐるぐる巻きにされてしまっています。その状態で連行されていますから、たまったものではありません。

「おい、人間。とっとと来い。長老はこの先だ」

エルフの隊長さんに、首に結わえられた蔦《つた》を引っ張られます。

この状態で急《せ》かされても、どうしろと。無茶ぶりもいいところですよね。

といいつつも、無難《ぶなん》にぴょんぴょん跳《は》ねてついていけるあたり、自分でもびっくりです。若いっていいことですね、はい。

隊長さんをはじめ、ぞろぞろと大勢の監視役に見張られつつ連行されたのは、見事な枝ぶりの古樹《こじゅ》の前でした。大きな生きた樹を、そのまま住居として利用しているようでして、複雑に入り組んだ太い枝が、窓や玄関を形作っています。

木材を使った建築物にはない、生きた建物という独特の味がありますね。

「長老、例の侵入者を連れてまいりました」

「通してください」

扉代わりの垂れ布の向こうに隊長さんが声をかけますと、手短な返答がありました。

長老さんと呼ばれていましたが、今の声は……はて。

「長老に、くれぐれも失礼のないようにな」

この簀巻《すま》き姿が、すでに失礼にあたる気がするのですが。

押し込まれるように布を潜《くぐ》りますと、明かり取りでもあるのでしょう、天井付近から差し込む日差しで、意外に内部は明るくなっていました。

広さは樹木内ということもあり、二十畳《じょう》ほどの一間でした。

床には一面に干し草の絨毯《じゅうたん》が敷き詰められています。どうりで、緑の濃《こ》い匂《にお》いと、天日《てんぴ》干《ほ》しされた干し草の良い香りがするはずですね。

そして、その部屋の奥まった場所――色彩《しきさい》豊かに織《お》り込まれたカーペットの上に、ひとりの人物が片膝を立てて座り込んでいました。

「ご苦労さま。その者の縄《なわ》を解いて、どうぞ退室してください」

「は？　ですが……」

返答はなく、手振りのみで催促されています。

隊長さんはしばし戸惑っていたようですが、結局は大人しく蔦《つた》を解いて私を解放しますと、すごすごといった感じで外に出ていってしまいました。

去り際《ぎわ》に、「わかってるだろうな？」と視線で念を押された気がします。信用ないですね、私。

まあ、エルノさんの里が盛大《せいだい》に損壊したことを考えますと、無理もないのかもしれませんけれど。ですが、やったのは私ではないということだけは、主張しておきたいところです。

「いかがなされました？　もう少しこちらに。この距離では、声も聞き取りにくいでしょう」

「これはどうも。では、失礼いたしまして」

入り口近くに正座していましたので、膝歩きで前に進み距離を詰めます。

「長老さん……なのですよね？」

座しているのは、お嬢ちゃんと呼んでもいいくらいの年若い少女でした。

こちらに住むエルフの皆さんは、最年長でも二十歳ほどにしか見えない若々しい方ばかりでしたが、この方はさらに輪をかけてお若く見えます。見た目年齢は高校生のエイキよりも少し下くらいでしょうか。女子中学生と紹介されても、普通に納得できるほどです。

立つと踝《くるぶし》くらいまでありそうな、長い髪が印象的ですね。エルフの方々は長い耳を筆頭《ひっとう》に、痩身《そうしん》で色白に金髪と特徴が共通しているようですが、こちらの方はさらに瞳の色も金色でして、肌はより透《す》き通るほどに白く、体格も他の方に比べてかなり華奢《きゃしゃ》です。しかも、全身がぼんやりと光っているようにも見えますね。

「いかにも。齢《よわい》二千を数えるハイエルフです」

「に⁉　に、せん、ですか……そうですか……」

おったまげですね。冗談《じょうだん》を言っているふうでもないのは、その雰囲気《ふんいき》からわかります。

どうりで、町内会の最古参《さいこさん》――タエお婆さんのような滲《にじ》み出る風格があるわけです。タエお婆さんは百歳近い、見た目も高齢のご老人でして、日頃から物静かな方でしたが、その方がそこに座っているだけで、えもいわれぬ存在感を醸《かも》し出していました。

この方からも、同様のものを感じます。それどころか年齢的にいいますと、タエお婆さんの二十倍ですよ。この異世界は驚きの連続でしたから、ずいぶん慣れた気にはなっていましたが、まだまだ甘かったようですね。

思わずじろじろと見入《みい》ってしまい、くすりと笑われてしまいました。

「不躾《ぶしつけ》でしたね。申し訳ありません」

「いいえ、なんのなんの。こうして隠れ里に数百年も隠居《いんきょ》している身としては、外界からのそういった反応も新鮮《しんせん》でよいものです。わたしのことは、〝セプ〟とお呼びください。本名ではありませんが、古代《エルダー》エルフの名は覚えるにはとても長く、人間には発音しにくいものですから」

「これはどうもご丁寧に。私は斉木拓未と申します。こちらでは、〝タクミ〟で通しています。それであの、セプ、さま？　長老？」

「セプで結構。タクミ殿」

「それでは、セプさん。ハイエルフにエルダーエルフと、他のエルフさんとは違うのですか？」

「タクミ殿は、まだこちらでの常識に慣れてはおられぬようですね。ハイエルフにしろエルダーエルフにしろ、無駄に長生きした老エルフと考えられて結構ですよ。ふふ」

「はは、そうでしたか。私の故郷でも、人によっては詳しい方もいるようですが、私はそのあたり、とんと無知でして。なにぶん、社会人となって以降――この歳になるまで、若者の文化にはほとんど触れてこなかったものですから」

「それはわたしとて同じですよ。いかんせん老害《ろうがい》などという言葉もあるように、老《お》いた者があまり若者に干渉《かんしょう》すべきではありません。そう思って最低限の口を出すに留めていたのですが、おかげで最近は妙に神格化《しんかくか》されてしまいまして……里の皆とも距離感を覚えるばかりです。もっと若者と交流すべきだったかと悔《く》いているところですよ。ふふっ」

「ですよね、はははっ」

「そうですよ、ふふっ」

……って、あれ。おかしくないですか？

話しやすさもありまして、なにやら普通に会話していたのですが……もしかして、セプさん。私の素性をご存じなのでは？

セプさんの金色の双眸《そうぼう》が、光を帯《お》びた気がしました。

「ええ、大体の事情は把握《はあく》していますよ。タクミ殿が、王国の英雄召喚の儀で喚《よ》び寄せられた異世界人ということも、本来の年齢が見た目と違うということも。ただ、本当に大まかなことだけですけどね。例えば、実際の年齢が何歳かということまではわかりません」

「六十歳です。セプさんと比べましたら、小僧以前の若輩者《じゃくはいもの》でしょうけれど」

「いえいえ、ご謙遜《けんそん》を。平均寿命《じゅみょう》が八十歳にも満たない人族としては、ずいぶんと人生経験を積んでおられるでしょう?」

「それこそ無駄に年を重ねただけですよ。一般常識と倫理《りんり》くらいは身につけた自覚はありますが、悪くいうとそれ以上でも以下でもありませんし」

「それが一番難しいのですよ? 特に人族は、生まれ持った業《ごう》もありますからね」

業《ごう》ですか。含みのある言い方でしたが、突っ込む内容でもなさそうです。

性善説《せいぜんせつ》や性悪説《せいあくせつ》といった、そういうことでしょうか。

「そういえば、まだ謝罪をしていませんでした。私の不注意から、こちらに無断で立ち入ってしまいまして、多大なご迷惑をおかけいたしました。申し訳ありませんでした」

あらためて身を正《ただ》して、深々と頭を下げます。菓子折《かしお》りでも用意したいところですが、ないものは仕方ありません。

「頭を上げてください。タクミ殿が謝る必要はありません。むしろ、謝罪すべきはこちら側です。タクミ殿を招いたのは、世界樹の意思ですから」

「……世界樹、ですか?」

「ええ、タクミ殿が激突《げきとつ》した大きな樹があったでしょう? あれのことです。タクミ殿には、ご神木――といったほうがわかりやすいかもしれませんね」

「樹、ですよね? 植物が意思を持っているのですか?」

「そうです。ちなみに、タクミ殿のことをいろいろと教えてもらったのも、世界樹からなのですよ？　なにせ、世界樹はかつて『神』がこの地を来訪し、手ずから創り上げられたものですから」

樹が喋《しゃべ》り、今度は神様ですか……にわかには信じられない話ではありますね。物には年数が経つと自我が宿《やど》るといいますが、その類《たぐい》でしょうか。

「この世界には、神様が実在するのですか!?」

「もちろんです。現にわたし自身が幼き時分、神によって世界樹が植えられるところを見ていましたからね」

なんと、さすがは二千歳――スケールが違いすぎます。

一気に信憑性《しんぴょうせい》も高まってきましたね。伊達《だて》に西暦《せいれき》と同じくらいの歴史は歩んでいないということでしょうか。まさに文字通りの生き字引《じびき》ですね。

『神』といいますと、いまだに謎な私の職業欄《らん》のこともあります。あとは、ステータスやスキルに関する諸々《もろもろ》も。

ここで出会ったのもなにかの縁《えん》。いろいろとご教授《きょうじゅ》いただくのも、いいかもしれません。などと申し出ようとしたのですが、先手《せんて》を打たれまして……口を開こうとした唇《くちびる》にセプさんの人差し指が添えられました。

ひんやりとした、冷たい指先です。

「タクミ殿、いいたいことはわかります。ですが、それはご自分の力で知っていくのがよいでしょう。ひとつずつ知り、自分の中で噛《か》み砕《くだ》き、身につけていくこと。それが理解するというものでしょう？　今ここでわたしがなにを述べたとしても、たとえそれが偽《いつわ》りでも、タクミ殿は鵜呑《うの》みにするしかない。その正否を判断するだけの材料もないのですからね」

やんわりと窘《たしな》められてしまいました。

〝安易《あんい》な道に走るな、まずは自分で努力しろ〟と、学生時代に恩師《おんし》から告げられたことを思い出しました。

いけませんね、これではまるで私が子供のようです。まあ、見た目はともかく、年の差としては人生の大々先輩ですから、当然なのかもしれませんが。

急いては事を仕損《しそん》じるともいいますね。セプさんの忠告に従いまして、これまで通りに自分なりのペースでやっていきましょう。

知るべきことは、おのずとわかっていくでしょうし。

「急ぐ旅路でもないのでしょう？　まずはこの里を見て回ってはいかがでしょうか？　案内はおつけしますので――ハディエット」

セプさんが手を叩《たた》きますと、出入り口の布の向こうから、即座に先ほどの隊長さんが現われました。

ハディエットさんといわれるのですか。どうやら、そばに待機されていたようですね。見張られていた、といい換えることもできそうですが。

「タクミ殿に里を案内するように」

「は？　し、しかし……」

「大切な客人です。くれぐれも丁重《ていちょう》にね」

「は、はいぃ！　御意《ぎょい》にございます！」

ハディエットさんが床に片膝をついたまま、頭どころか上体ごと大仰《おおぎょう》に下げて、畏《かしこ》まっています。

それを見て、セプさんが「ね？」とばかりに肩をすくめて苦笑《くしょう》していました。

「くっ、不本意なれど仕方ない。長老のご命令だ、来い」

小声で私に告げますと、ハディエットさんはさっさと退室してしまいました。

それに続こうと、よっこいしょと私も腰を上げたとき――

「タクミ殿。後ほどでよいので、世界樹にも会ってやってくださいね。あの子も会いたがっていますから」

なにやら意味深《いみしん》で不可解な言葉を投げかけられました。

「？　はい。わかりました」

「なにをやっている!?　急がないか！」

外から、ハディエットさんの急かす声が聞こえます。なんだか、苛立《いらだ》っておられますね。

「はいはいっと。忙《せわ》しないですねえ」

ずっと正座していましたので、膝や脛《すね》に張りついてしまっていた干し草を叩《たた》き落としてから、出口へと向かいます。

「……この世界でやるべきこと、やれることを見極めるのは貴方《あなた》自身なのです。願わくは、それがこの世界にとっての良い方向であらんことを……」

出入り口の布を潜《くぐ》る寸前、セプさんのそんな祈るような声が、聞こえた気がしました。

◇◇◇

とんかんとんかん、と森に小気味《こきみ》いい音が響いています。

エルフの皆さんの住居が並ぶところに案内されたのですが、そこはやはりといいますか、先ほど逃げる際に通ったルートでした。

皆さん、お忙しそうに、大工仕事に精を出されています。

なにをされているかといいますと——まあ、先ほど壊れた住居の修理《しゅうり》なわけですが。

私がやったのではないにしろ、関係はしていますので、どうにも気まずいばかりです。

「ふん、おかげで今後の計画がパーとなった。おまえのために集めた兵ではなかったというのに」

聞こえよがしに、ハディエットさんが明後日《あさって》のほうを向いて呟《つぶや》いています。

「この様子では、保管していた木材の備蓄《びちく》も尽きてしまいそうだ。今後の新築《しんちく》の材料は、いかにしたものかな。ああ、困った」

嫌味《いやみ》たらたらです。時折、ちらりと視線を向けられたりもします。

やはり、ハディエットさんの中では、この状況は完全に私のせいになっているようですね。

反論したくとも、周りで懸命《けんめい》に作業している方々、お手伝いしている女性や子供さんもいる手前、そうもいってられません。

そうやって眺めていますと、先ほどの攻撃に参加されていた方々でしょうか、露骨《ろこつ》に敵意を向けられたりもします。セプさんからの通知は行き届いているらしく、いきなり襲いかかられることはありませんが、なんともすごいアウェー感ですね。

黒髪黒目と、エルフと容姿《ようし》の異なる私が物珍《ものめずら》しいのか、中には指を咥《くわ》えて近寄ってくる幼子などもいますが、母親っぽい方が火のように飛んできて、目前でかっさらっていきます。

まるで凶悪犯か危険人物扱いです。ああ、切《せつ》ない。

その向こうでは、大きな丸太を切るのに苦戦されていました。

まだ若いエルフさんで、大工仕事に手慣れているふうではありません。しかも、用いられている工具は鉈《なた》のようなものなので、あれでは時間もかかるでしょう。

「……お手伝いしても構いませんか？」

腕まくりをして近付きますと、そこにいたエルフの方が、不安そうな顔でハディエットさんを仰《あお》ぎ見ていました。

私も一緒になって見つめますと、ハディエットさんは深い溜息《ためいき》をしてからですが、しぶしぶ首肯《しゅこう》してくれました。セプさんの言い付けが利いているようですね。セプさんには感謝です。

許可が下りましたので、作業していたエルフさんが場所を空《あ》けてくれました。

大人エルフの方々は、「余所者《よそもの》がなにを……」といかにも訝《いぶか》しげでしたが、子供エルフの方々は何事かと興味津々《しんしん》のようですね。そんな視線を背中に感じます。

ここは、オーソドックスにノコギリでしょうか。

ただ、私も日曜大工の経験はありますが、このように大きな丸太の生木《なまき》を切ったことはありません。

勇《いさ》んで役目を買って出て下手っぴでは、格好《かっこう》悪いですよね。

でしたらいっそ、ここは地味なノコギリなどといわず、大胆に。

子供さんも見ていますし、サービスしておくところでしょうか。

派手《はで》で目新《めあたら》しいものの創生は、子供にひじょうに受けがいいものです。それは、アンジーくんで実証済ですしね。ここは大いに喜んでもらって悪いイメージを払拭《ふっしょく》し、無害アピールをしておく必要もあります。

「さて、創生ショーを始めましょうか」

「やぁー、またつまらぬものをきってしまったー」

三十分後、子供たちが木の棒を振り回して遊んでいます。

調子に乗って、さまざまなものを創生しては、材木を切り刻《きざ》んでみました。

子供たちの反応も上々だったようで、いい仕事しましたね。

最初の分だけで終えるつもりだったのですが、目をキラキラしたお子さんたちにせがまれまして、最終的には他の方の仕事までぶんどる形で、すべての材木を切ってしまいました。

今は、作業場所から少し離れた、木陰になった木の根に座って休憩《きゅうけい》中です。

「あんたのスキル、すごいな」

意外にも、ハディエットさんがタオルを持ってきてくれました。

汗をかくほどではなかったのですが、気持ちがありがたかったので、素直に受け取っておきます。

「……どうして、先ほどはその力をさっさと使わなかった？　そんなスキルがあれば、身を危険に晒《さら》してまで、逃げ回る必要もなかっただろう？」

　不思議そうに訊《たず》ねられてしまいました。

「そうですね。そうしたら、余計な建物被害も出なかったかもですね。失敗しました。ははは」

「……そういう意味ではないのだが」

　なんでしょうね。また責《せ》められたかと思ったのですが、違うようです。

　あ、休憩時間も終わったみたいですね。

　今度は皆さんが木材を運ぼうとしているので、そちらを手伝うことにしましょう。

　実際の家の組み立てでは無理ですが、運搬などの力仕事は、ラレントの町での日雇《ひやと》い仕事でも慣れていますからね。

「では、ハディエットさん。私はまたちょっとお手伝いしてきますので。……ハディエットさん？」

「……いや、なんでもない。せいぜい、自分で壊した分は頑張《がんば》ってくれ」

　やっぱり嫌味だったらしく、鼻で笑われてしまいました。

　まあ、いいです。私が関わったことで、住民の皆さんが困っているのでしたら、その分は取り返しましょう。もともと、身体を動かすことは嫌いではありませんしね。

さて、これからは単純な力作業です。若返ってから、この分野には定評がありますからね、私。密《ひそ》かな自慢だったりもします。

作業をともにする姿に、大人エルフの方々の警戒も、少し和《やわ》らいだ気がしますし。

（それはいいのですが……作業効率がいまいちですね）

しばらく作業を続けてわかったのですが、エルフの方々はその華奢《きゃしゃ》な体格からも、力仕事とは本来無縁のようでした。

私がひとりで材木をまとめて抱えて運んでいる間に、皆さんは一本の材木を数人がかりで運んでいる状況です。これでは、全体の作業が滞《とどこお》ってしまいます。なにせ量が量ですから、運ぶだけで日が暮れてしまいそうです。

ちなみに、魔法でどうにかできないのか訊《たず》ねたのですが……精霊魔法は偉大な精霊の力を借りるもの、そうそうみだりに使用するべきではない、との苦言《くげん》を受けました。

私が追いかけられているときには、びしばし放たれていた気がするのですが。

それはさておき、私も一度に抱えられる量となりますと、限界があります。

量をこなすしなれば、手っ取り早いところで〈万物創生〉スキルの出番でしょうが、なにを創るといいものですかね。捻《ひね》りもなく重機《じゅうき》というのも、なんだか味気《あじけ》ない気がします。

悩《なや》んでいますと、いつの間にかエルフの子供たちによじ登られていました。私は人間ジャングルジムですか。慣れると容赦《ようしゃ》ないですね、きみたち。

（そうですね、子供……）

どうせなら先ほどのように子供たちに喜んでもほしいものです。

力強くて大きく便利で、なにより格好《かっこう》いい。いつの時代も子供の憧れ《あこが》――巨大ロボット
など、実利を兼ねていて面白《おもしろ》いかもしれませんね。

操縦に一抹《いちまつ》の不安はありますが……物は試しです、やってみましょうか。

『スーパーロボット、クリエイトします』

足元がにわかに盛り上がり、なにもなかった空間に、身長数十メートルに達する巨大な
人型ロボットが出現しました。

開放されていたハッチからコックピットに乗り込み、まずは操縦桿《かん》を握ってみます。

「おお、これが……」

子供時分に憧《あこが》れたヒーローにこうして乗り込んでいる時点で、興奮しますね。

ただし、実際に動かすとなりますと、ペダルに計器にボタンにハンドルにレバーと、意
外に装置が多いです。当然のことながら、操縦方法はまったくわかりません。昔のテレビ
マンガに、そこまで詳しい描写《びょうしゃ》もなかったですしね。

「これですかね？　それともこっち？」

とりあえず手当たり次第に触っていたところ、危《あや》うく転倒しそうになりました。

普通に歩くだけでもかなり難しそうです。これで作業などと、ちょっと難易度《なんいど》高くあり

ませんかね。

「ん？」

地面を見下ろしますと、皆さんが上空――といいますか、こちらを見上げて茫然《ぼうぜん》自失としています。

……あ、失敗しました。事前に、エルフの皆さんに説明するのを忘れていました。いきなりこんな巨大ロボットが出現したら、それは驚きますよね。

コックピットからでは声が届きませんので、ハッチを開こうとしたのですが……これ、どうやって開けるのでしょうね？

「……おや？　って、ええ!?」

手間取っている内に、なにやら皆さんが一斉に避難《ひなん》したかと思えば……武装して戻ってきて、弓や魔法で怒涛《どとう》の勢いで攻撃されています。

……どうしましょう。せっかく修理が終わった分の建物まで、流れ弾（魔法）で……これ、今度は間違いなく、私のせいですよね？

さらに慌《あわ》てた弾みで、不用意にレバーやペダルなどいろいろな部分に触れてしまい、足元の建物を蹴り飛ばしては大破《たいは》させ、振り回した腕が近くの樹木を圧《へ》し折ります。

――なにやら、阿鼻叫喚《あびきょうかん》の大参事《だいさんじ》なのですが。

「ああ、すみません！　本っ当に申し訳ありません！」

なにかひとつに対処しようとする度に、さらなる悲劇《ひげき》が訪れます。

とにかくまずは停止させようとしましたが、悪戦苦闘《あくせんくとう》の挙句《あげく》に巨体が傾いて、そのまま引っくり返ってしまいました。

巨大な地響きを上げて転倒し、その拍子《ひょうし》に開いたハッチから私が茂《しげ》みに投げ出された直後——ロボットが光の粒子《りゅうし》となり消え去ります。

「——お、おい、今のを見たか!?　見たこともない鉄の巨人が襲ってきて——」

茂《しげ》みから這《は》い出てきた私を出迎えたのは、色白な顔色をさらに蒼白《そうはく》にしたハディエットさんでした。どうも、ロボットのインパクトが強すぎて、誰も乗っていた私のことには気付いていなかったようですね。

「あー……そのですね。申し上げにくいのですが……」

真相を説明しますと、こっぴどく怒られてしまいました。それはもう、今度は顔色が憤《ふん》怒《ぬ》で真っ赤になるほどに。そして、居合わせた方々に、謝って回りました。

……やはり私に、未知の機械の操縦は無理なようです。残念ですが、これは今後、封印《ふういん》ですね。とほほ。

◇◇◇

「まったく……おまえのおかげで、また余計な時間と物資を浪費《ろうひ》してしまった。客人とはいえ、いい加減にしてほしいものだ」

「ごもっともです。面目《めんぼく》次第もありません……」

ここ数日の朝は、ハディエットさんの小言から始まります。

結局、新たな損壊分を含めて、修理には予想以上の日数を費やすことになってしまいました。

一番の問題点としては、修理のための材木が足りなくなってしまったことですね。

エルフさんは、むやみに森の木を伐採《ばっさい》することをよしとしないそうでして。自然の倒木や、他の木々の育成を阻害《そがい》する木を間引《まび》きする形でしか、木材が得られないため、そちらの探索《たんさく》に時間がかかってしまいました。

ただ、その苦労も報《むく》われまして、作業開始から三日目のお昼を過ぎた今しがた、どうにかすべての建物の修理が完了したところです。

「ご迷惑をおかけしました」

あそこで安易な手段に走らなければ、もっと早くに作業は終了していたはずです。

それを思いますと、当初の誰の責任うんぬんはどうでもよくなり、申し訳なさだけが残ります。

「本当にいい迷惑だ。しかしながら、おまえのおかげで、家屋《かおく》の修繕《しゅうぜん》が手早く終わったのも事実だ。仲間が風雨に晒《さら》される心配はなくなった。それについては礼をいおう。それについてだけはな！」

数日付き合ってわかったのですが――この方、口は悪いのですが、結構、仲間思いのいい方なのですよね。

作業者にさり気《げ》なく気を配《くば》ったり差し入れしたりと、痒《かゆ》いところに手が届くといいますか。根が生真面目《きまじめ》なのですよね。意外と中間管理職向きかもしれません。あ、もともと隊長さんでしたか。適材適所《てきざいてきしょ》ですね。

「で、どうする？」

「？　なにがでしょう？」

「長老のご命令で、里を案内している途中だったろうが！」

……そういえばそうでしたね。

作業に没頭《ぼっとう》していて、すっかり忘却《ぼうきゃく》の彼方《かなた》でした。まだ有効だったのですね。

といいましても、実際、作業の折に里の隅々《すみずみ》まで歩き回りましたので、今更感があるのですが。

里のエルフの皆さんとも、ずいぶん親しくなりましたし。

「わー。タクミだー」

「登れ登れー」

「なんか出してよー、ねー？」

「きゃー！」

……特に、里の子供たちには、ひじょうに懐《なつ》かれています。懐《なつ》かれているといいますか、玩具《おもちゃ》代わりな気もしますけれど。エルフの子たちは、とても元気いっぱいですね。はい。

「こらっ、おまえたち！　話し中だ！」

ハディエットさんの一喝《いっかつ》に、子供たちは蜘蛛《くも》の子を散らすように、大はしゃぎして逃げ出していきました。

「ったく、おまえが来てからというもの、里が騒がしくて困る」

そういいつつも、ハディエットさんの表情は困っているふうではありませんでした。

まあ、自分の地元の子供たちが元気で、怒る大人はいませんよね。

「なんだ、にやにやと気持ち悪い……それで、案内がもういいのなら、これからおまえはどうする気だ？　もともとここに用があって、訪問したのではないだろう？」

「そうですね。長居《ながい》をしてしまいましたが、そろそろお暇《いとま》したいと思います。これ以上、食料などでご負担《ふたん》かけるのも申し訳ないですし」

寝泊りはいつもの即席ログハウスで済ましていましたが、食料は長老のセプさんの厚意で分けてもらっていました。これまでは、住居修理のお手伝いという名目がありましたが、それが終了したからには居続けるのは迷惑でしょうね。

「さしたる量でもない食料は別に構わないが……それがよいかもしれんな。計画の遅れの取り戻しに、これから里は少々慌《あわ》ただしくなる。おまえの相手をする時間もないだろうからな」

「計画ですか？　そういえば前にも言われてましたね。差し支《つか》えなければ、教えていただいても？」

「特に内緒にしているわけでもない。前々から、森に巣食《すく》う魔物討伐の計画があってな。本来は三日前に決行の予定だった。討伐出発前の安全祈願《きがん》に、世界樹に立ち寄ったところ――どういう因果か、その真っ只中《ただなか》に不審者が落ちてきてな」

じと目で睨《にら》まれます。

それって、もしかしなくても私ですよね。どうりで、いきなり武装した方々に取り囲まれたわけです。対応が迅速《じんそく》すぎて、おかしいとは思っていたのですよね。

「そこでの戦闘で、準備していた矢の大半を失ってな。さらにはその後に現われた巨人に対して、残った矢も射尽《いつ》くした。矢を用意するのにも、手間も時間もかかるというのにだ」

「いやあ。面目次第もありません……」

「それはもういい。過ぎたことだ。ただ、いつまでも計画を先延《さきの》ばしにはできない。このまま魔窟《まくつ》を放置していては、森がどんどん穢《けが》されてしまう」

「え？　魔窟《まくつ》？　この森にも魔窟《まくつ》があるのですか？」

「世界樹に護《まも》られたこの大森林では、今まではこのようなことはなかったが……残念ながら近年、頻繁《ひんぱん》に起こりはじめている。世界樹が生まれてから二千年。その力が弱まってきたからではないかと囁《ささや》かれているが、定かではないがな」

「頻繁《ひんぱん》というからには、何度もですか？」

「そうだ。これだけの広大な森だけに、まるでイタチごっこだ。いくら発生を警戒しても、十全とはいかない。発見しては潰《つぶ》しての繰り返しだ。しかも、潰《つぶ》しても潰《つぶ》しても、次の魔《ま》窟《くつ》が別の地に現われる」

「たしかに、あのような魔窟《まくつ》がぽんぽんと生まれては、たまりませんね……」

ペナント村近くの洞窟で見た、あの異様な光景が目に浮かびます。

洞窟を埋《う》め尽くす魔物の群れ。それが地上に向かっていくさまなど、悪夢のようでした。

「なに？　おまえは魔窟《まくつ》に遭遇《そうぐう》したことがあるのか？」

「はい。以前に一度だけ。そのときは事前に対処できまして、難を逃れましたが」

「どうやってだ？　教えてくれ！　詳しくだ！」

顔色を変えたハディエットさんに、肩を掴《つか》まれて揺《ゆ》さぶられます。

いきなり、すごい剣幕《けんまく》です。どうしたというのでしょう。

「えー……あのときは、地下の洞窟に、大規模な魔窟《まくつ》ができていましして」

「それで⁉」

「踏み潰《つぶ》しました」

「……は？　踏み……潰《つぶ》した？　先日の鉄の巨人でか？」

「ええまあ、そんなところで。意図してではなかったのですが、身長体重ともにあの数倍もある怪獣を創ってしまい――洞窟ごと踏み潰《つぶ》してしまいまして。はは」

「くうっ。それでは、なんの参考にもならんではないか……」

　ハディエットさんが、がっくりと崩れ落ちます。なんだか、申し訳ありません。

「……すまん、取り乱した。実のところ、今回現われた魔窟《まくつ》が特殊でな。我らエルフも攻《せ》めあぐねていたのだ。現状、魔窟《まくつ》を消す手段がないため、湧《わ》き出る魔物を狩《か》って、被害の拡大防止に努《つと》めることしかできていない。今はまだいい。しかし、この魔窟《まくつ》を放置している間に、次の魔窟《まくつ》が出現すると……さすがに手に負えなくなる」

「それほど、手強《てごわ》いのですか……？」

　こちらのエルフの皆さんに襲われた感じですと、素人意見ながら、かなりの練度《れんど》だったとお見受けします。連携なども見事なものでした。襲われた身で語るのもなんですが。

　王都で魔物の大軍と戦った経験からも、魔窟《まくつ》とはいえ、大勢の手練《てだ》れがいる皆さんがそうそう引けを取るとは思えないのですが……

「手強いという問題ではない。むしろ、魔窟《まくつ》としては、これまでより小規模なくらいだ」

「では、どうしてです？」

「空にあるのだ」

「……は？」

今度は、こちらが素《す》っ頓狂《とんきょう》な声を出す番でした。

「地上、五十メートルほどの空中にあるのだ！　魔窟《まくつ》がな！　本来は魔法を叩《たた》き込んで消《しょう》滅《めつ》させるところだが、そのような高さに届く魔法はない。飛翔《ひしょう》の精霊魔法を使っても、同時に魔窟《まくつ》を消すほどの魔法の同時使用は不可能だ。しかも、周囲は湧《わ》き出た魔物で溢《あふ》れている！」

それはまあ、なんとも。最初に見たイメージもありまして、魔窟《まくつ》とはその文字が示す通りに、地下にできるものだと思っていたのですが……そういうこともあるのですね。

ペナント村のときも、魔窟《まくつ》が空にあったのでしたら、私で対処できていたのでしょうか。

ただ、私としましても、あの頃よりはそれなりに経験も積みました。

〈万物創生〉のスキルも、以前よりは使いこなせているはずです。

「でしたら、私に協力させてください。便利なスキルもありますし、お役に立てると思います。この里にはお世話にもなりましたし、ご迷惑をおかけもしました。ですので――」

「いや、弱音《よわね》を吐《は》いてしまった、忘れてくれ。たしかにおまえのスキルならば、容易《たやす》く魔《ま》窟《くつ》を排除できるやもしれん。だが、森のことは、太古《たいこ》よりこの地を管理する我らの責任だ。

言い方は悪いが、余所者《よそもの》に大事を任せることはできない。気持ちだけはありがたく受け取っておこう」

「そうですか……」

断言《だんげん》されてしまっては、実際に余所者《よそもの》の私には、これ以上いえることなんてありません。

ですが、仲良くなった方々が、危険に身を投じるのをただ見ているのは口惜《お》しくもあります。あの懐《なつ》いてくれている子供たちの親御《おやご》さんや知人の方が傷ついて、彼らが悲しむのを見るのも嫌です。

自己満足かもしれませんが、なにもしないというのは無理そうですね。こうなれば、ささやかながらもお手伝いくらいはさせてもらいましょう。

「これから、弓矢を作るのですよね？　それくらいは手伝わせてもらえませんか？」

「正直、助かる。そういったサポートなら大歓迎だ」

よかった。サポートくらいならいいのですね。……サポート？　要は、ハディエットさんたちが、ご自分たちの手で森を守れるといいわけですよね。で、そのためのサポートなら構わない、と。

「あの、ハディエットさん。それでは、こういうのはいかがでしょうか？」

耳打ちしますと、目の前でその長い耳がぴんっと跳《は》ねました。

「なんというか……それは大胆な作戦だな。破天荒《はてんこう》なおまえらしいというべきか」

「それで、どうなのです？」

「……それならたしかに主動はあくまで我々だな。やってみる価値はある……か。皆とも話し合ってみないとな。しかし、我ら里のエルフには、種族不干渉《ふかんしょう》の掟《おきて》もある。それに抵触《ていしょく》しないか、長老にも確認を取らないと」

いかにも生真面目《きまじめ》なハディエットさんらしいですね。

種族不干渉の掟《おきて》とは、いわゆる永世中立国の種族版のようなものらしいです。

エルフは他種族のやることに口出ししない、味方もしなければ敵対もしない。だから、エルフの内情にも口出しするな、ということだそうで。

それからしますと、私のサポート名目の協力もアウトな気がしますが、セプさんからは「タクミ殿だったら問題ない」という、謎の許可が下りたようです。はて？

◇◇◇

翌日は、家屋修理と並行して行なわれていたという弓矢製作に合流し、丸一日を費やしました。

なにぶん、弓矢を作るのも繊細《せんさい》な職人技でして、できることといえば雑用ばかりでしたが。

そして、さらに次の日の午前中に、ようやく目標とされていた弓矢の製作本数に届いたそうで、さっそく同日の正午には魔窟《まくつ》攻略の部隊が再編制されました。

当たり前ですが、私が里を訪れた当日に追いかけ回された面々ですから、その中にこうして私が交じっているのは、どうにも奇妙な感じもありますね。

かの大樹――世界樹の前で安全と必勝祈願《ひっしょう》も終えまして、一行は魔窟《まくつ》の発生場所に向けて出発しました。

特殊な結界に覆われているという里から一歩出ますと、森林はまさに樹海です。

最初に森に足を踏み入れたのは、もう一週間ほども前になりますが、相変わらず前後左右の見分けもつかない木々ばかりです。

そんな中を、エルフさんたち一行は目的地へ向けて、脇目《わきめ》も振らずに駆け抜けます。体内にGPSナビでも内蔵《ないぞう》しているのでしょうかね。

もちろん、大自然の道なき道ではありますが、エルフの方々は木々の幹や枝も足場とし、実に見事な体捌《たいさば》きによる立体機動を見せています。

一糸《いっし》乱《みだ》れぬ統率《とうそつ》とでもいいますか、まるで一己《いっこ》の生き物みたいですね。さすがは森を郷として生まれ育ってきた森の民と、称賛《しょうさん》してしまいますよ。

私は先導する隊長のハディエットさんに随伴《ずいはん》していましたので、素直にそのことを告げますと、逆に呆《あき》れられました。

「この森は、幼き頃より慣れ親しんだ我が家のようなものだ。こちらとしては、我らについてこれる、おまえのほうに驚くがね。遅れるようならと、ペース配分に苦慮《くりょ》していたんだが、その必要はなさそうだ。いったい、どんな身体能力をしているのだか」

たしかに結構いっぱいいっぱいですが、どうにかついていけています。

以前から少々違和感はあったのですが、私って若い頃もこれほど身軽に動けていたのでしょうか。

この異世界に来てから身体が軽くパワフルに思えていたのは、それなりに歳を経た老体から、いきなり若返ったことによる体感差によるものとばかり思っていたのですが……いざこうして指摘されますと、どうにも過分な気がしないでもありません。ふうむ。

二時間ほどノンストップで駆け続け、森が開けてちょっとした広場になっているところで、いったん休憩となりました。

皆さん、思い思いの場所に腰かけて、身体を休めています。

「清き乙女、水の精霊《ウンディーネ》よ。傷つきし者に癒《いや》しの安らぎを――キュアー」

数人のエルフの方々が、持ち回りで皆さんのもとを回復して回っているようですね。これもまた精霊魔法というやつでしょう。以前フェレリナさんが使っているのを見たことがあります。

ぽうっと青い光に包まれて、同時に活力を取り戻しているようです。

「さ、隊長も」

「うむ。頼む」

隣で休んでいたハディエットさんも光に包まれ、いくぶん呼吸も落ち着いたようでした。

移動中に枝葉にでも引っかけたのでしょう、腕や足についた小さな擦《かす》り傷もきれいに消えています。魔法とは便利なものですね。

「そちらの客人殿は？」

「結構です。お気遣い、ありがとうございます」

私は目につく範囲に傷も痛みもなく、疲れてもいませんでしたので、丁重にお断りしました。

「ハディエットさんには、ご苦労をおかけします。不慣れな私のために道を拓《ひら》いてもらい、よけいな傷までこさえてしまって……」

ハディエットさんが邪魔な茂《しげ》みをナイフで切り拓《ひら》いたり、枝を退けたりして、さり気なく私を通りやすくしてくれていたのを知っています。森の移動に慣れているエルフさんたちだけでしたら、そんな必要はなかったことでしょう。負った傷もそのときのもののはずです。

「客人への気遣いは当然のこと。まして、今回は協力してもらうために同行してもらっている身だ、気にするな。ただ、今の状態を見るに、あまり必要なかったようだがな」

「ええ。どうも運も良かったようでして。おかげさまで、引っ掻《か》き傷ひとつありませんよ」

「は？　運良くもなにも、結構な頻度《ひんど》で茂《しげ》みに手足を引っかけていたぞ？」

「あれ、そうなんですか？　遅れないようについていくのに必死で、全然気付きませんでしたよ」

そういえば、足場も不安定でしたので、周りに気を配る余裕はほとんどありませんでしたね。

あらためて手足を確認しますが、きれいなものです。よくよく考えますと、これほどに無傷で、大自然の密林《みつりん》の中を駆け抜けられるものなのでしょうか。

「自慢や謙遜《けんそん》ではなく……素で驚いているようだな。もしやと思うが、先日の攻防での我らの攻撃――矢や魔法が直撃していたのにも気付いていない、などではあるまいな？」

「ははは、ご冗談《じょうだん》を。矢が当たったら刺さって怪我《けが》するじゃないですか。いくら鈍感《どんかん》な私でも、気付かないことはありませんよ。魔法も皆さん、手加減してくださってたんですよね？」

珍しい冗談《じょうだん》かと思い、笑って返したのですが、ハディエットさんはきょとんとしています。

「馬鹿いうな。あの時点では、完全な外敵と思っていたんだぞ？　里の脅威《きょうい》を排除する場面で、手加減するものか。それは、おまえのスキルのおかげではないのか？　それか、異常に耐久値が高いかのどちらかだろう」

「……そんなものなのでしょうかね？」

スキルはともかく、私、レベル2なのですが。

「こちらに訊《たず》ねられてもな。おまえとの付き合いは数日だけだが、はっきりいっておまえは我らの常識を逸《いっ》している。今更なにをいわれても驚かんよ。我ら里のエルフが外界との交流を絶って数百年。まさか、今の外界の人間とは、皆おまえのような者ばかりではあるまいな？」

「そんな異常者扱いされても困るのですが……そうだ、よければ一度、私のステータスを見てもらうことはできますか？」

私は本当に他者と比べて異常なのでしょうか。今まで、それほどの差異《さい》は感じませんでしたが。それともハディエットさんのいわれるように、森の外に住む人と、エルフの皆さんとの差異によるものなのでしょうかね。

「ステータス？　ああ、それは外界で冒険者とやらから広まった、能力表示の簡易魔法のことだろう？　古来、精霊とともに在り、精霊魔法を培《つちか》ってきた我らには馴染《なじ》みのないものだ。役には立てそうにもないな」

「……そうでしたか。残念です」

せっかくヒントを得るいい機会かと思ったのですが。

そういえば、あれって魔法の一種だったですね。ということは、これまで考えてもみませんでしたが、私にも魔法が使えることになるのでしょうか。

もしかすると、エルフさんたちの使う精霊魔法も？

冒険者の皆さんが使っていた魔法は、やたら意味不明の長い文言を唱えていたようですので、覚えるだけでも大変そうでしたが……エルフの皆さんの精霊魔法は、対話方式といいますか、語りかける感じでして、私にもなんとかなりそうでした。ああいうのが自在に使えるとなりますと、それはそれで夢がありますよね。

そう思って訊《たず》ねたのですが、精霊魔法には精霊との契約が必要だそうです。

ちなみに神聖魔法は神との契約が、通常の魔法ですら契約に相当する条件が必要とのこと。

思い立ったら即実行というわけにはいかないようです。何事も、正式な方式や手順を踏まないといけないのは、元いた世界と同じですね。

「休憩は終わりだ。そろそろ出発するぞ」

ステータス云々《うんぬん》の件は、ひとまず置いておきましょう。

最終目的地のファルティマの都には、ネネさんがいます。あの娘さんでしたら、同じ境《きょう》遇《ぐう》だけに適切な解答を持ち合わせているかもしれません。

そのためにも、まずはこのエルフの皆さんのお手伝いを完了させないといけませんね。

さらに二時間ほど移動したところ、周囲の様子が一変してきました。あらゆる獣が息を潜《ひそ》め、うるさいほどだった虫の鳴き声も聞こえなくなっています。濃厚《のうこう》で鮮烈《せんれつ》な緑の匂《にお》いも失われおり、どこか腐《くさ》ったようなすえた臭いが広がっていました。

私ですら異変を察知できているのですから、森の民であるエルフの皆さんは、とうに気付いていることでしょう。

「……近いな」

先頭のハディエットさんが手を挙げ、全体が足を止めました。

皆さんの顔色には、一様《いちよう》に緊張が見て取れます。

木から降りて少しだけ歩を進めますと、これまで視界を支配していた緑が、突然途切れました。

森が開けたというものではなく、一歩先から森がなくなってしまっています。

そこに広がるのは、どす黒く変色して倒壊した木々のなれの果てと、地を徘徊《はいかい》する黒い生物――魔物だけでした。

一見しただけで、私にもわかりました。この森の一画は、すでに死んでしまっています。腐敗《ふはい》した大地が、おぞましい悪臭《あくしゅう》を放っていました。

そんな悲惨《ひさん》な光景が、見渡す限りに続いています。

「おのれ……我らが聖なる森を、このような……」

事前に聞いた話では、ここに湧《わ》く魔物は半月前に一掃《いっそう》したばかりということでしたが、視界には今まさに数百単位での魔物の群れが見受けられます。

それだけの短期間で、絶え間なく増え続けているということなのでしょう。

ハディエットさんから肩をつつかれて、向けられた指先に視線を移しますと——空高く、空の青さに浮かぶ染《し》みのように黒く滲《にじ》む箇所《かしょ》があり、そこからぼとりぼとりと断続的《だんぞくてき》になにかが降ってきています。

それもまた黒色をしており、落ちた地面で蠢《うごめ》いたかと思うと、ゆっくりとあたりを窺《うかが》うように動き出しました。

（魔物ですね……）

遠目《とおめ》にも、独特の黒い体躯《たいく》に赤い瞳が見て取れます。魔物で間違いないようですね。

こうして様子を窺《うかが》っている間にも、次から次へと魔物が産み出されていきます。

中には、落ちた拍子《ひょうし》に霧《きり》となって消えてしまう個体もいるようですが、それを考慮してもとんでもない排出頻度《はいしゅつひんど》です。五分で一体のペースとして——いったいどれだけの魔物が溢《あふ》れているというのでしょう。森の一部がこうなってしまうのも、頷《うなず》けるというものです。

魔物に察知されないよう、身振り手振りでハディエットさんが皆さんに指示を与えます。

事前に打ち合わせていた作戦内容は簡単でした。

私を除《のぞ》いた総勢三十名を、十名と二十名の二部隊に分けます。

ハディエットさん率《ひき》いる十名が魔窟《まくつ》攻略部隊で、二十名が陽動部隊となります。

まず二十名の部隊が、魔窟《まくつ》への進路に群《むら》がる魔物を露払《つゆはら》いしつつ、襲いくる魔物を引き連れて、魔窟《まくつ》からできるだけ遠ざかります。

その隙《すき》を縫《ぬ》って近接したハディエットさんたち十名の部隊が、魔窟《まくつ》を攻撃——消滅させて後援《こうえん》を絶ったのち、残る魔物を殲滅《せんめつ》するというものです。

体《てい》よく魔窟《まくつ》を打ち払ったとしても、残る魔物は単純計算で五千近くに及ぶはずですが、それは問題ないとのことでした。

精霊力に溢《あふ》れたこの森に限ってのことらしいですが、エルフの皆さんには世界樹の加護があり、以前にも魔物が万に迫《せま》る大規模魔窟《まくつ》に対抗したことがあるそうです。

今となっては頼もしい限りですが、先日のようにそんな部隊全員で私ひとりを本気で殺《や》りにくるのは、二度と勘弁《かんべん》してもらいたいものですね。

前にこの場で、エルフの精鋭《せいえい》部隊の皆さんが苦戦したのも、ひとえに今回の魔窟《まくつ》が手の届かない上空にあったからです。

でしたら、手の届く場所までに引き摺《ず》り下ろすか——さもなくば、手の届く位置までこちらが移動すればいいだけですよね。

『凱旋門《がいせんもん》、クリエイトします』

パリの観光名所、エトワール凱旋門《がいせんもん》。パリには旅行したばかりでしたので、ディテールも完璧ですよ。高さは、魔窟《まくつ》と同じ地上五十メートル。しかも屋上《おくじょう》は、地上面積そのままの広い長方形をしているので、動き回る足場としても充分です。

凱旋門《がいせんもん》はかのナポレオンの戦勝記念碑《ひ》。此度《たび》の勝利の記念碑にもなってもらいましょう。

前もって予行練習はしていたものの、高さに慣れていない攻略部隊の皆さんは、まだ多少はおっかなびっくりです。こちらの世界には、あまり高い建築物はありませんからね。

それでもさすがは皆さん生粋《きっすい》の戦士。故郷の森の平和を乱す憎《にく》き魔窟《まくつ》を目の前にして、闘争心に火が点《つ》いたようです。

魔窟《まくつ》には物理攻撃よりも魔法が効果的と聞いていただけに、ハディエットさんを筆頭に計十名からなる精霊魔法の釣瓶《つるべ》打ちです。

私は傍《そば》から眺めているだけですが、物凄《ものすご》い迫力《はくりょく》ですね。なにもない空間から、光や水や風が噴《ふ》き出すさまは、幻想的で美しくもあります。ですが、見かけと異なり、威力《いりょく》は並みでないようで、着弾と同時に盛大な破裂音《はれつおん》や破壊音を奏《かな》でつつ、魔窟《まくつ》の闇が徐々に弾けて消えていっています。

今更ながらに思いますが……これを受けて平気の私は、たしかに皆さんから異常と受け取られても仕方ないのかもしれませんね。

それくらいの猛攻《もうこう》でした。くわばらくわばら。

「其は風の王。荒《あら》ぶる御霊《みたま》、猛き風の精霊王《ジン》よ」

「その大いなる御力をもって、汝《なんじ》に仇《あだ》する愚を示せ」

「暴威よ、吹き荒れよ。覇を持ちて、薙《な》ぎ払え。顕現《けんげん》せし神威《しんい》を知らしめよ」

「「旋し滅せよ――ルイン・トルネード！」」

竜巻のごとき烈風の渦《うず》が、魔窟《まくつ》を呑《の》み込みました。

あまりに強力な旋風で、周囲の気圧まで下がっているのか、耳鳴りがひどいです。

飛び火ならぬ飛び風で、凱旋門《がいせんもん》の一角が鋭い刃物で抉《えぐ》ったように、無数に削《けず》り取られています。

稲妻《いなずま》が迸《ほとばし》り、耳障《ざわ》りな甲高《かんだか》い音を発して飛び散る火花――まるで雷雲をはらんだ台風です。余波《よは》で、吹き飛ばされてしまいそうですね。

止《と》めとばかりに、巨大な鉄槌《てっつい》を思わせる圧縮《あっしゅく》された空気の塊《かたまり》のようなものが上空から叩《たた》きつけられ、風はぱたっと終息《しゅうそく》しました。

そこにはすでに魔窟《まくつ》の痕跡《こんせき》は消え去り――青空が広がっていました。

なんともはや、恐ろしい魔法ですね。生半可《なまはんか》な近代兵器も真《ま》っ青《さお》じゃないですか。お城のひとつくらいなら、簡単に圧潰《あっかい》させてしまいそうです。

ともかく、これで予定通りに、無事に魔窟《まくつ》は片付きました。

残るは地上で戦っている陽動部隊の方々と合流し、魔物を殲滅《せんめつ》するだけですね。

どうやら空を飛べる魔物はいないみたいですし、弓の名手たちによる凱旋門《がいせんもん》の上からの射的ですから、安全に魔物を駆逐《くちく》できるでしょう。

(さて、下の様子はどうでしょう……?)

こちらでの戦いに気を取られていまして、地上の戦いを見過ごしていました。

といいましても、地上の陽動部隊はこちらの倍の人数ですから、最後に見かけた様子からも上手くいっているでしょう。

あの分では、陽動どころか、すでに大部分の魔物を掃討《そうとう》し終わっている可能性すらありそうですね。

先ほどまでは、こちらと同じく激しい戦闘音がしていたはずですが、今では静かなものです。

(本当に、終わってしまったのかもしれませんね……)

そう思いまして、気軽に屋上から地上を覗《のぞ》こうとした瞬間——凱旋門《がいせんもん》の片側半分が、轟《ごう》音《おん》を立てて崩れ落ちました。

瓦礫《がれき》と一緒に落ちそうになったので、慌《あわ》てて近くの壁にしがみつきます。

地震にしては局地的《きょくちてき》すぎますし、直前に砲撃《ほうげき》のような爆音《ばくおん》を聞きました。

なんにせよ、異常事態に他なりません。

屋上にいた他の方々を確認しますと、さすがに身軽なエルフだけあって、皆さん落下は回避していました。ただその視線が一様《いちよう》に、地上の一点を見つめて——いえ、険《けわ》しい顔で睨《にら》んでいます。

視線の先には、一体の魔物が悠然《ゆうぜん》と立っていました。

目測で体長五メートルを超える巨躯《きょく》の魔物です。獣のような四《よ》つ足に、上半身は人型と、まるで神話のケンタウロスに似た見た目をしています。

ただし、決定的に違うのは、下半身は肉食獣のそれで、上半身の人型には左右に腕が二本ずつ生えている異形《いぎょう》でした。しかも、あるべき場所に首が乗っていません。

代わりに胸腹部《きょうふくぶ》に当たる部分には、雄《オス》ライオンの顔があります。

言葉で形容しがたい、けったいな姿をした魔物でした。

「おーおー？　なんか、妙ちくりんなもんがあると思って、とりあえず撃《う》ってみたが……そんな場所にもエルフが隠れていやがったか？」

魔物が喋《しゃべ》った……？

風貌《ふうぼう》や雰囲気《ふんいき》、赤く光るライオン部分の目といい、明らかに魔物のようですが、知性があるどころか喋《しゃべ》れるとは驚きです。

「んん？　魔窟《まくつ》が消えてやがるな？　なるほどね、そのでかいのこしらえて、攻撃を届かせたってか？　涙ぐましい努力だねえ。ま、一時《いっとき》でも喜べたんなら、それはそれで価値のあることとかあ？」

ライオンの口から発しているにしては、ずいぶん流暢《りゅうちょう》な言葉遣いですね。しかも、なんとも人間臭い軽薄《けいはく》な物言いです。

気《け》だるげな気配を滲《にじ》ませて、仕草もどこか億劫《おっくう》そうです。なんなのでしょうね、あれは。

それに、先ほどから大きな前足で、足元にあるものを踏みつけて、ごろごろと転《ころ》がしています。猫がボールで遊んでいるのでもないでしょうに、いったいなにを——

「っ！　あれは……！」

それは人でした。見覚えのある顔は、ここまで一緒に来たエルフの方でした。

呻《うめ》き声を発していることからも、一応息はあるようですが、瀕死《ひんし》には違いありません。

そして、よくよく見ますと、周辺の倒木に紛《まぎ》れて累々《るいるい》と横たわっているのも、地上で陽動をしているはずのエルフさんたちでした。

もしや、全滅《ぜんめつ》ということでしょうか。二十名もの精鋭が、あの一体の魔物を相手に……？

隣で歯ぎしりするハディエットさんたちの悲痛《ひつう》な思いが、痛いほどに伝わってきます。

「ああ、こいつらか？　安心しな、まだ死んじゃいねえよ。これから楽しい楽しい尋問《じんもん》タイムだ。ようやく捕《と》らえたんだ、あの厄介《やっかい》な世界樹の場所を吐《は》いてもらわんとな。それでもまだ殺さねえよ？　てめえらにはこれから、存分に苦痛と恐怖を味わってもらって、魔物どもの生餌《いきえ》になってもらう。知ってっか？　魔物の存在進化には、てめえらみてえなレベルの高い上等な餌《えさ》が手っ取り早くてな。これだけ活《い》きのいいのがいれば、掘《ほ》り出し物が産まれてくるかもしれん。はっはっはっ！」

「――くっ！　いいたいことは、それだけかっ⁉　誇り高き我らが同志から、汚《けが》らわしい足をどけよ！　この下賤《げせん》な魔物風情が――！」

「あ！　ちょっと待ってください、ハディエットさん！」

制止も間に合わずに、ハディエットさんたち十名全員が、一斉に凱旋門《がいせんもん》から飛び降りました。

空中で弓を構え、すでに魔法の詠唱《えいしょう》に入っている方もいます。

相手は無手ですから、必勝の間合いですが――魔物の獣面がにたりと笑みを崩さないままなのが、気がかりでなりません。

「けっ、ようやく降りてきたか！　そんな高いとこじゃあ、手加減できずに瞬殺《しゅんさつ》しちまうからな！」

魔物の手の中に、黒い槍のような物体が出現します。

槍というには、あまりに長大で曲《ま》がりくねった禍々《まがまが》しい姿。それを魔物は投げつけてきました。

先ほど凱旋門《がいせんもん》を破壊したのは、あれでしょうか。でしたら、生身《なまみ》で受けていい破壊力ではないはずです。

「いけません！　皆さん！」

槍は空中で分裂し、落下途中で身動きの取れない皆さんの身体を貫通、次々と撃ち落としました。

血飛沫《ちしぶき》が舞い、飛び降りた勢いそのままに、地面に叩《たた》きつけられてしまいます。

あの怪我《けが》と、この高さからの落下です。絶命《せつめい》していてもおかしくありません。

私も躊躇《ちゅうちょ》せずに、屋上から飛び降りました。無我夢中《むがむちゅう》で、落ちてどうなるかなど考える余裕もありませんでした。

「ハディエットさん！」

着地が優雅《ゆうが》に決まるわけもなく、私は地面の黒ずんだ泥濘《ぬかるみ》に転げるように落ちました。

魔物のほうは、私が離れてしまったことで、突如として消えた凱旋門《がいせんもん》に気を取られていたのか、もしくは元々私など眼中になかったのか、こちらに注意を向けてはいませんでした。

なんにせよ、好機です。泥《どろ》だらけになりながらも、ハディエットさんたちのもとに這《は》い寄ります。

「う、ぐぅう……」

　抱き起こしますと、意識はあるようでした。落下の衝撃《しょうげき》も、例の加護とやらでしょうか、打撲《だぼく》や骨折はないようです。

　ですが、魔物の攻撃による傷が酷すぎます。肉が裂けるどころか、弾けて大きく抉《えぐ》れており、完全に骨が露出《ろしゅつ》しています。

　傷口から血が止めどなく流れ出て、いっこうに止まる気配がありません。慣れない血の生臭《なまぐさ》さに、思わず目を背けて吐《は》きそうですが、そうもいってられません。

「しまった、当てどころをまずったか？　死んじまってねえよな……ああ、もったいねえ」

　呑気《のんき》で腹立たしい声が聞こえてきますが、それどころではありません。

「……んで、てめえはなんなんだ？　その成りからして、エルフ……じゃねえよな？　ただの人間みてえだが……今のでけえやつを造ったのは、てめえのスキルか？　おい、聞いてんのか？」

「うるさいですね！　今はそれどころではありません！」

「なんだと？　この俺様を魔王軍、魔将ザーギニアス様と知っての――」

「少し黙っててください！」

「……に、逃げろ……おまえは……逃げ……」

「それどころではないといっているでしょう⁉」

こんなときこそ、〈万物創生〉スキル――なのですが、焦《あせ》ってしまうばかりで、てんで考えがまとまりません。

テレビ番組からの知識では、攻撃手段として武器や兵器の類《たぐい》は数多くありますが、医療手段はほとんどありません。まして、このような致命傷《ちめいしょう》から救うものなど。

ほとんどのフィクションでは、致命傷を受けた者はまず助かりません。死は悲壮感《ひそうかん》を煽《あお》るため、物語を盛り上げるために用いられます。致命傷を受けても即座に治《なお》ってしまっては、ストーリーとして意味もなく、つまらないからでしょう。

だからといって、私が諦《あきら》めるわけにはいきません。こうしている間にも、刻一刻《こくいっこく》と皆さんの身体からは血が失われ続け、死へと近付いています。

悠長にしていられる猶予《ゆうよ》などなさそうです。

「ほほう。この俺様をここまで無視するとは、いい度胸《どきょう》だな。てめえに利用価値はなさそうだ。この黒槍ゲイルスコグルを冥土《めいど》の土産《みやげ》に――そのまま死ね！　はぁっ――――！」

――ええい！　まったく騒々《そうぞう》しいにもほどがありますね！

こちらはこれほど焦《あせ》りまくっているというのに、なんと場の空気を読まないお邪魔虫なのでしょうか⁉

飛んできた槍をむんずと掴み、思い切り投げ返します。

「……へっ？　おい待て、あっ――」

――ちゅどーん‼

爆砕音《ばくさいおん》が響きましたが、構っていられません。早くなんとかしないと！

思い出したのは、つい先刻の出来事――エルフさんによる、精霊の回復魔法です。

あれでしたら即効性があるようですから、皆さんの命を取り留めることができるかもしれません。

問題は、肝心のその魔法を使える方々が、虫の息となっていることですが。

ならば、今はこの場で唯一動ける私がやるしかありません。

精霊との契約なんてものは知りません。呪文なんて覚えてもいません。

それでも、私がやるしかないのです。先人はいいました、〝為《な》せば成る〟と！　根性論？

知ったことではありませんね！

「精霊さん！」

声を張り上げます。

「聞こえていますか？　精霊さん！　誰でもいいですから、力を貸してください！　皆さんが死にそうなんです！　助けてやってください！　お願いします、この通りです！」

当然、魔法の呪文になどなっていません。ただ単に、一方的に精霊にお願いしているだけです。

それでも、今私にできることはこれだけでした。

祈る気持ちのまま、五秒……十秒と時間が経過します。やはり、駄目《だめ》だったのでしょうか……？

すると突然、周囲の空気が一変しました。空気が変わったというより、空間が変貌《へんぼう》した、そのような感覚でしょうか。

大気が捻《ね》じれて裂け、そこからなにか膨大《ぼうだい》なモノが出現してきました。

『御身――御意《ぎょい》、にて――馳《は》せ、参じ――』

断続的な女性らしき声が、頭に直接響いてきます。

霞《かす》みがかったように姿はよく認められませんが、圧倒的な存在感に身が竦《すく》むようです。

意識が朦朧《もうろう》としていたはずのハディエットさんの両目がかっと見開かれました。

「……こ、これは……精霊、顕現《けんげん》……？　よもや、始祖《しそ》の女王……」

『フル・リカバリー』

直後、柔《やわ》らかな桃色っぽい光が、あたりを包み込みました。

それはまるでビデオを早送りするかのようでした。荒れて黒ずんだ大地を覆い隠すように、一面に新芽《しんめ》がいっせいに萌《も》え出ます。腐《くさ》った倒木を苗床《なえどこ》に新たな若木が芽吹《めぶ》き、見る間に見事な天然の天蓋を張り巡《めぐ》らせていきます。

ほんの数十秒にも満たない時間で、森は再生を遂《と》げていました。あれだけ惨憺《さんたん》たる状況が、今や草花や若葉の息づく新緑に取って代わっています。まさに奇跡《きせき》のような光景です。

いつしか、あのプレッシャーも消失していました。

ハディエットさんをはじめ、死に瀕《ひん》していたエルフの方々が、茫然《ぼうぜん》としつつ上体を起こしています。四肢《しし》が千切れかけていた方もいたはずですが……皆さん、傷がすっかりと癒《い》えていました。

不思議そうに自身の身体や周囲を見回し、なにが起こったのかわかりかねている様子でした。

大丈夫です。私だってなにが起こったのか、よく理解していませんから。

少なくとも、皆さんの生命の危機に、呼びかけに応じて助けてくれた精霊がいた、ということでしょうね。感謝してもしきれません。

「……ああ！　そういえば、あの魔物は⁉」

動揺してすっかり忘れていました。なにか話した気もしますが、さっぱり覚えていません。

ただ、魔物が立っていたはずの地面は、深い直下型のクレーターとなっていました。傍に、千切れた大きな上腕が転がっています。あの魔物のものでしょうか。

とりあえず、今は脅威《きょうい》は去ったようです。そのことをまずは喜ぶことにしましょう。

里への帰り道では、なにやら気まずい空気が流れていました。

先行する皆さんと私の距離が、やけに開いている気がします。物理的にも心情的にも。

避けられているのとも少し違い、腫《は》れ物に触るような視線がちらちらと向けられている気がします。

やはり、決め手は最後のアレでしょうね。

皆さんを全快させたのは、どこかの親切な精霊さんの力で、決して私のものではないのですが……それもまた私の起こしたものとして見られているのでしょうか。

ただでさえ、〈万物創生〉スキルで奇異に思われていますから、もはや得体の知れない奇人変人どころか、取り扱い注意の危険人物にまでなっていそうです。

いつもでしたら、こんなときはハディエットさんが、それとなく間に入って仲を取り持ってくれるのですが、その頼みの綱の彼も何事かずっと考え中のようでして、心ここにあらずです。

アクシデントこそありましたが、結果的には魔窟《まくつ》も無事に除去《じょきょ》、森は復活し、皆さん五体満足と、及第点《きゅうだいてん》ではあるはずです。

そうなりますと、ハディエットさんが気にされているのも、皆さんとは別の意味で最後のアレなのでしょう。皆さんの傷や森を癒《い》やしてくれたあの精霊さんのことを、ハディエットさんは〝始祖の女王〟とか呼んでいましたね。

女王の精霊、もしくは精霊の女王でしょうか。精霊の業界では有名な方なのでしょうかね？

行きで安全が確保されていたこともありまして、里から四時間かかった道のりが、帰りは三時間ほどで戻ることができました。

その間も、私は誰とも一言も交わしませんでした。交わさなかったといいますか、交わしてもらえなかったという感じです。話しかけようと近寄るたびに、目線を逸《そ》らしてすっと離れられてしまいます。

あれほど最悪な出会いをようやく乗り越えて、だいぶ打ち解けてきたと思いはじめた矢先にこれですよ。なんという疎外感《そがいかん》。なにか、いい歳して泣きそうです。

出発はお昼頃でしたが、着いた頃にはもうずいぶんと陽《ひ》も傾いていました。

そんな中でしたが、里では大勢の住民が、世界樹の前で皆さんの帰りを待ちわびていました。

同行したエルフの皆さんの家族の方でしょうね。身内を心配するのに、種族の違いはないということでしょう。

あんな場所で命を落とす方がいなくて、本当によかったと思います。

無事の再会を喜び合う方々を尻目《しりめ》に、ハディエットさんだけは到着と同時に急ぎ足で、その場を離れていきました。向かう方角からして、長老のセプさんのところでしょうか。帰還《きかん》後に即結果報告というのも、生真面目《きまじめ》なハディエットさんらしくはありますが、帰りのおかしな様子の件もありますしね。あれだけ慌《あわ》てているからには、どうもそれだけではないような気もします。

こんな家族愛に満ちた和《なご》やかな場では、さすがに余所者《よそもの》の私には居場所がありませんね。さりげなく皆さんの輪から外れて、距離を置きます。

傍から眺めているだけでも心温まるものではありますが、やはり少し寂《さび》しいものです。「ただいま」といえる相手でもいれば、多少は違うのでしょうけれど。

世界樹に背もたれて、ついついそんな他愛《たあい》ないことを考えてしまいます。

この異世界に来てから、すでに結構な月日が経ちました。年甲斐《としがい》もなくホームシックというやつでしょうか。

少し冷たい夜風が吹き、遥《はる》か頭上で生い茂《しげ》る世界樹の葉擦れの音が聞こえてきます。

（そういえば……）

色々あってうっかりしていましたが、セプさんからの頼まれごとを思い出しました。

世界樹が会いたがっている――でしたっけ。

樹木が自我を持つなど眉唾《まゆつば》ではありますが、齢《よわい》二千年ものご神木ともあれば、そういうこともあるのでしょうか。

私の帰りを待っていてくれたかは疑問ですが、少なくとも会いたがっているのでしたら、挨拶《あいさつ》くらいしても罰《ばち》は当たらないでしょう。

樹というにはあまりに巨大すぎる幹に背中を預けて、目を閉じます。

「ただいまです」

一言だけ、呟《つぶや》いてみました。

◇◇◇

はて。どこでしょうね、ここは?

気が付きますと、見知らぬ場所に突っ立っていました。

薄暗かった空は白く、周囲三百六十度、地平の果てまでずっと金色の草原が広がっています。

現実味は薄いですが、夢というほどおぼろげでもありません。不思議な感覚です。

普通でしたら、少しは焦《あせ》りそうな状況でしたが、どうもそんな気が起きません。

むしろ、懐《なつ》かしい……比喩《ひゆ》としてはそんな感じでしょうか。不意に昔の記憶を思い返したときの心情によく似ています。

「ぱぱぁ」

いつの間にやら、足元に幼子がいました。

二歳くらいの幼子でして、覚束《おぼつか》ない足取りで歩きながら、こちらに両手を掲《かか》げています。

これは、〝だっこ〟というやつでしょうか。

「どこの子供さんでしょうか……?」

少なくとも、視界には私たちの他には誰も見当たりません。

「ごめんなさいね、ぼく。私はパパさんじゃないんですよ?」

「んーん。ぱぱ!」

舌《した》っ足《た》らずに断言されてしまいました。

この子的には、私はパパ確定らしいです。どうしましょう。

「ん!」

なおも、だっこの催促です。

まあ、夢か現実か白昼夢《はくちゅうむ》かの状況で、こだわるのも馬鹿らしいですね。

「はあい、パパですよー」

あやすくらいなら、私にでも。一息に抱き上げてから、抱《だ》っこします。

いかにも幼児らしい、ぷくぷくとした丸い赤ら顔で、満面の笑みです。

見事な金髪――髪自体が光ってそう見えているだけかもしれませんが、ふわふわの光り輝く髪質は、セプさんに近いようですね。全身も同じようにぼんやりと光っていますし。

容姿から、エルフのお子さんかとも思いましたが、最大の特徴である耳が尖《とが》っていませんので、違うのでしょうか。

あまりの愛らしさに、そのまま高い高いしますと、その子も「きゃっきゃ、きゃっきゃ」と喜んでくれます。

なにか、すごい幸せなのですけれど。これが父性本能というやつでしょうか。

うん、悪くありませんね。

ひとしきり遊んであげて——といいますか、はしゃいでいたのはこちらだったような気がしないでもないですが。

遊び疲れたのか、いつしかその子はうつらうつらとして……やがて、寝息も立てはじめました。

「う～ん。これは病《や》みつきになりそうなぷにぷに感ですね……」

ほっぺを指先でつついてみますと、まさにつきたてのお餅《もち》の感触《かんしょく》です。

やめどきを見失いまして、つい何度もぷにぷにしていますと、その子がうっすら目を開けました。

「ああ、ごめんなさいね。起こしてしまいましたか」

半開きの大きな瞳がゆっくりと左右に動き、私の手を見つけますと、小さな手が指先をぎゅっと握り締《し》めます。

「あいあと。ぱぱ……またね……」

その子は、にっこりと微笑《ほほえ》みました。

◇◇◇

そうして、私は目を覚ましました。

寝ていたわけでもないですから、目を覚ましたという表現が適切かどうかはわかりませんけれど。

腕の中にいた幼子の姿は、当然ながらありません。

自分でいうのもなんですが、あんな非現実的な場所に行った覚えはありませんし、そこでいきなり幼児の登場というのも怪しすぎます。

本当に白昼夢を見ていたのか、自分のことだけに判断は付きませんでしたが……まさか、老年性の重度《じゅうど》の認知症が発症したとかではありませんよね？　ね？　ね？

物忘れなどの健忘症《けんぼうしょう》の気もありましたので、本気でちょっと心配になってしまいますよ。

いつの間にやら陽も完全に落ちて、空にはすでに星の煌《きら》めきが望めます。

ただ、その割には、なにやら妙に周囲が明るいですね。

と思いきや――背にした世界樹が煌々《こうこう》と光っていました。

樹の幹から、果ては遥《はる》か頭上の枝葉に至るまで、それはもう光の柱のように盛大に。

つい先ほどまでは、大きさはともかく、見た目だけは普通の樹と変わらなかったはずです。

夜に光を放つような特殊な習性でもあったのでしょうか。

ただ、ここ数日は里で寝泊まりしていましたが、そのような姿を見かけたことはありません。

おそるおそる触れてみますと、発光しているだけで、熱を発しているということもないようですね。

なんとも、浮世離《うきよばな》れしています。黄金の光に包まれた、クリスマスツリーも真っ青のなんともゴージャスな光景で、これが自然樹とも思えません。

「かつては別名、黄金樹と呼ばれていましたからね」

唖然《あぜん》と見上げていますと、背後から声をかけられました。

長老のセプさんです。いつもの古樹の中ではなく、表で会うのは初めてですが、揺《ゆ》らした長髪の毛先を地面に引きずるように、こちらに歩いてきています。

「光を失って千五百年と久しいですが、この子も力を取り戻したようですね」

「そうなのですか……見事なものですね」

そう感想を述べることしかできません。

黄金樹――まさに今の荘厳《そうごん》な外観の呼び名にぴったりです。

それにしても、千五百年も以前とは……壮大《そうだい》すぎるスケールではありますね。

さすがはセプさん、世界樹を上回る二千歳のご長寿《ちょうじゅ》です。こうして並んで立ちますと、女子中学生くらいにしか見えないのですけれども。

「ですが、どうしていきなり、その力とやらを取り戻したのです？」

「さて、どうしてでしょうね？」

セプさんは小首を傾《かし》げて、くすくすと笑うばかりです。

上目遣《うわめづか》いに意味ありげな視線で覗《のぞ》き込まれます。

「わかりませんか？」――そう問われている気がしてなりません。

もしやと思いますが、先ほどの白昼夢が関連している――なんてことはありませんよね。

そんな非現実的な。幻の世界で、子供をあやしていただけですし。

逆に、偶然にもこの現象の場に立ち会ってしまい、あんな幻覚を見てしまった、というのが正解でしょうかね。むむむ。

「……セプさん、楽しそうですね？」

「ええ、とても。タクミ殿が百面相《ひゃくめんそう》して悩んでいるのは、すごく楽しいですから。そうやって深慮《しんりょ》するのは大いに結構ですよ。凝《こ》り固まった常識の壁を打ち破ってくださいね」

からかわれているのでしょうか。実際、からかわれているのでしょうけれど。

「……それはそうと、後ろの皆さんは……なんなのです？」

あえて突っ込まなかったわけでもありませんが、セプさんの背後にはエルフの方々がずらっと並んでおり——皆さん一様《いちよう》に、地面に片膝をついて跪《ひざまず》いています。

この人数——トもや里の全員が勢揃《せいぞろ》いしているのではないでしょうか。

その中には、ハディエットさんの姿もあります。試しに声をかけてみても無反応で、皆さんと同じように口を噤《つぐ》んでしまっています。なんなのでしょうかね。

「感謝と尊敬、崇拝《すうはい》……といったところですね」

「ああ、なるほど」

合点がいきました。力を取り戻したという、皆さんのご神木である世界樹に、ということですか。

紛《まぎ》らわしい位置に立っていたので、まるで私に跪《ひざまず》いているかのように錯覚《さっかく》してしまいましたよ。

「なるほど、ではないですよ。タクミ殿のその顔。おそらく半分は当たりで、半分は大いなる勘違《かんちが》いです。性分《しょうぶん》なのでしょうが、過ぎた謙遜《けんそん》は美徳《びとく》ではありませんよ？　自己評価が卑屈《ひくつ》なほどに過小《かしょう》すぎるのかもしれませんが。世界樹に対してもそうですが、我らは今、タクミ殿に敬意《けいい》を払っているのですよ？」

セプさんは肩を竦《すく》めて小さく嘆息してから、皆さんと同じように跪《ひざまず》きました。

「タクミ殿、この度《たび》は、同胞とこの森を救ってくださって、誠にありがとうございました」

深々と頭を下げられてしまいます。

「ちょ、やめてください、セプさんまで。魔窟《まくつ》での件は、もう充分ですから！」

年長者という一言では片づけられない方に、このような態度を取られてしまうと、恐縮《きょうしゅく》してしまいます。最初に迷惑をかけたのは私のほうですし、魔窟《まくつ》でのことにしても、実際に救ったのはどこかの精霊さんです。なにもしていないとまでいい切ると嫌味になるでしょうが、過度《かど》の感謝を受けるほどでもありません。

「……むう。それだけではないのですが。どうやら、なかなか手強いようですね。口出ししないと決めた前言を撤回《てっかい》したくなるほどには。まあ、それもいいでしょう」

セプさんは起き上がりますと、呆《あき》れたように何事かを呟《つぶや》いていました。

「……どうされました？」

「いえ、そのようにのんびりした頑固《がんこ》な個性もあるものかと、この歳になって驚いていた次第です」

「……は、はあ？」

屈託《くったく》ない少女の表情で、にっこりと微笑《ほほえ》まれます。

セプさんの言葉の端々《はしばし》は、含蓄《がんちく》のある謎かけのようですね。

……もしかして、理解できない私が鈍《にぶ》いのでしょうか。

「さて、余談も過ぎました。もう夜も更《ふ》け、いい時間です。今宵《こよい》はめでたい晩。外界の通例に倣《なら》って宴でも……といいたいところですが、あまり時間も残されていません。タクミ殿は、すぐにでも出発されたほうがいいでしょう。世界樹が従来《じゅうらい》の力を取り戻した今、一両日中にこの森は完全なる結界に閉ざされます。もたもたしていると、ここから出られなくなってしまいますからね。こちらとしては、永住されるのも歓迎ですが、そうもいかないのでしょう?」

「ええっ、そうなんですか⁉」

里に戻ったばかりだというのに、忙しいですね。かといって、ファルティマの都に向かうという目的がある以上、ここに閉じ込められるわけにもいきません。

「あ、ですが……」

訳あって声を発さないようですが、ついついハディエットさんのほうを見てしまいます。また魔窟《まくつ》が発生でもしたら、今日はどうにかなったとはいえ、次こそどうなるかわかりません。

差し出がましいのは心得ていますが、死に逝《い》く寸前のあの凄惨《せいさん》な状態を目の当たりにしてしまっただけに、懸念《けねん》は尽きないというものです。

ですが、それを口にするのは、森を守る使命を抱く皆さんのプライドを損《そこ》なってしまうのではないでしょうか。

そんなあわあわしてしまった姿を見られてしまい、視線の合ったハディエットさんが声には出さずに、口元だけをほんのわずかに緩《ゆる》めました。

「大丈夫です、タクミ殿。世界樹が黄金の輝きを取り戻した今、ここは聖なる領域《りょういき》。魔窟《まくつ》などという歪《ゆが》みが発生することはありません。もはやどのような輩《やから》にも、そうそう手出しはさせません」

セプさんが代弁してくれました。

そうでしたか。それはよかったですね、一安心です。

ただ、今の言い回しですが、なにか含みがあったように感じたのは気のせいでしょうか。

「おや。この子も別れを惜《お》しんでいるようですね。贈《おく》り物だそうです」

上空から、光り輝くなにかがゆっくり落ちてきました。

セプさんが両手でふわりと受け止めたそれは、一握《ひとにぎ》りの世界樹の枝でした。切り離されてなお、枝葉がわずかに光っています。

「これを持っていると、森で迷うことはないでしょう。望みの行き先を指示してくれるはずです」

「そんな貴重《きちょう》そうなもの、貰《もら》ってしまっていいのですか？」

「いったでしょう？　これはこの子――世界樹からの贈り物です」

「……助かります。では、ありがたく貰《もら》っておきますね」

相変わらず、セプさんが世界樹を擬人化《ぎじんか》扱いするのも謎ですが、セプさんがそういうのならそうなのでしょう。

なんにしましても……正直なところ、ここまで方角に関してはずいぶんと悩まされましたから、とても便利で嬉しい贈り物ではありますね。

世界樹の枝葉を受け取りますと、どこかほんのりと温かみを感じました。

『ぱぱ……』

そんな声がどこかから聞こえたような気もしました。

◇◇◇

魔物の襲撃《しゅうげき》か過疎《かそ》によるものか、とある廃村《はいそん》の打ち捨てられた廃屋《はいおく》に、ひっそりと座して待つひとつの人影があった。

すでに時刻は夜半をとうに過ぎている。今宵《こよい》は月明かりも星明りもない。

暗闇の中で黙し座する姿は、ともすれば幽鬼《ゆうき》の類《たぐい》かと疑いそうになる様相《ようそう》でもあったが――その者から溢《あふ》れ出る精気《せいき》は、現世に顕在《けんざい》する身であることを物語っていた。

「……戻ったか」

ぽつりと、その者が独白《どくはく》した。

「なあんだ、気付いてたんだ」

屋内にはその者しかいないはずだが、意外にも返答があった。

とはいえ、声はすれど姿形はない。

それは、女性とも男性ともつかない、くぐもった声だった。

「気配は完全に絶っていたはずだけど？　隠形《おんぎょう》にはそれなりの自負《じふ》があったのに、自信なくすね。さすがは『剣聖』……とかいっとくべき？」

「余計なお喋《しゃべ》りは不要だ、『影』」

「はいはい。相変わらずお固いことで」

『剣聖』と『影』――SSランクとSランクの冒険者。仲間内はおろか、世間でも知らぬ者なしとされる、いずれも超一流のトップランカーである。

お互いに冒険者としてソロ活動を行なっている身ではあっても、風評《ふうひょう》は正反対。

正攻法で真《ま》っ向《こう》勝負を旨《むね》とする常勝無敗の『剣聖』に対し、主に闇に紛《まぎ》れて活動し、隠《おん》密《みっ》と搦《から》め手を常とする『影』。理念や方針の違いからも、まず並び称されることはない。

そんなふたりが、こうして一所で会しているのは、通常であれば珍しいどころか、奇妙とさえいえた。

それというのも今回の目的が、冒険者ギルドからの〝指令〟であったからだ。

一応、依頼形式ではあったが、そう呼んで差し支《つか》えはない。

冒険者として活動している以上、ギルドに加盟するのは必須《ひっす》であり、ギルドからの要望に応《こた》えるのも義務となる。自由を謳《うた》う冒険者だけに、ギルドとしては行使を控《ひか》えているようだが、事と内容によっては厭《いと》わない。

つまり、今回の案件は、『剣聖』と『影』という貴重なカードを切るだけの、重要性があると認識されていることになる。

「……して、どうだった？」

「ついに張り巡らしていた探知《たんち》に引っかかったよ。ずいぶんと待たされたけど、ようやく例のターゲットが大森林を抜けたらしいね。あの森って居住者もいないはずだけど、なにしてたんだか。森での生活がよっぽど気に入ったのかな？」

陽気《ようき》な口調だが、やはり閉ざされた屋内に声を発している本人の姿はない。

見かけ上では『剣聖』ひとりがいる中で会話の声だけが響くのは、一種異様な光景である。

「楽しそうだね、『剣聖』？」

「そう見えるか？」

「見えるね。いや、あんた仏頂面《ぶっちょうづら》だから、感じるっていったほうが正しいのかな。なんか、楽しそーつうか」

「……ふっ、そうかもしれんな」

あの『剣聖』にしては、実に珍しい反応だった。

世に知られる『剣聖』というと、冷静沈着《れいせいちんちゃく》にして無感情、いかなる事態にも鉄仮面を崩さないことで有名だ。魔窟《まくつ》攻略にたったひとりで赴《おもむ》き、眉《まゆ》ひとつ動かさずに成し遂げてくるのは、もはや逸話《いつわ》どころか伝説の領域に達する。

今でこそ世界最高ランク、ＳＳランク冒険者として名を馳《は》せる『剣聖』だが、歴史への登場は唐突だった。

およそ五十年近く前、突如として世に現われた『剣聖』は、その類《たぐい》まれな戦闘能力をもって、一気に冒険者のトップランカーへと躍《おど》り出た。

その頃は、まだ冒険者ギルドも黎明期《れいめいき》にあり、卓越した活躍を内外に示した『剣聖』が、今のギルドが越境《えっきょう》組織となるに至る立役者《たてやくしゃ》のひとりであったことは否《いな》めない。

そんな生ける伝説、『剣聖』に見込まれるとは、今回のターゲットは幸運なのか不幸なのか。

「そういや、いきなりぽっと出てきた割には注目されているあたり、あんたと似てるのかもね。なに？　シンパシー的な？」

この質問には『剣聖』は答えない。

「まあ、いいさ。じゃあ、最初の約束通り、協力はここまででいいよね？　ギルドには

〝協力して事に当たれ〟といわれてたけど、最後まで組めとはいわれてないし」

「結構」

「いやあ〜、楽しみだなあ。最近は歯応《はごた》えのない依頼ばっかだったから。魔物の拠点を陥《お》とすのも飽《あ》きてきてたし。たまには〝本業〟に戻ってみるのもいいよね。なにせ、相手は、かの『剣聖』までが興味を持つ人間！　っとと、魔物の類《たぐい》である可能性もあるんだっけ、たしか」

「奴は人間だ。間違いなくな」

「そうなの？　断言するってことは、剣士の勘《かん》？　それともスキル？　……だんまりかあ。つれないねえ、いっけどさ。人間だろうと、魔物だろうと、こっちとしては構わないけどね。事前情報ではびっくりするぐらいの無効スキル持ちなんだってよ？　ま、古代遺物《アーティファクト》の類《たぐい》だろうけど」

数千年単位での遥《はる》か昔。何者かによって生み出されたとされる奇跡の品々は、古代遺物《アーティファクト》と呼ばれて重宝《ちょうほう》されている。その形は、装飾《そうしょく》型、武具型とさまざまだが、一様《いちよう》にスキルと同質の機能を付与《ふよ》されており、刻《とき》の流れで風化することもないため、神具との別名で呼ばれることもある。

現代でも研究は進み、軽減《けいげん》効果や強化効果などのスキルを模《も》して付与した装身具《アクセサリー》は出回っているが、桁違《けたちが》いの性能を有する古代遺物《アーティファクト》とは一線を画《かく》している。

何代にもわたる永年の研究でも、古代の叡智《えいち》には遠く及ばないのが実情だ。

とはいえ、古代遺物《アーティファクト》自体は、希少《きしょう》ではあるものの、そう珍しいものではない。

特に冒険者にとっては、一流であればあるほど、不得手の補助、得手の助長目的として、所有している者は少なくはない。

なにせ、古代遺物《アーティファクト》の大半は、遺跡《いせき》から発掘《はっくつ》されることが多く、その遺跡に赴《おもむ》く役目を担《にな》うのが冒険者なのだから、当然といえば当然なのかもしれない。

「お互い、そこらへんの対処も万全だろうけどさ。じゃあ、そろそろ行かせてもらうとしようかな」

「待て」

「……なにかな？　まさか、抜け駆け禁止とかいわないよね？　いくら『剣聖』が探知系スキル持ちじゃないからって、相手の居場所を突き止めるのも個人の資質だと思うんだよね」

「それについては異論はない。好きにしろ。だが……この殺気はなんだ？」

『剣聖』が静かに――しかし、明確な意志を持って、視界にいない『影』に向かって告げた。

しばしの間を置いてから、『影』は悪びれた様子もなく返事する。

「ありゃ、バレた？　すごいね、ホント。完全隠蔽《いんぺい》スキルのはずなのに、その本能ってか敏感《びんかん》さには尊敬しちゃうよ。いやね、せっかくこうして格好《かっこう》のシチュエーションで、SSランカーとして名高い『剣聖』にご対面できたもんだから、あわよくば殺《や》れたらラッキーかなーって」

告げるや否や、不可視のなにかが『剣聖』を襲ったが、それらを『剣聖』は微動《びどう》だにせず悉《ことごと》く打ち落とした。

他にも、なにやら大量に画策されていたようだが、功《こう》を奏《そう》さなかったことは『影』の気配からも明らかだった。

「やっぱ、この程度じゃ駄目《だめ》か。ここは、スパッと諦《あきら》めたほうがよさそうだね」

「返礼だ。取っておけ」

『剣聖』が、初めて動きを見せる。

その名が表わす通り、『剣聖』は刀剣の使い手であるが、現在は武器を携帯《けいたい》していない。にもかかわらず、『剣聖』はまるで腰に得物《えもの》があるかのように身を構え、無手のまま虚空を袈裟《けさ》懸《が》けした。

直後、天井や壁、屋根に至るまで裂傷《れっしょう》が走り、建物の表面が斜《なな》めにずれた。重力に従い、建物自体が滑《すべ》り落ちて崩壊《ほうかい》する。

闇夜の静寂《せいじゃく》を切り裂き、周辺に響き渡る轟音《ごうおん》。廃村でなくば近隣住民が途端《とたん》に跳《は》ね起き、こぞって騒ぎ出していただろう。

『剣聖』は、大半が崩れ落ちてしまった建物から、悠然《ゆうぜん》と歩み出た。

元は天井であったろう、散らばった建築材には、わずかな血糊《ちのり》が付着している。

「では、こちらも出発するか」

そんなことには歯牙《しが》にもかけず、『剣聖』は夜の闇に消えていった。

# 第三章　神の降臨《こうりん》

無事に大森林を抜けてから、私は今、次の経由地であるマディスカという宿場町に来ています。

この町は、目的地のファルティマの都とはど近い場所に位置しており、距離にすると徒歩で約一日といったところでしょうか。馬車では半日もかからないそうです。ファルティマの都への道中に立ち寄った――といいたいところですが、正確には足止めされている状況です。

ファルティマの都は、国教の教団総本山。

かねてより信者さんたちの巡礼地《じゅんれいち》であり、これまでは常に門戸《もんこ》が開かれていたそうです。しかしながら、ここ数年はあまりに来訪者が多いため、今ではこうした周辺の町を待機地に、受け入れ制限をしてしまっているとか。

魔王に魔物に戦《いくさ》にと、近年の治安が悪化していることもありまして、まさしく神頼みということでしょうか、巡礼者はここ数年で増える一方とのことでした。そこで昨年あたりから、認可を受けた定期馬車以外での一般人の入都が、全面的に禁じられてしまったそうなのです。

それ以外の方法では、問答無用で捕縛《ほばく》されるそうですので、ここはルールに従う他ありません。

定期馬車は、このマディスカの町では朝昼晩の一日三便。一台の馬車で運べる人数が二十人前後らしいですから、一日に六十人ほど向かっている計算でしょうか。都での滞在日数も決まっているらしく、向かった定期馬車は、翌日には同じだけの人数を乗せて戻ってきます。

そこら辺は、きちんと管理されているようですね。

この町以外からも定期便は出ているそうですので、出入りする人数は相当数に上るに違いありません。

日本と違ってパソコンなどあるわけもなく、書面で管理しているはずですから、担当の方は大変でしょうね。それを思いますと、文明の利器に取り囲まれていた私のかつての職場環境が、いかに恵まれていたかと感じ入ります。

それはさておき。

都行きの定期馬車に乗車できる人員は、毎日事前に教会の掲示板を通じて、告知されています。

ちです。

今日も教会前の広場にて、受付番号札を片手に、掲示板と睨《にら》めっこをしながらの結果待ちです。

広場には、私の他にも目的を同じくした人勢の皆さんが詰めかけていますから、なにやら受験の合格発表みたいですね。

今の時刻はまだ朝方ですので、現在貼《は》り出されているのは、本日昼出発の分となります。

そして、結果から述べますと、また駄目《だめ》でした。

最初に町の教会で受付を済ませてから、待つことすでに三日目ですが、まだまだ順番は巡ってこないようです。

選出は受付順ではなく、厳正《げんせい》な抽選《ちゅうせん》だそうでして。

教会の関係者の方の話によりますと、「神の御心により、信心深き者から、より早く選ばれるだろう」とのことでしたが、受付時に献金《けんきん》を求められたことが、どうにも気になります。

任意でのお気持ち程度、とのことでしたので、私は路銀《ろぎん》が心許《こころもと》なく、それでもご厄介《やっかい》になるのだからと奮発《ふんぱつ》して銀貨一枚をお渡ししたのですが……受付の方は眉《まゆ》をひそめて、舌打ちしたように見えました。

ちなみに、受付で私の後ろに並んでいた献金に金貨を出した方々は、あっさりその日のうちに旅立っていきました。

金額と神の御心とやらの関係性はあるのでしょうかね？

まあ、急ぐ理由もありませんので、気長《きなが》に待とうと思っていたのですが、こうも何日も宿暮らしでは、宿代も馬鹿になりません。

私の場合、〈万物創生〉スキルがありますから、町の外でログハウスでも創生して野宿するほうが快適なのですが、一度町を離れますと、定期馬車の受付もやり直しだそうで、泣く泣く身銭《みぜに》を切っている次第です。

私の他にも、同じく順番待ちで宿泊されている方も多いようでして、たくさんある宿は、いずれもお客さんで溢《あふ》れています。

訪問当初から、町の規模の割にやけに賑《にぎ》わっていて、著名な温泉街を彷彿《ほうふつ》させましたが、こういった内情だったわけですね。

いったい、出発はいつになることやら。

ですが、決められたルールだけに、現状に甘んじて待つしかありません。

時間潰《つぶ》しと実利を兼ねて、ちょっとしたアルバイトでもあるといいのですが、そういった募集《ぼしゅう》もないようです。仕方ありませんから、今日もまた町中をぶらぶらと散策でもしますかね。

表通りは、今日も人混みで賑《にぎ》わっています。

人数はそれほどでもないのですが、道幅《みちはば》がさほど広くない通りに、所狭しと露店《ろてん》や屋台が並んでいるものですから、人の通れるスペースが減りまして、かなりごみごみしている印象を受けます。

例えますと、お祭りの日の境内《けいだい》のようなものですね。むしろ、なかなか趣《おもむき》があっていいものです。

もともと散歩は日本にいた頃からの日課でしたし、見知らぬ土地を歩くのは嫌いではありません。

人が多いということは、活気もあるということでして。

賑《にぎ》わう場所を歩くだけでも、元気を分けてもらえる気がしますね。

背中に軽い衝撃を受けて振り返りますと、なにやら男性の方がわたわたと焦《あせ》っていました。

「おっと」

狭いので仕方ないですが、この町で通りを歩いていて、こうして人にぶつかられることがよくあります。

私がなんでもないふうに笑顔で返しますと、男性の方は愛想笑いを受かべたのち、そそくさと早足に去ってしまいました。

これもまた袖《そで》振《ふ》り合うも他生《たしょう》の縁、というやつでしょうか。自然と笑みがこぼれます。

本来は、異なる世界の絶対に出会うはずのない者同士なのですから、こんな些細《ささい》なことでもちょっと嬉しくなってしまいますね。

こちらの異世界に来てから、やれ荒事《あらごと》だ、新天地での新生活だと、慌《あわ》ただしい日々が続いていましたので、こうしてなにも考えずにのんびりするのも、いい骨休めかもしれませんね。

「ふ～んふふ、ふ～ふ～ふんふん、ふ～んふふふ～♪」

鼻歌など口ずさみながら歩いていますと、少し先の路地裏《ろじうら》より若い女性の方が飛び出してきました。背後をしきりに気にしつつ、とても慌《あわ》てた様子です。

成り行きを窺《うかが》うまでもなく、理由はすぐに知れました。

女性の後を追い、男性の方がふたり、路地から姿を現わしたからです。

男性のひとりは、荒々《あらあら》しく女性の手首を掴み、引き止めているようです。

女性のほうが明らかに嫌そうにしているところからも、これはよろしくない事態のようですね。

異性の気を引きたい気持ちはわからないでもありませんが、乱暴なのはよくありません。

それに、せっかく気持ちよく散策していたというのに、なんとも無粋《ぶすい》なことです、まったく。

「そこのおふた方。そちらのお嬢さんは嫌がっているようですよ。強引すぎるのではありませんか？」

若者の暴挙《ぼうきょ》を諌《いさ》めるのも、年長者の務めです。

双方の間に割って入りますと、案の定《じょう》、男性陣から胡散臭《うさんくさ》そうに睨《にら》まれてしまいました。

「なんだ、てめえは？　関係ねえだ——」

胸倉《むなぐら》に伸びかけた男性の手が止まります。

男性たちは私の顔を確認し、若干動揺したような、ばつが悪そうな顔をしていました。

そして、男性同士で顔を見合わせますと、捨て台詞《ぜりふ》を吐《は》くわけでもなく、女性をその場に残したまま立ち去ってしまいました。

なんでしょうね？

荒事《あらごと》にならずに済んだのはよかったのですが、なにやらしっくりこない感じです。

「……おかげで助かりました。ありがとうございました」

気丈《きじょう》に礼を述べた女性でしたが、見た目にも血の気《け》が引いていました。

よほど、怖い思いをされたのでしょう。

いかつい男性ふたりに囲まれて粗野《そや》に扱われたのですから、その心情は推《お》し量《はか》れます。

ふたりが逃げるように去った理由はわかりかねますが、なんにせよ彼女が無事でよかったです。

「わたしはイリシャといいます。あの人たちは、私が勤《つと》める酒場の常連客なのですが……

日頃から何度もしつこく誘いを受けていて、断ってはいるのですが、諦《あきら》めてくれなくて困っていたんです。今日は帰り道で待ち伏せまでされて……」

イリシャさんは年の頃二十代前半の見目麗《みめうるわ》しいお嬢さんでした。

聞くところでは、酒場でウェイトレスとして働いているそうです。この町の酒場はいつも繁盛《はんじょう》しているみたいですから、かなりの激務《げきむ》なのでしょう。どうりで、アスリートと見《み》紛《まご》うばかりの引き締《し》まった身体つきをされているはずです。

明け方まで仕事をされて今から帰宅ということですから、今着ている胸元の大きく開いた服は、酒場の制服なのでしょう。スカートが膝丈《ひざたけ》なのも、脚線美《きゃくせんび》を強調するためかもしれません。健康的な彼女に、よく似合っています。

それにしても、夜を徹して頑張《がんば》って仕事をして、その帰りにこれとは報《むく》われませんね。

世界は違えど、アルコールを扱う仕事では、こういったトラブルが尽きないようです。

先ほどの男性たちも、いい大人なのですから、少しは自重《じちょう》してほしいものですよ。

アフターケアを兼ねまして、そのまま世間話を続けていますと、ようやくイリシャさんも落ち着いてきたようでした。肌の赤味も戻り、笑顔も出るようになりました。

元から明るく活発な性格の方だったようで、熱心に話すあまり身体を擦り寄せるようにしてこられます。若さですね、勢いに圧倒されてしまうほどです。

「ごめんなさい。わたしったら、初対面なのに、馴《な》れ馴《な》れしくぺらぺらと……」

「いえいえ。こちらこそ、楽しいひと時を過ごさせていただきましたよ」

「それで、あの……ご迷惑でなければ、お礼をさせていただけないでしょうか……？」

「お礼だなんて、そんなお気になさらずに。なにをしたわけでもありませんから」

「駄目《だめ》です！　それでは、わたしの気が済みません。酒場勤めの女なので、大したお礼ができるわけではありませんが……」

そこで言葉を区切りますと、イリシャさんは恥ずかしげに俯《うつむ》き加減になりました。

「……不躾《ぶしつけ》な女と思われるかもしれませんが……よければ宿にお邪魔してもよろしいでしょうか？」

なんともはや。ここまで言われて断るのはむしろ失礼に当たるでしょう。

私は快く受けることにしました。

言葉には出しませんでしたが、内心、ちょっと感心してしまいました。今時、なんとも律儀《りちぎ》なお嬢さんですね。昔は、礼には礼をもって返すのが当然でしたが、最近の若い方には廃《すた》れてきた風習だと感じはじめてきていました。

その心を、こちらの世界で垣間見《かいまみ》ることができるとは。世の中、捨てたものではありませんね。

感謝の表現を気恥ずかしく感じることはありません。むしろ誇っていいことです。

酒場勤めだからといわれるからには、お礼として考えられているのは、お店名物の料理やお酒などでしょうか。

日本にいた頃には、月一で決まった日に訪れるお食事処がありました。そこの女将のエツコさん特製の粕漬《かすづけ》が、それはもう絶品《ぜっぴん》でして。熱燗《あつかん》と一緒にいただくのは、まさに至福《しふく》の時でした。

あ、いけませんね。思い出したら、思わず涎《よだれ》が。

正直なところ、こちらの世界に来てからは節約のため、日頃からあまり高価なものは食していません。そこまで贅沢《ぜいたく》はいいませんが、わざわざ宿に出向いてまで持ってきてくれるものですから、これは期待できるのではないでしょうか。

いやあ、食い意地が張っていて、申し訳ありません。

泊まっている宿屋を教えてから、イリシャさんとは別れました。

謝礼《しゃれい》目的ではありませんでしたが、こういう人との触れ合いは嬉しいものですね。

まさに一期一会《いちごいちえ》、情けは人のためならず、といったところでしょうか。

昼夜が逆転しているらしいイリシャさんですから、訪問は夕方前くらいでしょう。楽しみですね。

私はうきうきとした足取りで、散歩を再開しました。

――だったのですが。

ついているのかいないのか、昼過ぎに恒例《こうれい》となった教会前の掲示板を確認に向かいますと――ありました。本日夜出発分の定期馬車の乗客一覧《いちらん》に、私の番号が。

出発に際して、荷造《にづく》りというほどの荷物は持ち合わせていませんが、準備だけは済ませて、現在は宿屋の部屋で待機中です。

今の時刻はもう夕方を過ぎ、夕焼けの赤い空に夜の帳《とばり》が下りかけています。

出発まであと一時間もないでしょう。せっかく三日も待ったのですから、さすがにこの機会を逃す選択肢はありません。

料理は諦《あきら》めるとしましても、せめてイリシャさんにこのことを伝えたいところなのですが……残念ながら伝達手段がありません。こちらの所在《しょざい》は伝えましたが、逆は聞いていませんでした。

こんなときに電話がないのは痛恨《つうこん》ですね。

泊まっている宿の二階の窓から、薄闇の外を眺めます。

宿屋の垣根《かきね》代わりになっている茂《しげ》みの向こうに、通行人の影は見当たりません。

宿屋への訪問者はここから一望できますので、今もって姿がないということは、今日はもう来られないのでしょう。

失念していましたが、イリシャさんは今日来られるとは言っていませんでした。これは申し訳ないことをしてしまいましたね。

こうして待つのも、そろそろタイムリミットです。

もとより、このように暗くなってしまっては、うら若いお嬢さんが訪れるわけがありませんね。

宿屋のご主人には、すでに伝言をお願いしています。この部屋に来るには、必ず一階の受付前を通るはずですから、不在が伝わらないことはないでしょう。

そうこうしている内に、集合時刻まで十分を切ってしまいました。

宿屋から教会まではそれなりに距離がありますので、真っ当に正面口から出てからでは、到着が微妙《びみょう》な時間帯です。

ここは横着《おうちゃく》ではありますが、裏手の窓から隣の建物の屋根伝いに移動して、ショートカットさせてもらいましょう。

こう暗いと誰も見咎《みとが》めないでしょうし、誰の迷惑になることもありませんよね。

これもエルフの里で培《つちか》った、立体移動術様々ですね。

こうして、イリシャさんのことだけを胸に残し、私はマディスカの町から一路――ファルティマの都へと向かうことになりました。

◇◇◇

Sランク冒険者、死神の異名《いみょう》を持つ『影』と呼ばれるその者は、スキルと独自の追跡術により、ついにターゲットをマディスカの町で捉えていた。

建物の屋根の死角に身を潜《ひそ》め、全身を漆黒《しっこく》のラバースーツ、顔面を鉄の仮面で覆った『影』は、ほんの十メートルほどの眼下の通りを歩く、ターゲットの姿を目視していた。

(くけけ、みーつけた♪　あれが噂《うわさ》の〝タクミ〟ちゃんだね)

仮面の下で、『影』は嘲笑《あざわら》う。

冒険者ギルドからは、とんでもない力を秘めた切れ者との情報だったが、用心深く観察するもそういった兆候《ちょうこう》はいっさい見られない。魔物が幻術の類《たぐい》で化けているのでもないことは、所持《しょじ》している幻惑《げんわく》無効化スキル〈心眼《しんがん》〉により確認済である。

(ちっ……『剣聖』の勘《かん》が当たりってわけね)

肩口にそっと指先を触れる。

すでに傷は回復アイテムで完治《かんち》しているが、いまだ疼《うず》くような鈍痛《どんつう》を感じる。

簡単に殺《や》れるとは思わなかったが、あの状況で反撃――どころか、建物ごと輪切《わぎ》りにしてくるのは想定外だった。まともに傷を負ったのは久しぶりだ。それを思うと、自分がまだあの『剣聖』の域に到達していないことを痛感《つうかん》して、むかっ腹が立ってくる。

(くっそ、あのショタジジイ……いつか殺してやる)

ただそれはまだ先の予定。今の目的は、冒険者ギルドから依頼されたターゲットである。ふたりへの依頼で、『剣聖』を出し抜いて単独での捕縛《ほばく》となると、多少は奴の鼻を明かせるかもしれない。昏《くら》い笑みを浮かべ、『影』は再びターゲットへと意識を切り替えた。

ターゲットはにこやかな顔で、通りを散歩中である。

『影』は、通りの上と下を平行する形で、建物と建物の間を音もなく移動する。

しばらく尾行を続けたのち――『影』は闇の中で密《ひそ》かに嘆息した。

（おいおい、マジかよ……）

周囲に対する警戒心はゼロ。身のこなしは、武芸のひとつも体得していない凡人並み。やり手の気配どころか、のほほんとした平和そうな空気。あと、なんか仕草が爺臭《じじくさ》い。

試しに発見される危険を承知で、軽く殺気を飛ばしてみたが、わずかなりの反応もなし。どこをどう見ても、平凡な一般人としか推《お》し量れない。いっそ、他人の空似《そらに》と断じられたほうがしっくりくるほどである。

しかしながら、絶対の信頼を置く〈超域探索〉スキルは、ターゲットがアレであることを指し示していた。

カレドサニア支所の職員が総出で捜索に当たり、むざむざ見逃していた事実を聞き及んだときには、呆《あき》れた無能連中だと辟易《へきえき》したものだが、いざコレを目の当たりにすると、情報だけを頼りに捜索する側が気の毒にも思えてくる。

（こりゃあ、古代遺物《アーティファクト》に頼り切りの素人……って見るべきかね？）

伊達《だて》では、Aランク冒険者パーティの『闇夜の梟《ふくろう》』を倒せない。

特に、リーダー格の『魔剣士』アシュレイは、なかなかのやり手だ。彼を真っ向から打倒したとなると、なんらかの秘策《ひさく》を用意していたと考えるべきだろう。

その点では、古代遺物《アーティファクト》は最適だ。それほどの逸品《いっぴん》をどうやって揃えたかは考慮外として、常軌《じょうき》を逸《いっ》する古代遺物《アーティファクト》があれば、素人でも人物喰いをやってやれないことはない。

事前情報では、いくつもの無効化スキルを有しており、最後は閃光《せんこう》と爆音で『闇夜の梟《ふくろう》』一同をもろとも無力化したらしい。

隠蔽《いんぺい》スキルで気配を消し、物陰から小さな石を投げてみるが、当たった途端に弾かれた。

マッチ火ほどの玩具《おもちゃ》の魔道具を背後から放つと、これもやはり掻《か》き消された。

（なーる。あの感じ、たしかに無効化スキルだわ。完全防備で守りを固めて、相手が焦《あせ》ったところを一網打尽《いちもうだじん》、ってか？）

おそらく、止《とど》めには強力な魔道具でも使用したのだろう。

奇策《きさく》の類《たぐい》には違いないが、希少な無効化スキルのオンパレードで度肝《どぎも》を抜かれた相手には効果的だろう。しかし、奇策とは手の内が知れていないから通じるもので、タネのわかった手品では、誰も驚いてくれはしない。

〝スキルを無効化できるスキルはない〟――それが世の理《ことわり》である。

どれほど無効化スキルで身を固めても、スキルが及ぼす効果には関係ない。

そして『影』は、その最適なスキルを有していた。

（さて、仕込みといきますかね）

『影』は、屋根から路地裏に、文字通り影のように無音で降り立った。

路地の近くには通行人もいたが、あまりに滑《なめ》らかな挙動《きょどう》に気付いた者すらいない。

数秒の間を置いて、『影』の背後を近所の住人らしき女性が通りすぎたが、彼女は『影』の存在を気にも留めなかった。

全身が黒一色のラバースーツに鉄仮面姿など、町の中においては異色《いしょく》でしかない。にもかかわらずに、一瞥《いちべつ》もなく素通《すどお》りされたのは、すでに『影』の出《い》で立《た》ちが、ごく一般的な服装に変わっていたせいである。

艶《つや》やかな長髪をアップでまとめた、妙齢《みょうれい》の女性がそこにいた。

豊満《ほうまん》な胸を強調するVネック、際《きわ》どいスリットの入ったタイトスカートで、あからさますぎない扇情的《せんじょうてき》な雰囲気《ふんいき》を演出している。

変装どころか、変身に近い妙技《みょうぎ》は、潜入を得意とする『影』の得意とするところである。

「よっし、相変わらずの美人さんだな！　……っとと、いけないわね。わたしはか弱い女性なんだから、口調には気を付けないと」

路地裏の窓ガラスを姿見代わりに、表情を整える。

彼女にしてみると、自分でも久しぶりに見る素顔だった。

平時は正体を隠す意味もあり、いかなるときでも仮面を外すことはない。冒険者内ですら、素顔どころか性別すら知る者はまずいない。実際には、これまで知った者は数人いたが、生きていないのであれば、それは知られていないと同義だろう。

「さってと、手ごろなボンクラはいないかしらね?」

周囲を見回すと、路地裏から通りに出るところに、男ふたり組がたむろっていた。

金か女か、声をかける獲物の物色《ぶっしょく》でもしているのか、身を潜《ひそ》めて通りのほうを窺《うかが》っている。

(へえ、いい感じにチンピラっぽいね)

「ねえねえ、そこのおにーさんたち。ちょっといいかしら?」

背後からしなを作って声をかけると、振り向いた男たちは途端に下卑《げび》たにやけ面《づら》を晒《さら》していた。

「わたし、暇してるんだ。構ってくれないかなあ? ほんの少しだけ、遊びに付き合って——くださいなっと!」

いうが早いか、気性《きしょう》の荒《あら》そうな男のほうに狙いを定め、問答無用で鳩尾《みぞおち》に回し蹴《げ》りを叩《たた》き込む。咄嗟《とっさ》の事態に狼狽《うろた》えたもう片方には、肘《ひじ》で顎《あご》をかち上げてやった。

倒れ込むふたりだが、見た目ほどダメージはないはず。もとより、行動不能にする気はない。要は、男たちが遊び相手になってくれればいいのだから。

怒りの気配を滲《にじ》ませながら起き上がる男たちを、嘲《あざけ》りの視線で見下ろす。

「あら。意外に頑丈《がんじょう》。もっと木偶《でく》の坊かと思ったのに。じゃあ、鬼ごっこを始めましょう。せいぜい、それらしく追っかけてきてね。さあ、鬼さんこちら♪」

『影』――イリシャは行動を開始した。


（くけけっ、単純だよね。男って生き物はさ）

宿屋の前の茂《しげ》みに隠密スキルを使って身を潜《ひそ》めながら、イリシャは宿の二階部分を見上げていた。

開け放たれた窓から顔を出しているのは、件《くだん》のターゲットである。

あの窓は、宿屋への訪問者が一望できる位置にある。何度も確認しているのは、誰かを心待ちにしている証拠だろう。誰――つまりは自分を、だ。

（あーんなベタな展開、今時ありえないっつーの！　でも、誰しも引っかかりやすいから、ベタってんだよねー、これが。期待に胸と、いろいろ膨《ふく》らませてるってか？　ぎゃはは っ！　人畜無害《じんちくむがい》そーな面《つら》しておいても、やっぱヤリたい盛りの若造だねー）

昼間の、ターゲットの上から下まで舐《な》め回すような視線や、わかりやすく涎《よだれ》を垂らしそうになっていた姿が思い起こされ、そのムッツリ具合に笑えてくる。

現在の様子からも、よもや騙《だま》されているなど、ターゲットが察した気配は微塵《みじん》もない。

一時の下心で、取り返しのつかない後悔《こうかい》をすることになるわけだ。

そういった姿を見るのは、イリシャは大のお気に入りだった。他人の惨《みじ》めな姿を眺めるのは気分がいい。冒険者ギルドからあれだけ重要視された人物も、この『影』の前には形なしでしかない。

これでまた『影』の名も上がる。『剣聖』に対する溜飲《りゅういん》も少しは下がるというものだろう。

あたりがようやく暗くなってくる。行動開始の時間は近い。

闇が濃くなり、活動しやすくなった。影は闇の中で忍《しの》ぶもの。この状況なら、余計な目撃者を作ることもない。つまりは、何人も始末する手間も省《はぶ》けるということだ。

（そろそろ、かな?）

部屋の中からターゲットの気配が消えた。

トイレか、それとも待ちきれずに宿の風呂にでも行ったか。なんにせよ、好機である。

即座に茂《しげ》みの木を伝《つた》い、窓の中に飛び込む。

音もなく転がり込んだ部屋は、やはり無人であった。

イリシャは全裸になり、ベッドのシーツの中に潜《すべ》り込む。

部屋に戻ったターゲットが、据え膳《ぜん》とばかりに裸の女がいると知り、どう思うだろう。

下心丸出しに喜ぶか、驚いた後に喜ぶか。どちらにせよ、喜んだ後に飛びかかってくるのは間違いないだろう。

その至福の瞬間と、騙《だま》されたときの絶望《ぜつぼう》の落差を考えると、含み笑いが止まらない。

(ここまでサービスしてやんだから、逆に感謝してほしいもんだけど)

そもそも、イリシャが仕事でここまですることは滅多《めった》にない。まずあり得ないといっていい。

裸体《らたい》はともかくとして、隠密行動を旨とする以上、素顔や正体を晒《さら》すのは極力《きょくりょく》避けたいからだ。

第一、その卓越した腕前と多彩《たさい》なスキルをもってすれば、たいていの物事は容易に片が付く。正面から殺すにはナイフ一本、暗殺でも毒一滴あれば事足《ことた》りる。さらうのも、また然《しか》りだ。

それでも、イリシャがこれだけの面倒な手順を踏んでいるのは、ターゲットの無効化スキルのせいだった。正確には所持しているであろう、古代遺物《アーティファクト》の脅威《きょうい》を警戒して、ということになる。

仮に防御のみならず、攻撃的な古代遺物《アーティファクト》も所持しており、想定外の反撃を受けて取り逃がした——どころか、撃退されたともなれば、まったくもって洒落《しゃれ》にならない。

事前に渡された情報がすべてと思い込むほど、ひよっ子でもなければ甘ちゃんでもない。

彼女を押しも押されもせぬSランク冒険者に押し上げたのは、なにも戦闘技能ばかりではない。

むしろ彼女の勘《かん》は、ターゲットにそれ以上のなにかがあることを告げている。

安易な手段を選択して失敗することだけは、絶対に避けないといけない。それゆえ、手持ちの最強のカードを切る。これが、冒険者トップランカーとしての彼女の結論だった。

彼女の持つスキルの中に、〈完全魅了〉というものがある。

魅了系スキルの最上位と呼べるもので、職業『暗殺者』の上位亜種《あしゅ》、『影』の秘中《ひちゅう》の秘であるユニーク職業、『女郎蜘蛛《じょろうぐも》』の固有スキルのひとつだった。

その効果は凄《すさ》まじいの一言で、スキルをかけた相手を、自我まで含めて思いのままにできる。

魅了どころか、支配スキルと称しても過言《かごん》ではない。

しかし、効果が効果だけに、使用に際しては制限があり、まずは素性――素顔と本名を明かすこと、対象がある一定以上の親愛を抱いていること、肌を合わせること、この三つが絶対条件だった。

ひとつ目の条件はすでにクリアー。イリシャにとっては、これが一番のネックだったが。

ふたつ目は、自ら危険を救った女が健気《けなげ》に身を捧《ささ》げようというのだから、男としての尊厳《そんげん》も下心も満たされてクリアーだろう。男の愚《おろ》かさを再確認するだけで、本当に馬鹿らしいが。

そして、三つ目は、これから達成されることになる。勢い勇んで裸で抱きついてきたときが、最後の条件達成とともにターゲットの最期《さいご》にもなる。

散々嬲《なぶ》って堪能《たんのう》した後、自我を消して操《あやつ》り人形にしてやろう。人生最後にいい目を見るのだから、等価交換とはこのことだろう。

イリシャは真っ暗な部屋の中でシーツにくるまり、そのときを今か今かと待ち望んでいた。

◇◇◇

元は、宮廷魔術師長アーガスタの所有する私設部隊『鴉《からす》』——今では国王直属の秘密部隊となって久しいが、王命により、彼らもまたマディスカの町へとやって来ていた。

今回与えられた任務は、とある人物の暗殺である。

よくある任務といえばそれまでだが、今回はこれまでと少し勝手が違っていた。

『鴉《からす》』に回される仕事は、主に王政に異を唱える反抗的な貴族への粛正《しゅくせい》が多い。それも、そこいらの暗殺《あんさつ》者程度では近付くこともままならない、大貴族や聖職者などの要人専門だった。

それが今回に限っては、組織にも属さず後ろ盾もないただの一般人。しかも、最優先の案件である。おかげで、任務途中で中断や断念《だんねん》してしまった案件は少なくない。

個人に対しては明らかに過度といわざるを得ない対応に、なぜこのような勅命《ちょくめい》が下《くだ》ったか、『鴉《からす》』の面々も首を捻《ひね》るばかりである。さりとて獲物がなんであろうと、命令は命令。忠実《ちゅうじつ》な飼《か》い犬にとっては、実行する以外の選択肢はない。

総勢百名を超える『鴉《からす》』の人員を総動員し、ファルティマの都へと定期馬車が出ているすべての町や村に網《あみ》を張った。

結果、このマディスカの町で、ついに獲物の尻尾《しっぽ》を捉えたのが三日前のこと。

魔道具による顔写真によって、本人の特定はすぐに完了した。

しかし、なにせ国王直属の『鴉《からす》』が用いられるほどの案件である。個人ではあっても、とんでもない強者という可能性はある。

もともと任務については、最低限の情報しか与えられない。いらぬ事前情報で、臆病風《おくびょうかぜ》に吹かれるなど、あってはならないことだからだ。

任務達成率百パーセント。年間の人員死亡率は、最多で四十パーセントを超える。死して痕跡《こんせき》を残さぬよう、捕縛《ほばく》され情報が洩《も》れぬよう、自爆アイテムを常に所持して任務に当たる、それが『鴉《からす》』という部隊であった。

人員の生死よりも、任務達成が優先される。ゆえに、今回の暗殺実行には慎重を期した。

最適なタイミングで確実に殺す、そのためだけに。

初日は相手の動向を窺《うかが》うことに費やした。

日中の行動パターン、町での交友関係、寝泊りする宿、就寝《しゅうしん》起床の生活時間、などなど。

結果、得られた情報は――そもそも、そんな必要もないほど、獲物はあまりにも隙《すき》だらけということだった。

夜は早々と十九時頃には床につき、起床はたっぷりと睡眠《すいみん》をとった朝の十時頃。ちなみにその間、窓は開けっ放し。ドアの施錠《せじょう》もない。

こちらの存在を察知した上での誘いかとも考え、試しに枕元に人員を立たせてみたが、起きる気配はなし。様子見の段階だったので、一応手は出さなかったが、いっそそこで殺しておくべきだったかとも思う。

昼は昼で、まるで暗殺してくれとばかりに人混みの中をふらふら歩き回る。

食事は誰が触れたかわからないものを、なんの疑いもなく口にする。

暗殺どうこう以前に、少しは周囲に対する警戒心を持つべきではと、立場を超えて老婆《ろうば》心《しん》まで湧《わ》く有様だ。

簡単な任務もあったものだ。

おそらく、上が対象人物を取り違えたか、要人の関係者で見せしめ程度のことだろう。

ともあれ、任務は任務。これほど他愛《たあい》もない獲物だけに、懸命に餌《えさ》を運ぶ蟻《あり》の列を踏み潰《つぶ》すような憐憫《れんびん》さまで覚えるが、それはまあ個人の意見だけに関係ない。さくっと殺して、速《すみ》やかに町から退去しよう。

この時点で、マディスカの町に配備《はいび》されていた人員は五名ほどだが、素人ひとり殺すには充分すぎる。

翌日の昼過ぎには、そのように決定していた。

しかし、ここからが悪夢のようだった。

まず道端でのすれ違いざまに、致死性《ちしせい》の毒針の一突きで終わらせようと試みたが、なぜか針先が刺さらない。

それならと、飲み物に猛毒を混ぜて飲ませたが、美味《おい》しそうに飲み干していた。

ならば強硬《きょうこう》手段と、魔法を付与したナイフを持った数人で、人混みに紛《まぎ》れていっせいに突貫《とっかん》しても、やはり無傷。というか、刺したことにすら気付いてもらえない。

二日目以降、ありとあらゆる手段を講《こう》じたが、有効手段はなかった。

暗殺を決行しようとするたびに失敗して、何食わぬ笑顔を向けられるのは、冷徹な裏稼《うらか》業《ぎょう》集団の『鴉《からす》』をもってしても、心が折れそうになっていた。

あまつさえ、今日は人員の二名が、そこいらの女に蹴られ殴《なぐ》られ、危うく獲物と真っ向からエンカウントしそうになる始末。もはやプライドもなにもあったものではない。

周囲の町や村に散っていた人員が集結しはじめて、今やマディスカの町にいる『鴉《からす》』の数は、三十名まで膨《ふく》れ上がっている。

獲物が町に滞在するのにも期限はある。かといって、この先のファルティマの都は教会の直轄区《ちょっかつ》。万一、王政側である『鴉《からす》』の侵入が発覚すると、かなりまずいことになる。

獲物は必ずこの町で仕留《しと》めないといけない。そして、残った他の『鴉《からす》』を集めるにしても、距離の観点から、もはやこれで限界だろう。

そこで今度こそとの悲願を込めて、最終手段に出ることにした。

ここそこ密《ひそ》かに暗殺する流儀《りゅうぎ》は捨て、人海戦術で殲滅《せんめつ》する。

おそらくは耐性スキル持ちだろうが、さすがに無効化スキルであるはずがない。総力を結集し、ぐっすり寝ているところを各々異なる手段で襲いかかれば、いかな奴とて、どれかひとつくらいは致命傷を与えることが可能だろう。

念には念を入れて、気配を察知されないよう、目視できる距離ぎりぎりに見張りを置き、他の人員は周囲の建物に小分けして待機させる。

先刻から何度も窓から顔を覗《のぞ》かせる獲物を確認している。宿の唯一の出入り口は正面のみ。それも見渡せる範疇《はんちゅう》であり、多少予定と食い違っても、見過ごすことはないだろう。

そのまま時は過ぎ、時刻は十九時半。普段なら、すでに熟睡《じゅくすい》している時間である。

宿への他の人の出入りもなかった。万事《ばんじ》上手くいっている。

探知スキル持ちのひとりを向かわせて確認させたところ、気配はベッドの中にひとつのみ。

任務の習性上、全員が隠蔽《いんぺい》スキルを所持している。獲物はもとより、周囲の住人や宿屋の従業員に気取《けど》られることなく、一気呵成《かせい》に攻め込んで事を成す。

「いくぜえ、野郎ども……！」

総勢三十名からなる秘密部隊が、声もなく気勢を上げた。

◇◇◇

夜にマディスカの町を出発する定期馬車は、翌日の昼前には目的地のファルティマの都に到着するそうです。

神の威光《いこう》とでもいいますか、それとも教会の権威でしょうか、総本山である都の周辺では、普通の乗合馬車のように、外敵への警戒は必要ないとのことでした。

道路もきちんと整備《せいび》されておりまして、一般的に敬遠《けいえん》される夜間の走行も問題はないようです。

夜通し走る馬車というのは私も初でしたので、少し楽しみにしています。

教団の紋章《もんしょう》が掲《かか》げられた定期馬車は、通常の乗合馬車よりも高級な造りでした。通気も兼ねた大きな覗《のぞ》き窓がいくつも備えてあり、外が自由に見渡せる構造となっていますので、周囲の眺めもよさそうです。

星空を見上げながら、のんびり馬車に揺《ゆ》られるのも趣《おもむき》がありそうですね。

夜出発の便というのも、案外ラッキーなのかもしれません。三日間待った甲斐《かい》もあったというものです。

――などと考えていたのですが、馬車の揺《ゆ》れを揺《ゆ》りかご代わりにいつの間にか寝てしまっていたようで、目が覚めたときにはお日様もだいぶ高くなっていました。真上を見上げた状態で眠りこけていたからか、なんだか首が反《そ》り返ったまま固まってしまっています。

馬車に乗り込み、席のお隣さんに挨拶《あいさつ》をして座ったところまでの記憶はあります。そして、それ以降がさっぱりです。

ということは、その直後にはもう夢の人になっていたということですよね。

いえ、若干そうなりそうな予感もしていたのですが……お約束というやつでしょうか。なにか損《そん》した気分で、がっくしです。

隣に座るご婦人に悟《さと》られてしまったようで、忍び笑いをされています。

この状況で、半日どころか十五時間ほどは熟睡《じゅくすい》していた計算になりますから、同乗した方々にはただでさえ豪快《ごうかい》な寝姿を晒《さら》していたことでしょう。

……悩むと切なくなりますから、切り替えていきましょうね。はい。

眠気《ねむけ》覚ましに窓から顔を覗《のぞ》かせますと、吹き抜ける風が頬《ほお》を撫《な》でて気持ちいいです。

文字通り目が覚めんばかりの晴天でして、空の青に白い雲、大地の草原の緑が映《は》えて、とてもいい眺めですね。ここらは平野がずっと続いているおかげで、かなり遠くまで景色を堪能《たんのう》できます。

一直線に続く石畳《いしだたみ》の舗装路《ほそうろ》の遥《はる》か先に、白い尖塔《せんとう》のような建造物が見えます。

おそらくは、あれが終着点。国教教団――通称、〝教会〟の総本山、ファルティマの都なのでしょう。

かの霊峰富士《れいほうふじ》のような青く連なる山脈を背景に、天を突く白亜《はくあ》の都の威風《いふう》は、まさに聖地と呼ぶに相応《ふさわ》しいですね。

一応は仏教徒の私でも、畏敬《いけい》を抱いてしまうほどですね。いやはや、お見事です。

馬車が近付くほどに、その威容《いよう》は増してきます。

私は当初、総本山というからには、比叡山《ひえいざん》のように山の上に仏閣《ぶっかく》があるものや、パリの大聖堂のように街中《まちなか》に立派な聖堂がどーんとある風景を想像していたのですが、どちらとも違いました。

一言で表わしますと、〝都市〟でしょうか。

高い外壁で周囲をぐるっと囲む城塞《じょうさい》都市でして、都すべてがひとつのお城のような形状をしています。群立《ぐんりつ》する建物で、遠目には都市が円錐形《えんすいけい》に見えるのが特徴的ですね。きっと、もとから丘のような地形をした場所に築《きず》かれたものなのでしょう。

外観としては、かの有名なフランスはモンサンミッシェルに似ていますが、規模は比べようがありません。広さとして数十倍以上もありそうな、とてつもない巨大都市です。

王都カレドサニアの王城も壮大なものでしたが、あちらを軽く凌駕《りょうが》していますね。

魔法はありますが、重機や機材などないこの異世界で、これだけのことを成し得たとなりますと、どれほどの期間、いかほどの労力が費やされたというのでしょう。人の力、信仰の力には、改めて驚かされますね。

都に近付くにつれて、こちらと同じような教会の紋章入りの定期馬車が、続々と集まってきています。馬車は列を成し、外壁に開いた門の中へ吸い込まれていきます。

外観でこれですから、中はどれほど見事な都市なのでしょうか。

年甲斐《としがい》もなく期待で興奮してしまいます。定年退職の記念旅行で、初めてパリを訪れたときに似た心情ですね。

馬車に同乗する方々も、私と同じような感じになっています。

中には信心深い方なのでしょう、すでに涙を浮かべつつ、祈りを捧げている方もおられます。

「おや？」

正面に迫る都の壮麗《そうれい》さに目を奪《うば》われていて、気付かなかったのですが……外壁の近くに、ちょっとした集落がありました。

門のある場所とは離れているのですが、それなりに大きな集落に見えます。村——いえ、町規模はあるのではないでしょうか。

ただ、神聖さを象徴するかのように、白で統一された建物や外壁のファルティマの都とは違いまして、こちらの集落からは、みすぼらしい印象を受けます。

古い木造建築はましなほうで、崩れかけた土壁の住居に、藁《わら》ぶき屋根に壊れた家屋と、まるで廃村のようです。そうではないのは、通りをふらふらと歩く、薄汚れた格好《かっこう》をした人たちを見ればわかりますが。

活気も活力もなく、まるで死に瀕《ひん》したような——そんな感じでした。

隣にこれだけの城塞都市がそびえているだけに、凄《すさ》まじく対象的ですね。

ここはいったい、なんなのでしょうか。

馬車の乗客の中にはそれを見て、眉《まゆ》をひそめる方、憐憫《れんびん》の眼差《まなざ》しを向ける方、完全に無《む》頓着《とんちゃく》な方と、反応は様々です。

そんな中、集落の真ん中で、ちょっとした人の輪ができていました。

やや距離がありますから、馬車の中から目を凝《こ》らしますと、人々の中心にひとりの人物が立っているのがわかりました。

ひとりだけぴょんと飛び出ているように見えるのは、その人物以外が跪《ひざまず》いているからでしょうか。

どうやら女性ですね。

煌《きら》びやかな衣をまとい、周りの方々に何事か話しかけています。

話しかけられたほうは畏《かしこ》まり、平伏《へいふく》しているようですね。

周りにいるのは、格好《かっこう》からも集落の住人らしく、女性は身分の高い方みたいですが……

なにをやっているのでしょう。妙に気になります。

「……ん？　もしや……」

私は馬車から飛び降りて、駆け出していました。目標は、もちろん人の輪です。

何キロも離れているわけではありませんから、ほんのわずかな時間で、すぐにはっきりと目視できるようになりました。

あれは……やはり間違いありませんね。

いきなり駆け寄ってきた私に、周辺で輪になっていた方々が怪訝《けげん》そうな眼差《まなざ》しを向ける中、中央にいる女性だけは、驚いたように両手で口元を押さえていました。

大きく見開かれた目が、まっすぐこちらに向けられています。

「え……？　タ、タクミさん……？」

「ああ、やっぱりネネさんでしたか。ご無沙汰《ぶさた》しています」

この地を訪れた目的であるネネさんに、到着前からいきなり出会えてしまいました。

幸先《さいさき》いいことですね。

無事、ネネさんとの再会を果たしまして。

ネネさんの勧めで、ひとまずファルティマの都の中へ移動することになりました。

ネネさんは集まっていた方々に頭を下げて、別れを告げています。

引き止められてはいないものの、別れを惜《お》しまれているのが空気でわかります。突然の闖入者《ちんにゅうしゃ》である私に、非難《ひなん》する視線が向けられているのも。

再会を逸《はや》るあまり、この場にいる皆さんには、どうやら申し訳ないことをしてしまったようですね。

「お邪魔してしまって、すみませんでした。よろしかったんですか？」

「ええ。そろそろ時間だったから、ちょうど戻ろうかとしていたところなの。気にしないでね」

門へと並んで歩みつつ、ネネさんが笑みを浮かべます。

最後に顔を合わせたのがあの魔王軍の襲撃のときでしたから、もう二ヶ月半ぶりといったところでしょうか。

その間にいろいろと特異《とくい》な経験をしたたけに、ずいぶんと昔のような気がします。

ネネさんは、神社の神主さんが着るような浄衣姿に近い格好《かっこう》をしています。さりとて和服ではなく、洋風アレンジされているといいますか。赤や青、金刺繡《きんししゅう》がちりばめられていて、清楚《せいそ》な中にも華《はな》やかさのあるイメージです。

最初に出会ったときは暗系色のリクルートスーツでしたから、今の衣装はだいぶ印象が違いますね。

「あ、この服？　こっちに来てからの制服みたいなものだから、もう慣れちゃったけど……タクミさんにあらためて見られると照れちゃうから、あんまり見ないでね」

「おっと、これは失敬《しっけい》。凝視《ぎょうし》するのは失礼でしたね。でも、似合ってますよ」

「えっと、ありがと。あはは」

あのときは、状況が状況でしたので、不安や緊張で張り詰めた表情をされていましたが、今はどこか余裕も感じられます。なんにせよ、お元気そうでなによりですね。

おっと。懐《なつ》かしさのあまり、肝心なことを忘れていました。

「ネネさん。指名手配されていたところを助けていただいたそうで。お世話になりました」

足を止めて、深々と頭を下げます。

「ちょ、いいよ、そんなこと！　気にしないで。頭を上げてって。ほら」

そういうわけにもいきません。親しき仲にも礼儀《れいぎ》ありといいます。

こういったことは目に見える形で、きちんと礼を尽くすべきです。なあなあで済ますものではありません。下手しますと命にかかわったかもしれない事案ですから、なおのことです。

前傾《ぜんけい》四十五度の角度で、最敬礼《さいけいれい》を維持します。

「あーもう、わかったって！　謝礼は受け取りました！　受け取りましたから、もうやめてって！」

「そうですか？　ありがとうございます」

顔を上げますと、ネネさんが赤らんだ頬《ほお》を両手で押さえ、身悶《みもだ》えしていました。

おや。やりすぎてしまいましたか？　逆に女性を恥じらわせてしまうとは、私もまだまだですね。

「恥ずかしいなー、もう。タクミさんは人げさなんだから。でも、そのちょっと外れ具合、タクミさんらしいかもね。久しぶりでも変わってないみたいで、なんだか安心しちゃった」

くすくすと笑われてしまいました。なぜ。

「そもそも、感謝するのは、あたしのほうでしょ？　あの戦場で命を助けてもらったのは、こっちなんだから。今、あたしがこうしていられるのもタクミさんのおかげだから、あれくらいは別になんでもないよ」

「あの場合は緊急事態でしたので、協力し合うのは当然ですよ。ですが、ネネさんはそれが原因で、王都から教会へ移ることになったのでしょう？　私の身勝手な行動で、ネネさんには人身御供《ひとみごくう》のような役割を……なんとお詫《わ》びすればよいのやら。並々ならぬご迷惑をおかけしたようで……」

「あはは、なに人身御供って。大げさよ、大げさ。それ聞いたの、ケンジャンさん？　じゃなくって、今はタンジさんか。どういうふうに聞いたかわからないけど、きっとからかわれたんだよ。タクミさんの不当な扱いをどうにかしたいと思ったのも本当だけど、王都――というより、あの王様のもとから離れたいと思ったのも本音《ほんね》だから。一石二鳥《いっせきにちょう》っていうかね」

「……そうなのですか？」

「そうそう！　あたしとタクミさんは、あの王様の本性《ほんしょう》を見てるでしょう？　だから、気にしないでいいって。それどころか、口実《こうじつ》をくれて感謝みたいな？　ふふ」

「なるほど。そうでしたか」

とはいえ、それはネネさんが私を気遣ってくれる優しさでしょう。

誰しも、国家権力者に好き好んで敵対したいわけがありません。教会側につくことも、世情を熟知《じゅくち》しているのでしたらともかく、一種の賭《か》けだったに違いありません。しかし、ここでそのことをわざわざ口にしてしまうのは、ネネさんの思いやりを無為《むい》にすることになってしまいます。

ここは胸中で感謝して、厚意は素直に受け取っておきましょう。

「それで、タクミさんはどうしてこのファルティマに？　入信じゃないよね？　まさか、お礼が言いたいだけの理由で訪れたわけじゃないでしょう？」

「……いえ？　そのためだけに来たのですが……なにか、まずかったですかね？」

目が点になったネネさんと、しばしの間、見つめ合います。

と思いきや、いきなりネネさんが噴き出しました。

「ぷっ！　あは、ははっ！　……あ、ごめんね、タクミさん。悪気はなかったんだけど、つい。でも、タクミさんがタクミさんのままでよかったなーって」

ふむ？　どういう意味でしょう？

まあ、ネネさんがとても楽しそうですので、よしとしましょう。

「じゃあ、時間はあるのよね？　よければ都を案内するけど、どうかな？」

「それは嬉しい申し出ですね。馬車で来るときに都の景観《けいかん》を見まして、大変興味が湧《わ》きましたから」

「おっけ。じゃあ、決まりね。立ち話になっちゃってたね。さ、そうと決まったら、行こ行こ」

背後に回り込まれて、背中を押されます。

「やー、嬉しいなあ。ここじゃあ、ずっと猫被らないといけないから、タクミさんが来てくれてよかった」

「聖女としての仕事ですか？」

「そう。それを買われて、ここに来たからにはね。みっともない真似《まね》はできないし。素性を知る人もいないから、ずっと気を張りっ放しなの。だから、すっごく嬉しい」

このテンションの高さは、そのためでしたか。

たしかに聖人など、堅苦《かたくる》しいイメージしかありません。四六時中となりますと、よほどのストレスなのでしょう。

こうやって、私が息抜きになるのでしたら、それだけで来た甲斐《かい》があったというものです。

「タクミさんのほうは王都を離れてからどうだったの？　ほら、こっちの世界って物騒でしょ？」

「ふむぅ、そうですね……多少のごたごたはありましたが、とりわけ大事もなく、平穏《へいおん》無事な日々だったといいますか。知り合いは結構、増えましたね。いい人ばかりですよ」

「えー、いいなー。タクミさんって、不思議と平和そうな空気を醸《かも》し出すよね。トラブルのほうから避けていって、反対に人は寄ってきそう」

「そうですか？」

「そうそう」

そんな他愛《たあい》もないことを話している内に、門が近付いてきました。

ネネさんは私の背中を押すのをやめて、襟首《えりくび》を正《ただ》して前に回り込みました。

「聖女様！」

ネネさんに気付いた門の受付の方が、姿勢を正《ただ》します。

「ご苦労様です。こちらは、わたくしの知人です。通ってもよろしいでしょうか？」

「はいっ！　もちろんであります！」

どうやらこれが、ネネさんのいう〝猫〟なわけですね。

堂に入《い》って見事なものです。

ネネさんが他の人からは見えないように、悪戯《いたずら》っぽく私に舌を覗《のぞ》かせています。

以前の短い触れ合いでは知り得ませんでしたが、これが彼女の素のようですね。年頃の娘さんらしくて、明朗《めいろう》でいいことです。あの悲壮感漂う姿より、ずっといいですね。

「さて。ここが世に名高き教会の総本山、ファルティマの都です！」

門を潜《くぐ》りますと、ネネさんが周囲からは悟られないように、おどけた口調でガイドを始めました。

「前身となる町の創設は二千年も昔。もとは辺境に小さな町が、ぽつんとあるばかりだったといいます。まずは、あちらをご覧ください」

ネネさんが示された先は、都の中央――遥《はる》か上空へ向けてそびえ立つ尖塔でした。

遠くからでも見上げんばかりの白亜の塔が、太陽光を反射して光り輝いています。

「都はあそこを中心に円形に拡がっていったため、塔は都のどこからでも望むことができます。塔自体は後世に建てられたものですが、塔の先端には二千年前にこの地に降り立った神自身がお創りになられたという、福音《ふくいん》の鐘《かね》が今なお据えられているのです！」

おお〜。たしかに遠目ではありますが、塔の先端部分に鐘らしきシルエットが見えますね。

こちらのノリも、もはや観光客気分です。もともと、こういった歴史に関するものや、古い建築物は好きなんですよね。

二千年も大昔のものが、こうして現存するというだけでも驚きですね。ロマンがあります。

「この鐘は教会の象徴でもあり、当時は神の来訪を告げる鐘として神聖視されていた、と伝承に残されています」

──から〜ん、ころ〜ん。

おや？　遠くの上空から、涼《すず》やかな音色《ねいろ》が響いていますね。

「……あれ、あの鐘……もしかして鳴ってませんか？」

「うん、ホントだ……鳴ってるね。初めて聞いたけど。っていうか、この二千年間、一度も鳴ったことがないって話だったんだけど……あれえ？」

にわかに周囲が騒然《そうぜん》となってきた気がします。

もしや、二千年に一度のラッキーデイだったのでしょうかね。得しました。

鐘の件は、あくまで言い伝えで真偽《しんぎ》が定かではないため、大事にはならなかったようです。

まさか、実際に神様が降臨《こうりん》したわけでもないでしょうし。

聞き逃した人も多かったようですから、都合よく聞けた人はラッキー的な扱いになりそうでした。

曰《いわ》くはあっても所詮《しょせん》は鐘ですから、おおかた突風にでも煽《あお》られて、たまたま鳴ったなどというオチなのでしょう。

初《しょ》っ端《ぱな》からトラブルはありましたが、ネネさんからのファルティマの都案内は続いています。

都において、さすがに『聖女』は有名らしく、先導するネネさんの姿に、行き交う人々すべての視線が集まります。中には、生き神様とばかりに拝《おが》む人もいるくらいです。

ですので、同行している見知らぬ男の私は、より訝《いぶか》しげに映ってしまっているようですね。格好《かっこう》からして普段着で、教会の関係者ではないことがわかるでしょうから、誰あんた？　的な。

まず最初にネネさん、それから私に視線が移ったときの相手の表情のギャップがすごいです。聖女様の手前、口に出す方はいませんでしたが。

通りを歩くだけで、これだけ視線に晒《さら》されるとなりますと、なんだか落ち着きませんね。私など普段はむしろ目立たない、空気のような感じですから。

ネネさんに心境を訊《たず》ねれば、「もう慣れた」と笑っていました。さすがに最初の頃は毎日緊張して、自室に戻ったときの虚脱感《きょだつかん》がすごかったそうです。

さもありなん。お疲れ様ですね。

ファルティマの都は、一部を除いて、ほぼ全員が教会の関係者――もしくは信者らしいです。都市ひとつが丸ごと一宗教のためなわけですから、その規模に驚かされますね。

住民の居住区の街並みは、他とあまり変わり映えありませんでしたが、さすがに教会の関係施設ともなりますと違ってきますね。

例の尖塔のある、都市の中央区画――こちらには教会の各主要施設が揃っているようでして、神官など役付きの方々の住居も備わっているそうです。もちろん、要職《ようしょく》の『聖女』であるネネさんの住まいも、こちらとのことでした。

簡単な受付だけで、ほぼ素通りに近かった外壁門と異なり、中央区画は徹底《てってい》した入出管理がなされていました。許可証どころか信者ですらない私は、本来、立ち入ることすら叶《かな》わないのですが、そこは聖女様のご威光ですね、フリーパスでした。

正門で順番待ちする信者の方々の長い列を横目に、ネネさんの後について専用口からすんなりと入っていきます。

待たれている方々には、なにやら申し訳ない気分ではありましたが。

引き続きネネさんの案内で、大聖堂、礼拝堂《れいけいどう》などを順々に巡っていきます。

どこも大勢の信者の方々で溢《あふ》れ返っていますね。さすがは総本山です。圧倒されてしまいますよ。

どの建物もかなりの規模で、パリ旅行したときの記憶が思い出されます。

世界が違っていても、ここらあたりは似通ってくるものなのですね。

そのことをネネさんに話しますと、なにやら少し考え込んでいる様子でした。

「だったら、向こうとは違う、珍しいところに連れていってあげるね」

ちょっと得意げな顔だけに、面白いものが見れそうです。


その建物は、さらに厳重《げんじゅう》な入出管理がされていました。が、受付にネネさんが一言告げただけで、またもやフリーパスです。正直、セキュリティ的にもいかがなものでしょうか。

そういえば、『聖女』というものをあまり理解していませんでしたので、ネネさんに訊《たず》ねてみますと、会社組織に例えて社長が大神官でしたら、聖女は顧問《こもん》のようなものだと教えてくれました。

役職による縦の上下関係とは独立した横の関係といいますか。地位としては社長に次《つ》ぐ、もしくは同格扱いらしいです。いきなり、俗《ぞく》っぽくなってしまいましたが、どうやらそういうことみたいですね。

そう置き換えるとわかりやすいのですが、とても偉《えら》かったんですね、ネネさん。

つまり、そんな偉い方に堂々と案内させている、どこの誰とも知れない私は、信者や関係者の方々から見ますと……心の平穏的な意味で、あまり考えないほうがいいですね、はい。

そうして連れてこられた部屋は、だだっ広い白一色の部屋でした。

隣接する小部屋から通用口を通じて覗《のぞ》けるようになっていまして、私たちはそちらで待機中です。

隣の部屋の中央付近には、一メートルはありそうな杯型の器が据えられており、なみなみと水で満たされています。

あまり騒がしくしてはいけないようで、杯が〝聖杯〟、水が〝聖水〟と呼ばれていることを、ネネさんが小声で教えてくれました。

聖杯の傍《かたわ》らにはふたりの人物がおり、立っているほうが案内中に何度も見かけた神官――しかも高位神官とやらで、上半身裸のまま跪《ひざまず》いて祈りを捧げているほうが、今回の主役の信徒《しんと》らしいです。

「あ、ちょうど大詰《おおづ》めみたいね。タイミングぴったり」

「ネネさん、これは？」

「その前に、タクミさんは神官が使う神聖魔法はわかる？　ラノベとかには詳しくなかったよね」

神聖魔法……わざわざ〝神聖〟と冠《かん》されるからには、通常の魔法や精霊魔法とも違うようですね。

「いいえ。とんと」

「そっか。じゃあ、ちょっと見てて。我が神よ願い奉《たてまつ》る。聖光にて暗き闇を照らし給《たま》え。ホーリーライト」

ああ、呪文というやつですね。

ネネさんが唱えた直後、掌《てのひら》に白っぽい光を放つ発光球が出現しました。

以前にフェーリナさんが使っていた、懐中《かいちゅう》電灯代わりの精霊魔法と似たようなものらしいですね。唱えた呪文の内容は違うようでしたが。

「文言の違いだけなんだけど、神聖魔法では〝呪文〟ではなく〝祈り〟って呼んでいるの。で、精霊魔法が主にエルフとかの亜人《あじん》固有の魔法であるのに対して、神聖魔法は神に仕《つか》える神官特有の魔法ってところね。呼び名や方式が違っていても、実のところ効果は同じようなものなの」

「ほほう。勉強になりますね」

そういった異世界知識を教えてくれる方はこれまでいませんでしたから、ありがたいことです。

まあ、素性を隠す意味で、どこまでがこちらでの常識なのか線引きができていませんでしたから、踏み込んで聞けなかった、ということもあるのですけれど。

さすがは事情を同じくする日本人というところでしょうか。実にわかりやすい説明です。

「精霊魔法が契約した精霊の力を借りて用いられるように、神聖魔法は崇《あが》める神への誓約《せいやく》に基《もと》づいて行なわれるものなの。簡単にいうと……これからも篤《あつ》い信仰心を持って神を崇《あが》めますから、お力をお貸しくださいって神への約束を取りつける――それがこの〝誓約の儀〟って儀式になるの」

「神って、こちらでは実在するのですか？」

「『聖女』のあたしがこういうのもなんだけど、実在するみたいね。見たことはないけど。こうして誓約の儀では、実際に神が返事してくれるらしいよ？　あたしの場合、こっちに来たときからもう『聖女』で、チート扱いみたいなものだったから、そのへんはよくわからないけどね」

それはまた、本当に夢がある世界ですね。ですが、そうして神様が実在する世界となりますと、悪事を働いたときの天罰《てんばつ》など、目に見える形で実現しそうで、恐ろしいものがありますね。

「ほら、見て。タクミさん。そろそろクライマックスみたい」

目を向けますと、半裸の信徒の方が、一心不乱に祈っているのがわかります。声には出していないだけに、すごい気迫を感じますね。見ているこちらも力が入ってしまいます。

「――んん？　こんなときに、またですか？」

「？　どうしたの、タクミさん？」

「いえね。また不可解なこれが……」

ステータス表示のときのような、半透明《はんとうめい》のプレートが眼前に浮かび上がります。こちらに来てから、ちょくちょく不定期に出るのですよね。いい加減、なんでしょうね、これ？


**k0f55es21a10より、承認《しょうにん》申請がありました。**

**承認しますか？　　はい　　いいえ**

内容はいつものごとく意味不明ではありますが、迷ったときは、とりあえず〝はい〟でしょう。

「ぽちっとな、っと」

「うおおー！　わたしは、神の声を賜《たまわ》ったぞー！」

「あ、無事に終わったみたいね」

感極《かんきわ》まった雄叫《おたけ》びが上がり、先ほどの半裸の方が天を仰《あお》いで感涙《かんるい》しているところでした。

しまった。肝心なところを見逃してしまいましたよ。

邪魔した張本人のプレートはすでに消えてしまっています。

なんの意味があるのでしょうかね。

神様との契約という大義《たいぎ》を成し遂げた方に、ネネさんは惜《お》しみない拍手《はくしゅ》を送っています。

隣室《りんしつ》のその方は、聖女であるネネさんの存在に今気付いたようで、しきりに恐縮しています。しかし、神との契約に加えて、聖女からの祝福《しゅくふく》も受けたからか、表情はとても誇らしげです。

いいですね。私も感動を少しでも分かち合いたかったですよ。

いつもの〝はい　いいえ〟に気を取られ、決定的瞬間を見過ごしてしまい、残念です。

「ああして神との契約をすることで、神聖魔法を使えるようになるの。徳を積んで臨《のぞ》まないと儀式はできないそうだから、最初から神聖魔法を使えるあたしは、ちょっとズルした気分で皆に申し訳ないんだけどね。でも、あたしも実在する神と邂逅《かいこう》できるなら、一回くらい体験してみたかった……って、どうしたの、タクミさん？　しょんぼりしちゃって」

「いえね、あれですよ。あの、〝承認しますか？　はい　いいえ〟というのが、場所も時間もお構いなしに出ますから、大変ですよね。今もまた、ちょうどいいところで出てしまいまして」

「なにそれ？」

「ほら、あれですよ、あれ。ステータスの画面のような透明な……こんな感じの薄いプレートみたいなもので。〝はい〟と〝いいえ〟の選択肢があって……」

手振りで示しますが、ネネさんは不思議そうな顔をしています。

「おや？　心当たりないですか？　これって、ネネさんたちも同じだと思っていたのですが……」

もしや、私だけなのでしょうか……？

こちらの世界の方々に訊《き》きましても、誰も知りませんでしたので、てっきり異世界から召喚された者特有かと思い込んでいたのですが。

「うーん、あたしは一度も……ないかな。エイキくんやタンジさんはわからないけど。それで、選択肢を選ぶとどうなるの？」

「〝はい〟を選ぶと、すぐに消えちゃいますね。その後になにが起こるわけでもありませんし」

「〝いいえ〟を選んだら？」

「そちらは選んだことありませんね。承認とやらの中身は知りませんが、わからないときには、とりあえず〝はい〟でしょう？」

「え？　内容がわからないのに危なくない？　あたしだったら、怖いから絶対に〝いいえ〟ってするかな」

「……そんなものなのですか？」

そういえば……もう数年前になりますが、仕事中のメールで、なにか出てきたのでとりあえず〝はい〟を押していたら、システム担当の人から注意されちゃったことがありましたね。マルウェアとかトロイがどうとか。

うむむ。今回もまずかったのでしょうかね。ですが、なにも実害は起きていませんし。

「あ！　いけない、もうこんな時間！　ごめんね、タクミさん。ちょっと急いでもらっていい？」

いうが早いか、ネネさんは慌《あわ》てた様子で私の手を取って部屋を出ますと、小走りで隣の施設に駆け込みました。人とすれ違う際には足を緩《ゆる》めて優雅に会釈《えしゃく》、誰もいなくなるとダッシュ、を繰り返します。

聖女という立場も大変そうですね。

「お仕事ですか？」

「そう、『聖女』のお務めね」

そういえば、都の外の集落で再会した際に、用事があるようなことをいわれていましたね。

「すみません。私がいろいろお手間を取らせてしまったからでしょう?」

「気にしないで。案内は、あたしが好きでやったことだから」

そうこうしている内に、とある一室に辿《たど》り着きました。ここが目的地のようですね。

ネネさんは、入室前にドアの前で二〜三回深呼吸を繰り返してから、「よしっ」と小声で気を引き締《し》めていました。いつもの親しみやすい表情から、真剣な面持《おもも》ちに変わります。

「一時間くらいかかると思うから、タクミさんはこの辺で時間を潰《つぶ》してもらっていていいかな?」

「ええ、お待ちしていますよ」

「ごめんねっ」

手を小さく立ててお詫《わ》びをしながら、ネネさんはドアを開けました。

中では、複数の神官らしき格好《かっこう》をした方々が待ちわびているようでした。

ネネさんが彼らに出迎えられ、聖女の衣装の後ろ姿がドアの向こうに消えるのを見届けてから、私はその場を離れました。

さて、どうしましょう。

とりあえず、廊下《ろうか》伝いにぐるっと反対方向に回り込んでみますと、広い聖堂に出ました。

先ほどの場所は、位置的に聖堂の裏手になるのですね。

屋外へと続く門扉《もんぴ》のほうから行列を成しているのは、一般の信徒さんです。聖堂内には神官の方々も見受けられましたが、特に歩き回ることを咎《とが》められる雰囲気《ふんいき》でもありませんでしたので、興味本位でうろうろとしてみます。

ネネさんの声が聞こえた気がして、そちらに近付いてみますと、大勢の方々に取り囲まれた彼女の姿がありました。

人の輪の中心で佇《たたず》んでいる様相は、外の集落でも見かけましたね。

見たところ、詰めかけた信者さんたちひとりひとりを相手しながら、癒《いや》しを施《ほどこ》しているようです。

あれがネネさんの神聖魔法なのでしょう。祈りを口にして手を掲《かか》げますと、途端に淡い光が信者さんを包み込み、どよめきと聖女を称《たた》える声が上がっています。

普段のネネさんを知っている私でも、神々《こうごう》しく見えますね。

不意にネネさんと視線が合いまして、それまで毅然《きぜん》としていた彼女が、やや恥ずかしげに照れ笑いをしていました。

おっと、こうしているのもお邪魔ですね。真剣に仕事をしているさまを知人に見られてしまうのは、気恥ずかしいものですよね。自重しませんと。

そそくさと聖堂を離れて、人の少ない方向に移動します。

廊下をなんとなく歩いていますと、大きな壁画《へきが》のある場所に出ました。

「やや、これは見事なものですね……」

壁一面どころか二面も三面にも渡りそうな長大な壁画ですね。

中央には……あれは神様でしょうか。天から降りてくる光り輝く人型をしたものが、大地に跪《ひざまず》いて崇《あが》める数多《あまた》の人々に両手を差し伸べています。人々の周囲には異形のなにかが描かれており、神様から放たれる光は、それらから人々を守っているように見えます。

こちらでの、聖典の一節かなにかでしょうか。

「異界より地に舞い降りし神、その慈悲《じひ》深き御心と大いなる御力をもって、危急に喘《あえ》ぐ子らを救わん……教典序章三節を表わしたものですよ」

いつからいたのかわかりませんが、壁画を見上げる私の隣に、老紳士の姿がありました。神官ふうの衣装ですので、この方も神官なのでしょうが、かなりの風格がありますね。偉い方でしょうか。

「神は全知全能――全知を司《つかさど》る〈森羅万象《しんらばんしょう》〉と、全能を司《つかさど》る〈万物創生〉の御力をもって、他種族により滅亡《めつぼう》の危機にあった人類に、スキルという新たな力をお与えになり、お救いくださったのです。身体的にか弱い人間が、今もなおこうして生き永《なが》らえているのも、すべては神の御心によるものです。いついかなるときでも、神への感謝を忘れてはいけませんよ」

この場には私たちふたりだけしかいませんので、老紳士は私に語りかけていると思うのですが……視線は壁画の神を見つめたまま微動だにせず、どこか恍惚《こうこつ》としています。

無言の時が流れます。その間も、いっさい老紳士の視線がぶれることはありません。

これはどうしたものでしょう。物凄《ものすご》く声をかけづらい雰囲気《ふんいき》なのですが。言葉を返したほうがよいのでしょうか。

「は、はあ。ご教授、ありがとうございます」

思い切って切り出したものの、反応がありません。

会話のキャッチボールどころか、投げた球に気付いてもらえなかったようです。

仕方がありませんから、彼方《かなた》に転がった球は諦《あきら》めて、私も倣《なら》って無言で壁画を見上げ続けます。

それにしても……今の話に出てきた〈森羅万象〉と〈万物創生〉。同名のスキルを両方とも持ってたりするのですが……偶然、なのでしょうか……？


「タクミさーん」

ちょうどそのとき、ぱたぱたとこちらに走ってくるネネさんの姿が見えました。

もうお勤めは終わったようですね。ということは、あれからもう一時間も経っていたのですか。気が付きませんでした。

「ここにいたんだ。どこにいるかわからなかったから、捜しちゃった」

「すみません、うろうろとしてしまって」

軽く息を切らしていますから、あちこち押し回らせてしまったようですね。行き先を伝えるか、近場で待機しておくべきでしたね。失敗しました。

「――あっ」

「え？」

近付いてきたネネさんが、足を止めて一瞬硬直《こうちょく》しました。その視線が、私の隣にいた老紳士に注がれています。私の陰になって見えていなかったようですね。お知り合いでしょうか。

ネネさんは居住《いず》まいを正《ただ》して、畏《かしこ》まっています。

「これは大神官様。はしたない姿をお見せいたしまして、申し訳ありません」

「構いませぬよ、聖女様」

対する老紳士は、笑みをたたえて鷹揚《おうよう》に頷《うなず》いています。

「大神官――あ、社長ですか⁉」

「……社長？」

「いえいえ、こちらのことです。失礼しました、大神官様」

大神官といいますと、最初にネネさんに教えてもらった教会で一番偉い方じゃないですか。どうりで、風格があるわけですね。私の実年齢よりもやや上くらいでしょうが、外見の白髪白髭以外に、老いらしきものを感じさせないエネルギッシュそうな御仁です。

現役の組織のトップは、やはり身に纏《まと》ったオーラからして違いますね。

「貴方は聖女様のお知り合いでしたか」

「これは名乗るのが遅くなって申し訳ありません。タクミと申します」

「タクミ……？　ああ、あのときの」

どのときの？　もしかして、以前にどこかで会ったことがあるのでしょうか。

こちらに来てから、聖職者の方々と顔を合わせる機会など――いえ、ありましたね。

一度だけ、異世界に召喚された日の貴賓室《きひん》で、ネネさんを迎えにきた聖職者の集団に会いました。おぼろげですが、その集団を率いていたのが、この方だったように思えます。

王城にいたということは、その後に起こった私の指名手配の件――王様への直訴《じきそ》で、ネネさんに口添《くちぞ》えして救ってくれた方ということにもなるのでしょうか。

「その節は私のためにご尽力いただいたそうで……なんとお礼を述べればいいのかわかりませんが、誠にありがとうございました。御礼申し上げます」

「あれは聖女様たっての願いに応じたまでのこと。聖女様に尽くしただけで、貴方に礼をいわれる筋合いではありませんな」

……おや？　今なにか、すごい棘《とげ》のある物言いだったような……

「それで、部外者がなぜここに？　この区画は、信者以外は立ち入りを禁じているはずですが。貴方も入信を？」

「いえ、あの……違いますが……」

やはり、ネネさんにあやかってのフリーパスはまずかったのでしょうか。

大神官様の視線が鋭さを増しています。言葉以上の威圧に、息苦しいほどです。

「すみません！　タクミさ――この方は、わたくしが勝手に連れ込んでしまいました。責任はわたくしにあります！」

必死にネネさんが庇《かば》おうとしてくれます。これはいけませんね。ネネさんは教会でも身分のある方だけに、こうした諍《いさか》いはよろしくないはずです。

年長者としても男としても、ネネさんに罪を被せるわけにはいきません。

ここは私が――と勇んだのですが。

「聖女様に責など、とんでもないことです。神より遣わされた聖女様の意思は、神に準《じゅん》ずるというもの。貴女《あなた》がそう仰《おっしゃ》られるのでしたら、それはすべて肯定《こうてい》されないといけません。大神官の名において、その者の出入りを認めましょう」

大神官様、満面の笑みです。孫を見る好々爺《こうこうや》にも等しい眼差《まなざ》しですね。

どうやら、ネネさんのおかげで、難を逃れたということでしょうか。

「ご迷惑をおかけしました」

とりあえず謝ってはみたものの、ちらりと一瞥《いちべつ》されただけで、返答はありませんでした。

蔑《さげす》んだようなとても冷たい視線です。

ネネさんのときと比べますと、砂漠《さばく》での昼夜の気温差くらいありそうです。これはひじょうにまずいですね。

行きずりに近い私はどう思われても構いませんが、ここに身を置くネネさんはそういうわけにもいきません。

なにせ、相手はここのトップです。彼女の今後のためにも、少しでも心証《しんしょう》をよくしておかないと。

お互い人間同士、コミュニケーションの基礎《きそ》はやはり会話でしょう。

相手に気持ちよく話してもらうには、相手の土俵《どひょう》に乗るのが一番です。

「それにしても、この都は見事な建造物ばかりですね。これほど立派なものを、今まで見たことがありませんでした。これも神様のご威光の賜物《たまもの》なのでしょうか？」

大神官様の眉《まゆ》がぴくりと動きました。

「……そうですな。神は偉大なお方。そのご威光にはほど遠いですが、大いなる恩寵《おんちょう》を賜《たまわ》っております」

なかなかいい出だしですね。

「それで、こちらの神様のご尊名《そんめい》はなんと仰《おっしゃ》るのでしょうか？　さぞ、神々《こうごう》しい名なのでしょうね」

「……神に俗な名などありません。偉大なる神を指すお言葉は〝神〟のみ」

声のトーンが下がりました。この質問はまずかったでしょうか。

「そ、そうでしたか。それでは他の神様との区別が難しそうですね」

「我らの崇《あが》める神の他に、神などありません。神はあくまで唯一神。他国では、卑《いや》しくも神を名乗るものもあるようですが……それはあくまで神の紛《まが》いもの。同列に扱われるのは遺憾《いかん》ですな」

……やってしまいました。明らかに不愉快《ふゆかい》そうです。視線がもはやブリザードです。

（なにやってるの、タクミさん！）

「失礼しました。わたくしがこちらに参ったときと同じく、彼はまだこちらでの常識に不慣れでして……ご気分を害してしまったことをお許しください」

逆にフォローさせてしまいました。

やはり宗教関連はデリケートです。安易に口にすべきではありませんでしたね。がっくしです。

「おやめください、聖女様。貴女が他人に頭を下げるなど、あってはならないことです。このような蒙昧《もうまい》な輩《やから》の戯言《ざれごと》など、気にはしておりませぬ」

仕方ないかもしれませんが、酷い言われようですね。

大神官様にとって、もはや私の存在はないものとされたようです。完全無視でして、目を向けようともしてくれません。

ネネさんとそれから二言三言を交わしてから、大神官様は深々と頭を下げていました。

「それでは、聖女様。わたくしも所用がありますので、これで失礼させていただきます」

「はい。お付き合いいただき、ありがとうございました。大神官様」

にこやかに別れを述べ、大神官様が立ち去ろうとします。

背中を見せたことで、ネネさんの口元から小さく息が漏《も》れていました。

ただでさえお勤めの後だったというのに、ずいぶんと気苦労をかけてしまったようですね。

「そうそう、聖女様」

ネネさんが気を抜いた瞬間を狙ってではないでしょうが、大神官様が足を止めていました。

私もほっと一息吐《つ》いたところでしたので、思わずふたり一緒にびくんっとなってしまいましたよ。

「まだ、あちらに通われておられるとお聞きしましたが……？」

「……はい。いけなかったでしょうか……？」

「いいえ、とんでもない。あのような下賤《げせん》の者にすら手を差し伸べられる聖女様の姿は尊きもの。目にした信徒もいたく感動したとの声が届いております。ですが、聖女様のその大いなるご慈悲《じひ》も、信徒にはもう充分に浸透《しんとう》した頃合いではありませぬかな？　尊き御身をご自愛ください」

ネネさんに向けられる大神官様の声は、労《いた》わりに満ちた優しいものでしたが、それを受けたネネさんの様子がおかしいです。

狼狽《うろた》えたように目の焦点《しょうてん》が細かく左右に動き、顔色が悪くなってしまっています。

「はい。以後、心掛けるようにします……」

そんなネネさんの状態に気付いているのかいないのか、大神官様は最後ににっこりと微《ほほ》笑《え》んでから、この場を後にしました。


「申し訳ありませんでした、ネネさん。余計なことを言って、拗《こじ》らせてしまったようですね。逆にご迷惑をかけてしまいました」

大神官様の姿が見えなくなってから、ネネさんに謝罪します。

よかれと思ってやったのですが、ああも裏目《うらめ》に出てしまうとは。幸いにもネネさん自身には影響なかったかもしれませんが、私が関係者である以上、後々に響いてこないとも限りません。

このような有様では、年長者失格ですね。

「ネネさん……？」

「あっ、ごめん。なにかな？」

「いえ、先ほどは申し訳なかったと……」

「ああ、それね。気にしなくていいから。事前に説明しておかなかったあたしも悪かったんだし。大神官様は、とても信仰心篤《あつ》く熱心な信徒で、神や教義《きょうぎ》に関することにはかなりデリケートなお方だから」

「そうだったのですか。なおのこと失敗でしたね」

どうやら、ぼんやりとされていたようですね。先ほどの最後のほうも様子が変でした。単に私が呆《あき》れられたのとも違うようです。なにか心配事でもあるのでしょうか。

「ネネさんが気がかりなのは、大神官様が〝下賤《げせん》の者〟とか言われていたことですか？聖職者が使うにしては、あまり良い言葉ではなかったようですが……」

ネネさんは押し黙って足元を見つめています。

この様子からして的を射ていたようですが、踏み入らないほうがよかったでしょうか。ですが、他人に話せる悩みでしたら、口に出したほうが多少は気も紛《まぎ》れるというものです。

「……タクミさんは、外の集落を見てどう思った？」

しばらく待ってから、ネネさんが漏らしたのは、そのような質問でした。

外の集落といいますと、ネネさんと再会したあそこですよね。

「この雅《みやび》な都の目前にある割には、とてもみすぼらしい感じがしましたね。建物も人もですが、なにより生きる活力が欠乏《けつぼう》しているといいますか」

　ここはオブラートに包むべきではないと思いましたので、できるだけ感じたことを率直に答えました。

　都の中は外観同様に美しく、そこに住む人々の幸福感や躍動《やくどう》する生命力のようなものを感じ取れました。対して、すぐ目の前にある集落には、それらがまるでないどころか、まったく正反対のように感じられました。

　都の内側を包んでいるのが〝正〟のオーラとしますと、外壁を隔《へだ》てた外側が〝負《ふ》〟のオーラといったところでしょうか。そんなイメージを受けます。

「あの集落はね。大神官様の指示のもと、国内の孤児《こじ》や流民のような身寄りがない人、破《は》産《さん》して生活基盤《きばん》を失った人たちを集めて、生活支援や食料支援をしているところなの」

　どれほど悲嘆すべき事柄が告げられるかと覚悟していましたので、語られた内容にはかなり意表を突かれました。

「ほぉ、それは実に素晴らしいことですね」

　大神官様、内心とっつきにくい方などと思っていまして、お詫《わ》びします。

　社会的弱者を憐《あわ》れむことは誰にでもできますが、実際に手を差し伸べるのはなかなか難しいことです。たとえ地位があったとしても、そう簡単に実現できることでもありませんから。

「いやいや、さすがは聖職者様ですね。感服しました。ただ、なぜ都の外にわざわざ別の集落を？」

入都してすぐの居住区には、窓も閉め切られた空家《あきや》と思《おぼ》しき建物が数多く見受けられました。

この都市の住居は、いわゆるアパートのような、この世界では珍しい集合住宅の形態をしています。おそらく、城塞都市による土地の制限によるものでしょう。

そのため、建設時に先を見越し、多くの住居がまとめて造られている、といったところでしょうか。

調べたわけではありませんが、都市の規模からして、あの集落の人員を賄《まかな》うくらいの住居の提供はできそうなものですが。

「この都への定住は、信徒のみと決められているから……」

なるほど。教会にも、そういった内部事情もあるわけですね。

ルールとあっては、仕方ないかもしれません。

「でしたら、入信して信徒になればいいわけですね」

「ここで正式な信徒となるには、献金が必要なの。金貨で十枚」

日本円にして十万円ですか……結構な金額ですね。

教会も組織ですから、運営資金の問題もあるでしょう。世知辛《せちがら》いものではありますが、いくら国教の宗教とはいえ、資金なくして存続は難しいですし。

若干、高額な気もしますが……あの集落に住む方々は、最低限でも衣食住を教会から保障されているのですから、仕事に励《はげ》み貯蓄《ちょちく》することで、どうにかなるラインですね。

ただ一方的に支援されるのではなく、自らの生活レベル向上のため、汗水流して努力するのは尊いことです。

生活の基盤を用意し、それから先は本人の努力次第で、いかようにも将来の選択ができる――この世界での自立支援システムとしては、なかなか考えられているとお見受けします。

「では、あちらにお住《すま》いの皆さんは、まずは居住権《きょじゅうけん》を獲得するため、都で働いて資金作りをするわけですね」

「……都では、信徒でない者の労働は認められていないの」

……ん？　それではおかしくないですか？　あの集落から抜け出すには、信徒になる必要があり――信徒になるためには、金貨1枚の献金が必要で――ですが、信徒以外は都で労働できない。では、どのようにして彼らはお金を稼《かせ》ぐというのでしょう。

もともと、生活苦で集められた人たちですから、生活保護のないここ以外では働くこともままならないはずです。

その理屈では、今の生活から抜け出すこと自体、どう足掻《あが》いても無理じゃないですか。

「タクミさん。教会にいって部屋を用意してもらうから、今日はこっちで休んでもらっていいかな？　明日また集落のほうに行くから、ついてきてもらいたいんだけど……いい？」

そう告げるネネさんの表情は、どこか影があり寂《さび》しげでした。

◇◇◇

翌日、ネネさんと合流し、私たちは昨日の道程を逆行するかたちで、例の集落へと向かいました。

行き交う信者の方々に挨拶《あいさつ》されますと、ネネさんは微笑《ほほえ》みを作って返していましたが、それ以外はどこか消沈《しょうちん》した面持ちで、言葉も少なげです。

都の外に出て、集落に近付くネネさんを最初に発見したのは、そこに住む幼子たちでした。

「聖女様ー！」

ネネさんも笑顔で応じています。

瞬《また》く間に駆け寄ってくる子供たちに囲まれて、次いでその声に気付いて集まってきた大人たちにも囲まれて、昨日見たような人の輪ができ上がっていました。

私は少し距離を取り、様子を観察することにしました。

子供は赤子まではおらず、三歳くらいから十二歳程度、そして大人は老人ばかりです。意図的かはわかりませんが、働き盛りの年代がごっそりといません。

今集まっているのは三十人ほどでも、総勢で百人くらいは暮らしているそうです。子供は一様《いちよう》に瘦《や》せ細っており、頰《ほお》がこけてしまっています。

配給で食事は出ているとのことですが、一日に一食だけで、とても育ち盛りの子供に足りているようには思えません。

服装も薄汚れていて、生活の場は決して衛生的ではないようです。衣服は月に一回の配給らしいのですが、この分では洗濯《せんたく》などできる環境でもないのでしょうね。

あらためて集落を見回しますと、本当に酷く傷《いた》んだ建物ばかりです。どうにか雨露を凌《しの》げているといったところでしょうか。中には、それすらできないであろう建物もありましたが。

聖女であるネネさんの訪問は、皆さんの心の癒《いや》しとなっているようですね。

以前からたびたび訪れては話を聞いたり、怪我《けが》や病気の治療《ちりょう》をしているそうで、集まっている方々の表情には安らぎが窺《うかが》えます。

ですが、輪に加われない、加わらない人たちもいるようで、遠巻きに眺めている住人も見受けられます。

昨日は漠然《ばくぜん》と、ここの住人には活力がない、と表しましたが、理由がわかりました。

おそらくここの人々は、未来に希望を見い出せていないのでしょう。現状では、今の暮らしぶりから脱する方法がありません。人は将来の展望があるからこそ、今日を生き抜き、明日へと繋げる意志を育てられると思います。先の希望もなければ、活力が湧《わ》かないのも道理というものです。たしかに、配給で命の保障はされているかもしれません。生きてはいけるでしょう。ただそれは生命を維持しているだけで、人生を歩むのとは違います。

これは、本当に善意による〝救い〟なのでしょうか。

生かさず殺さず――そんな言葉が頭に浮かびました。

もう帰らないといけない時間となったのでしょう。

皆さんに別れを惜《お》しまれつつ、ネネさんが戻ってきました。集落の住人には常に笑顔を向けていましたが、こちらに向き直ったネネさんの表情はやはり沈んでいます。

「タクミさんは、あの人たちの暮らしぶりを見て、可哀相と思った？」

「……思いましたね」

質問の意図はわかりませんでしたが、私は素直に答えました。

「そうよね。あたしも思った。特に最初にここに来たときなんか、〝ああ、あんな貧しそうな生活をしていて、なんて哀れなんだろう〟って」

普通に良心を持った方なら、そう思うでしょう。もう一歩踏み込んで、手を差し伸べるかは別としましても。

「じゃあ、自分があんな生活をしていなくてよかった、とは？」

「……さすがにそこまでは思いませんでしたが……」

「あたしは……思っちゃった。もしこの異世界に来たときに、聖女としての役割を与えられていなかったら……用なしって城を追い出されてたら、あんな生活をしていたかもしれないって思っちゃったから。『聖女』でラッキーだったなって。あたしは恵まれてたなって」

その台詞《せりふ》に、嫌な予感が過《よぎ》りました。

マディスカ町からの定期馬車、この集落を見かけたときの、同乗していた乗客の態度が思い起こされます。

「あたしも後から知ったんだけど、つまりあの集落は、そう思わせるために用意されたらしいんだよね……」

愕然《がくぜん》といいますか、とても残念な思いが胸を締《し》めつけました。

入信者とそうでない者――ここを訪れる信者が優越感《ゆうえつかん》を得る比較対象のためだけに、あの人々はここにいると、そういうことなのでしょう。そこに暮らす人々の意思や、人生すらも無関係に。

これは、大神官様の主導であったはずです。

仮にも人を救うための宗教のトップが、そんな非道なことをするとは、とても信じられません。

信じたくもありませんが、現状を顧《かえり》みるにそれは事実なのでしょう。

「笑い話でしょ？　聖女とか呼ばれてちやほやされてる割には、あっさりとこんな思惑にはまっちゃってさ。ホント、最低だよね、あたし。浅ましい自分が嫌になっちゃって。すっごい自己嫌悪で。それで、少しでも罪滅《つみほろ》ぼししようと足繁《あししげ》く通ってたら、今度は〝下賤《げせん》の者にも慈悲《じひ》を与える聖女〟って、教会の宣伝に利用されちゃってさ。いやになっちゃうよねー。あはは」

ネネさんの気持ちがようやく理解できました。

利用されているとわかっていても、訪問をやめると困るのは集落の人々です。

そういった意味合いを持つこの集落も、行く宛《あ》てもない彼らの命を繋いでいるのは事実です。

どうしようもなく現状に流されていることが、片棒を担《かつ》いでいるようで、悔しくも情けなくもあるのでしょう。

「私はネネさんは立派だと思いますよ」

慰《なぐさ》めの長ったらしい文章は必要ありません。私は思ったままを告げることにしました。

ネネさんは、少しびっくりしたような顔をした後——俯《うつむ》きながら、袖口《そでぐち》で恥じらいもなく目元をぐしぐしと拭《ぬぐ》っていました。そうして、顔を上げたネネさんは、清々《すがすが》しい笑顔でした。

「うん、ありがと。ごめん、ちょっと弱音吐《は》いた。これまで独《ひと》りきりだったから、タクミさんを見てちょっと緩《ゆる》んじゃったみたい。もう大丈夫だから。それに、あたしもいつまでも現状に甘んじる気はないからね。内側からいろいろと変えていけるように頑張《がんば》ってみるつもり。なんたって、あたしは『聖女』様なんだから！」

おどけて腕まくりしてみせています。芯《しん》の強いお嬢さんですね。

まだほんの数ヶ月しか経っていませんが、最初に出会った頃の、不安で震えていた姿とは大違いです。若者の成長ぶりを目の当たりにできるのも、長く生きた者の特権といったところでしょうか。

今の彼女でしたら、簡単に心折れることはないでしょう。

「あ！　そろそろ時間が厳しいかも。付き合わせちゃって、ごめんね、タクミさん。あたしは先に行くから、タクミさんはのんびりしててね。それじゃ、また後で！」

ネネさんは小走りで走り去っていきます。照れ隠しもあるみたいですね。

その後姿を見送ってから、私も都に戻ることにしました。

それにしても、この状況——私にもできることはないのでしょうか。

相手はあの大神官様ですから、私が直訴《じきそ》しても逆効果なのは目に見えています。今回ばかりは根が深く、単になにかを打倒することで片の付く簡単な問題でもなさそうです。

当てもなく街中《まちなか》をうろうろしながら考え込みますが、そうそういいアイディアなど浮かばないものですね。時間ばかりが過ぎていってしまいます。うーむ。

「ああ～‼　タクミん、みーっけ！」

そんなときでした。

横合いから、いきなり声をかけられたのは。

若いお嬢さんの甲高《かんだか》い声ですね。

この快活な声は、どこか懐《なつ》かしくて、聞き覚えがあります。

反射的に声のほうに顔を向けますと、視界いっぱいに出迎えてくれたのは、獣肉の骨の先端でした。

傍《かたわ》らの屋台のテーブルに片足を載《の》せて、こちらに食べかけの骨を突きつけているのは——なんと、あのレーネさんでした。

しかも両隣には、手掴《てづか》みした肉に齧《かじ》りつこうとして固まってしまっているカレッツさんと、フォークを咥《くわ》えたまま目を見開いているフェレリナさんまでいます。

これはこれは、冒険者パーティ『青狼のたてがみ』の皆さん揃い踏みではないですか。いや、実にお懐《なつ》かしい。パーティのリーダーで、剣士のカレッツさん。盗賊――といっても、悪くない盗賊のレーネさん。エルフで精霊使いのフェレリナさん。

ペナント村で最後にお会いしてから、もう二ヶ月以上はご無沙汰《ぶさた》でしょうか。見たところ、皆さんお変わりなさそうでなによりです。

「やや。これはまた奇遇《きぐう》ですね。妙なところでお会いするものです。お元気にされていましたか？」

「――じゃない」

「……は？」

「お元気にされてましたか、じゃなーい！」

レーネさんより至近《しきん》距離から投げられた骨が、唸《うな》りを上げて飛んできます。

鼻先すれすれで避けましたが、おかげで横を歩いていた見知らぬ御仁の側頭部《そくとうぶ》に骨が直撃です。

鼻息荒《あら》いレーネさんの様子から、少なくともお元気なのは間違いなさそうですね。

「タ、タクミさーん！　お、俺、俺は――」

今度は感極まった感じのカレッツさんまで、腰に縋《すが》るように抱きついてきます。

いいえ、ちょっと。再会の喜びにしては、いささか激しすぎやしないでしょうか。

できれば抱きつく前に、肉汁で汚れた手を拭《ふ》いてからにしてもらえるとありがたいのですが。

レーネさんは骨付き肉を振り回しながら猛《たけ》り狂い、カレッツさんは腰に取りついたまま離してくれません。

どうしたことでしょう、この唐突な混迷《こんめい》っぷりは。

ここは、常に冷静沈着なフェレリナさんに助けを求めるしかありません。

フェレリナさんは、飲みかけのジュースを上品にストローで啜《すす》ったのち、席から立ち上がりました。

「悪いわね、少し待って。こほんっ。夢の小人、眠りを誘《いざ》なう小さき精霊《スプライト》。皆にやすらかな安息をもたらして――スリープ・クラウド」

フェレリナさんが唱えた途端、ふたりはこてんと崩れ落ち、すぐに寝息を立てはじめました。

「こんなものでしょ。手間だけど、運んでもらえるかしら？　ここではちょっと目立ちすぎるみたいだから」

「……そうですね」

突然巻き起こった騒動で、周囲に野次馬《やじうま》も詰めかけて、騒然となりかけています。

厳粛《げんしゅく》な総本山のお膝元で、あまり騒ぎ立てるのはまずいですよね。

私は熟睡《じゅくすい》しているカレッツさんを背負い、レーネさんを小脇に抱えまして、フェレリナさんと一緒にすたこらさとその場から逃げ出しました。

本来でしたら、酒場あたりが喧噪《けんそう》に紛《まぎ》れて都合がいいのですが、教義で飲酒が禁じられているファルティマの都では、酒場そのものが存在しません。

仕方がありませんから、近場の喫茶店《きっさてん》の奥まった席へと場を移します。

椅子を並べてベッド代わりに介抱《かいほう》していますと、カレッツさんもレーネさんも、すぐに意識を取り戻しました。ひと眠りしたことで、ひとまず気持ちも落ち着いたようですね。

差し当たっては近くのテーブル席を確保しまして、そちらに皆で移動します。

「先ほどは、とんだ醜態《しゅうたい》を晒《さら》してしまって、すいませんでした」

席に着くや否や、対面側に座るカレッツさんから、テーブルに両手を突いて頭を下げられました。

「いえいえ。いささか驚きはしましたが、お気になさらずに」

相変わらずの好青年といった感じのカレッツさんです。

レーネさんは、椅子の背にもたれかかりながら、そっぽを向いています。どうにも不機嫌そうですね。

フェレリナさんは、そんなレーネさんに苦笑しています。以前には見られなかった、頭にターバンを巻かれていますね。

そして、もうひとり。初見《しょけん》の少年も私の隣に腰かけています。年の頃からいいますと、十五歳くらいでしょうか。皆さんの新しいお仲間さんでしょうかね。

私を含めたこの総勢五人で、丸テーブルを囲んでいます。

私には懐《なつ》かしく、再会が嬉しいばかりでしたが、皆さんはなにやら神妙《しんみょう》な空気です。よくわかりませんが、なにか言い出しにくいことがあり、タイミングを窺《うかが》っている感がありましたので、ちょっと待ってみることにしました。

そうして数分はども経った頃、口火を切ったのはカレッツさんでした。

ただ、口火を切ったというより、声の代わりに出されたのは、バレーボールほどもある重そうに膨《ふく》らんだ布袋でしたが。

無言でテーブルの真ん中にどんっと置かれたそれを見ては、こちらから口を開かないわけにはいかなさそうですね。

「はて、これは……？」

「タクミさん、なにも言わずに受け取ってください！」

やけに迫力いっぱいに告げられましたので、おそるおそる袋の口を開いてみますと――中にこれでもかと詰まっていたのは、袋一杯の金貨でした。

これ全部が金貨となりますと、数百枚程度では利きそうにもありません。

「いやいや！　さすがになにも言わずにってのは、無理でしょう⁉」

「金貨で千枚あります。正当なタクミさんの取り分です！」

金貨千枚といいますと、日本円でおよそ一千万円ですよ⁉

店内に他のお客さんがいなくてよかったです。仮に誰かの目に触れでもしたら、それだけで大騒動ですよ。奥まった席ですので、出入り口付近にいる店員さんにも気付かれていないようです。この席を選んだのは正解でしたね。

カレッツさんは真摯《しんし》な顔で無言のまま、ずいっと袋を押してつけてきます。

困りましたね。こんな大金をいきなり受け取れと言われましても、どうしろと。

「はいはい。リーダーは気持ち昂《たか》ぶりすぎて焦《あせ》りすぎ。相手が訳わかってないんだから、説明なしじゃあ困惑するだけでしょ。あと、レーネは突然再会して心の準備ができてないのはわかるけど、どういう態度取ったらいいかわからないからって、とりあえず不機嫌を気取ってごまかそうとするのはやめなさいね。失礼でしょ？」

「っ！　そ、そんなこと――」

フェレリナさんの言葉に、明後日の方角を向いていたレーネさんが反論しようと、反対隣に振り返ろうとして――その途中で、初めて私と目が合いました。

レーネさんは瞬間怯《ひる》んだように仰《の》け反《ぞ》りましたが――ややあって姿勢を正《ただ》しますと、私に真正面から向かい合ってくれました。

「う～～～。ごめん、そんなことあったわ。おひさ、タクミん」

気恥ずかしそうに俯《うつむ》き加減で、小さく手を挙げています。

「はい、お久しぶりですね、レーネさん。その節はどうも」

「あと、前は助けてくれて、あんがと。これまでお礼も言えないままで、ごめん。正直、今度会ったときに、どう話したらいいか、いろいろ考えてたからさ。いきなりで頭真っ白になった。悔しいけど、フェレリんのいう通りだね。ってか、フェレリん、頭撫《な》でんな！」

ああ、これぞ記憶にあるレーネさんですね。調子が戻ったようで、なによりです。

ただ、レーネさんと違い、カレッツさんのほうはいまだに表情が硬《かた》いままですね。

このお金の件もあります。なにやら、ひとかたならぬ事情がありそうですね。

レーネさんではないですが、私も身を正《ただ》す必要がありそうです。


「――というわけなんです。タクミさん」

カレッツさんの話が終わりました。

国からの賞金首を脱したと思いきや、今度は冒険者ギルドでお尋《たず》ね者ですか。

なんともはや、そのようなことになっていたとは。

「おそらく、これまでの道中も、いろいろとタクミさんには身に覚えのない苦難《くなん》が降りかかっていたと思います。それらはすべて、俺らの――いや、俺の責任なんです！」

カレッツさんの言いたいことは理解しました。ただ、これだけはどうしても解《げ》せません。

「あの。申し上げにくいのですが……私の周囲でカレッツさんの心配されているようなことは一切なく……なにかの間違いってことはありませんかね？」

覚悟のこもった真剣な眼差《まなざ》しで私の返答を待たれているカレッツさんには悪いのですが、身に覚えのない苦難とやら自体に身に覚えがありません。

王都を発《た》ってからというもの、海賊騒ぎにイカにエルフの里に魔窟《まくつ》と、いろいろと騒動に巻き込まれたり、首を突っ込んだりする事態はありましたが、特に冒険者ギルド関連での厄介《やっかい》ごとに遭遇《そうぐう》したことはないはずです。

「は？　情報では、タクミさんがギルドの包囲網を突破したり、高度な情報戦を仕掛けて窮地《きゅうち》を潜《くぐ》り抜けたり、高ランク冒険者の追っ手を差し向けられたりしていると……聞いている、の、です……が？」

「そういわれましても、心当たりがありませんね。この道中は、おおむね順風満帆《じゅんぷうまんぱん》で、のんびりしたものでしたよ？」

「……まったくですか？」

「はい。まったくです」

「これっぽっちも？」

「それはもう、つつがなく」

思い出深い旅にはなりましたね。特に、知人が増えたことはいいことです。

アバントス商会の豪商《ごうしょう》ラミルドさんに、その娘さん夫婦。侯爵家ご令嬢のアンジーくんに、港町アダラアタの冒険者の方々、海の漢《おーこ》のガルロさん。ハディエットさんを筆頭としたエルフの里の皆さん、長老のセプさん。伯場町マディスカのイリシャさん。

皆さん、いい人ばかりでした。

「微笑《ほほえ》ましい顔を見るに、嘘偽《うそいつわ》りなしに物凄《ものすご》い充実っぷりだったみたいだね、タクミん」

「ええ、レーネさん。それはもう」

「……いえ、ご迷惑をおかけしていなかったのなら、それでいいのですが……」

なにやら、椅子からずっこけ気味のカレッツさんが、席に座り直しました。

「ですが、タクミさんを無理やり表舞台に引きずり出してしまった責任は免《まぬが》れません。その上で、お願いします。いえる資格がないのはわかっています。断られても仕方のないことなのは、重々承知しています！　俺たちの――『青狼のたてがみ』に、加入してはもらえないでしょうか⁉」

先ほどの話の中でも触れられていましたね。

冒険者ギルドから、私を加入させるようにと強要《きょうよう》されているのでしたっけ。

再び、頭を下げられます。

リーダーのカレッツさんに倣《なら》って、レーネさんやフェレリナさんまで頭を垂れています。

参りましたね。

「いいですよ」

「――そこをなんとか！　って……え？　いいん……ですか？」

本当に参りました。本来、頭を下げるべきは、こちらであるはずなのですから。

「そもそも私が不用意に、皆さんのパーティのギルドカードに触ってしまったのが原因ですよね？　それでしたら、非はこちらにあるはずです。むしろ、皆さんには余計な心労とお手間を取らせてしまい、申し訳ありませんでした」

「あの……でも、本当にいいんですか？　タクミさんが世を忍んでいたのは、なにか理由があったからでは……？」

あの頃は、メタボな王様からの追っ手を心配していましたが、今となってはネネさんのおかげで無用のものでしょう。迷惑をおかけしたからには、こちらも誠意《せいい》は尽くさないといけません。

「ただ、荒事《あらごと》は苦手《にがて》ですから、名義貸しのようなものでも構いませんか？　もちろん、お手が必要とあれば、お付き合いはさせていただきますが……」

「それでも、充分です！　感謝します！」

がっちりと、両手を掴んで握手されます。

「あ～、よかった～」

ずっと中腰だったカレッツさんが、安堵《あんど》の息を吐《は》いて身を投げ出すように椅子に腰を下ろしました。レーネさんとフェレリナさんも、彼ほどではありませんが、ほっと吐息《といき》を漏らしています。

隣に座る例の少年は、対照的に静かにお茶を啜《すす》っていました。

「私のほうこそ、皆さんのところに参加してお邪魔ではありませんか？」

「とんでもない！　願ったり叶《かな》ったりですから！」

「んでさ、タクミん。まだ正式に登録したわけじゃないけど、あたいたちこれから仲間になるわけだよね？　だったらさ、タクミんの秘密も教えてもらいたいなーって。結局のところ、タクミんって何者なのさ？」

「うわ、レーネ。おま……直球だなあ」

「リーダー、うっさい！　ずっと気になってたんだから、仕方ないじゃん！　皆も訊《き》きたいよね。そーだよね？」

レーネさんは、丸テーブルの面々をぐるっと見渡します。

なんだかんだといいながらも、カレッツさんはしきりに頷《うなず》いていて、フェレリナさんも小さく首肯していています。名も知らぬ少年もまた、お茶を手に頷《うなず》いていました。満場一致《まんじょういっち》のようですね。

まあ、人となりを知る皆さんでしたら問題ないでしょう。

わざわざ、ひけらかすようなことでもないですが、かといいまして秘匿《ひとく》すべき事柄でもありません。

皆さんが知りたいのは、一連の原因となった異常な魔物討伐数のことでしょうから、そのあたりについて掻《か》い摘《つ》まんで説明します。

「「「え～!?　四人目の英雄～!?」」」

三人一緒にハモっています。

寡黙《かもく》な少年は声を上げていませんでしたが、お茶の湯呑《ゆのみ》を啄《つい》ばんだまま、目を瞬《しばた》かせていました。

「落ち着いてください。大声はお店にご迷惑ですよ？　たしかに召喚とやらをされた四人目ではありますが、私の場合は偉い人に厄介払《やっかいばら》いされましたので、英雄などとはとてもとても……なんの手違いか、巻き込まれたようなものでして」

そういえば、エイキがいっていましたね。なんでしたっけ、巻き込まれ召喚？　まさしくそれでしょう。

「……あ～、そっか。それで納得。あの魔王軍を退けた中に、タクミんもいたんだね……お触《ふ》れでは、総勢十数万ともいわれた魔物たちだから、そんなんなるわけだ。やっぱ、とんでもなく強いんだ、タクミん？」

「いえいえ、私の場合は以前にお見せしたスキルのおかげでして。それ以外はとんと」

「あ～、あの妙なもん作り出せるレアスキルね。そんな強力な武器みたいなものも作れたんだ……なんかさらに納得。本音でいうと、タクミんって身のこなしは完全素人だもんねえ」

「ははっ、そうなんですよ。使い方次第では強力なのですが、手放すと消えてしまったり、制限もいろいろありますから……あの大侵攻のときは、偶然にも戦況《せんきょう》に有利に嵌《は》まってしまったようなものなので」

艦体砲撃のことはさすがに内緒です。

好奇心旺盛《おうせい》なレーネさんあたり、実際にやってみせてとせがまれるのは目に見えています。

下手をしますし、周辺が焦土《しょうど》と化してしまいますから、それはまずすぎるでしょうね。

「……なるほどなるほど。あんときの見た目普通の石も、その実、特別製だったわけだ。なんかすっきりした」

レーネさんがなにやら呟《つぶや》いていますが、なんでしょうね。

「ともかく、タクミさんの事情はわかりました。こちらの要望を受けてくれて、ありがとうございます。ただ、この教会の本拠地《ほんきょち》のファルティマには、冒険者ギルドがありませんから、正式な冒険者登録はどこかの支所で行なうことになると思います」

「そうなのですね」

マディスカの町にも冒険者ギルドはありませんでしたから、結構移動する必要がありそうですね。

「そもそも、なんでタクミんはファルティマに来たがったわけ？」

「はい。先ほどの話でも出てきましたが、王都からこちらに移られたネネさん……『聖女』に会いにですね」

「はぁ〜。あの三英雄の聖女様とお知り合いなんですか……って、一緒に召喚されたんでしたね。当たり前といえば当たり前か」

「その割には、王都を出てから、やったらとうろうろしてなかった？　王都からなら、鈍《どん》行《こう》馬車でも十日そこらで充分着くでしょ？　おかげで、あたいたちはここでの滞在申請を目いっぱい延《の》ばしに延ばして、それでも今日が最終日だったんだから！　今日を逃していたら、完全にすれ違いだったよ？」

「それは申し訳ないことをしました。いろいろありまして、アダラスタの港町を経由したことで、ずいぶん遠回りになってしまったようでして」

「アダラスタ!?　それはまた……思い切ったルートを取りましたね。俺たちが出発前に得た情報では、王都からミザントスの港町に向かっているとばかり。ああ、そうか！　それで、上手いことギルドの追跡から逃れていたんですね」

なるほど。カレッツさんの言われる通りかもしれません。どうりで、カレッツさんの心配されたようなことが好転したのですね。アンジーくんに付き合ったことが好転したのですね。

刺客に命を狙われる――とまではいかないでしょうが、付け狙われるのは気分がいいものじゃありませんからね。世の中、平和が一番です。

「……アダラスタ？　ということは、海峡を渡って大森林を抜けてきたの？　人間が単身で、よくあの大森林を踏破《とうは》できたものね」

それまで口数少なく、会話はカレッツさんやレーネさんに任せていた感のあったフェレリナさんが問いかけてきました。

大森林というし、もちろんあそこですよね。セプさんやハディエットさんたちが住んでいた……

「世界樹のあった森のことですよね？　すごい樹海でしたよ。移動に何日もかかってしまいました」

「……今、なんていったの？　世界樹？」

「ええ。そこに住むエルフの里の皆さん――」

いいかけて、思い出しました。

エルフといえば、以前の勘違《かんちが》いで、フェレリナさんにはとんだ無礼《ぶれい》を！

「その節は失礼しました！　こちらの勝手な思い込みで、〝エルフ〟を疾患《しっかん》かなにかと……エルフの皆さんの里で、その間違いに初めて気付きました。申し訳ありませんでした。あ、今、頭に巻かれているターバンも、もしかしてエルフであることを隠すためでしたか？」

「そうなの。このファルティマでは、亜人蔑視《べっし》の傾向が強いから、無用な諍《いさか》いを避けるため――って！　そんなことはどうでもいいのよ！」

ばんっと椅子を跳《は》ね飛ばして立ち上がったフェレリナさんに、いきなり胸倉を掴まれました。

妙に興奮されていて、いつもの冷静な彼女とは思えない暴挙ですね。

勢いでターバンがずれかかり、尖《とが》った耳が見えそうになっていますよ。

「あの世界樹の周辺には結界があって、人間は入れないはずよ!?　それに里って――もしかして、隠れ里の同族に会ったとかいわないわよね!?　ねえ！」

がくんがくんと首を前後に揺《ゆ》さぶられます。

「ちょ、ちょっとフェレリん、どったの？」

「レーネは黙ってて！」

あまりの剣幕に、レーネさんもたじたじです。

なにが気に障《さわ》ったのかわかりませんが、怒っているというより、必死ですね。

なすがままにされながらも、まずは考えを巡らせてみます。

「長老のセプさんたちですよね？　会いました——といいますか、数日間ご厄介《やっかい》になっていましたが……？」

フェレリナさんの動きがぴたりと止まりました。

「長老ってまさか、セプ☆♪×○★△◇—⌒■＋▼＊□●☆▽〆様……？」

特殊な発音で、最初と最後しか聞き取れませんでしたが、今のがセプさん曰《いわ》く、〝覚えるにはとても長く、人間には発音しにくいもの〟とやらの名前なのでしょうか。

たしかに私には正しく口にするのも難しそうですね。

「しょ、証拠は……？」

なにやら息も絶え絶《だ》えという感じです。どうしたものでしょう。

とりあえず、手提《てさ》げ袋に入れて持ち歩いていた世界樹の枝を見せますと、フェレリナさんは直立姿勢のままで、ばたーんと床に倒れ込みました。

「ああっ⁉」

ふたりに続いて、今度はあなたまで倒れなくとも。

いくら同じパーティだからといって、仲良すぎではありませんか⁉

大事には至らず、フェレリナさんはすぐに目覚《めざ》めましたが、血色は悪く顔が引きつっていました。

「皆、ごめんなさい。わたしとしたことが、取り乱したわ。でも、あの世界樹の森は、わたしたちエルフの聖地なの。そこの里に住む森の守り人たるエルフの一族は、神聖なハイエルフの末裔《まつえい》。そして、その里の長老とは、現存する唯一のハイエルフ――伝説のエルフの女王にして、わたしたちにとっては神に等しき存在なの……」

なんと。長老で偉い方だと思ってはいましたが、そんな格段に偉い方だったとは。

私にとってみれば、どちらかというと話の合う茶飲み友達のような感覚でしたが。

「たしかにハイエルフとはいわれてましたね、セプさん。身体光ってましたし」

「こ、この衝撃をわかってくれるかしら……？　実際、英雄とか召喚だとかより、こっちのほうが数倍驚いた……はぁ～……ごめん、ちょっと休ませて……」

ふらふらとした足取りで、フェレリナさんは先ほどまでカレッツさんたちを介抱していたベッド代わりの椅子に横になっていました。

不可抗力《ふかこうりょく》とはいいましても、なんとも申し訳ないですね。

「なんてーか、タクミん。冒険者より冒険してるよね」

そういわないでください、レーネさん。あくまで不可抗力ですよ。

「うーん。話を戻しづらい空気ではあるけど……そうしないと先に進みませんよね。そういったタクミさんの冒険譚《たん》には、冒険者としてすごく興味をそそられる話ではあるんですが、それは後日ということで」

「それがいいでしょうね」

実は他にもZランクのイカ退治や、空の魔窟《まくつ》などの話もあったのですが、そちらは特にふたりが食いつきそうですね。

これからも機会はあるでしょうから、今はやめておきましょう。

「話を戻すと、タクミさんの冒険者登録には、正規の冒険者ギルド支所なり支部なりに行く必要があるんです。俺たちの滞在許可は今日の夕方までなので、それまでにはこの都を退去しないといけません。タクミさんの今後の予定は？　よければ、このまま俺たちに同行してもらえると嬉しいんですが……」

そうですね。今後の移動の手間などを考えますと、それが手っ取り早い気はします。

ですが、このファルティマの都では、まだネネさんの抱えている問題が残っています。

解決策はまるで見えませんが、集落に住む方々の人生にかかわることだけに、このまま打ち捨てるわけにもいきません。私になにができるかわかりませんが、せめてネネさんの手助けになれることがあればと思います。

私は、この都の――ネネさんの問題を簡単に説明しました。

カレッツさんたちにしてみますと、まったくの他人事でしょうが、親身《しんみ》になって聞いてくれました。

「そのようなわけでして、申し出はありがたいのですが……私にはここでやることがあります。まだ三日ほどは滞在できるようですから、その後でもよろしいでしょうか？」

「わかりました。こちらとしては、タクミさんが協力してくれるだけで御《おん》の字なので。いつまでも待ちますよ」

「すみませんね、ご無理をいって」

「いいえ、こちらのほうが無理を押しつけている自覚はありますから、ははっ。それで、タクミさんはここでの滞在期間が切れた後は、どうされますか？　俺たちはいったん、拠点のラレントに戻ろうかと思っているんですが」

ラレントの町ですか。こちらもまた懐《なつ》かしいですね。半月ほどもお世話になり、私的には愛着《あいちゃく》のある町です。ハローワークの受付のキャシーお嬢さんは、変わらずお元気でふくよかにされているでしょうか。

急に出立《しゅったつ》を決めたこともありまして、別れの挨拶《あいさつ》もそこそこでした。もう一度顔を出す約束もしていましたし、ちょうどいいかもしれませんね。

「それでしたら、ラレントの町で落ち合うのはいかがでしょうか？　あそこには冒険者ギルドもありましたよね」

「いいですね。そうしてもらえると、ギルドのキャサリーさんも喜びますよ」

たしか、キャシーお嬢さんの妹さんでしたよね。

私も面識《めんしき》があります。あれは、町を訪れた最初の日と旅立つ最後の日でしたか。

お隣さん同士の施設で、姉妹揃って受付をされているのですよね。

「そうと決まりましたら、差し当たりこの金貨はお返ししますね」

テーブルに放置されたままの金貨入りの布袋を差し出します。これからお仲間になるのでしたら、私個人として持つ必要もないでしょう。もとより、私には過ぎた額です。

「いいえ、それは受け取れません！　その報酬は、あくまでタクミさん自身の功績で得たものです。そんなものを俺たちが受け取っては、道理が通りませんから」

うう～ん。困りましたね。

カレッツさんの目が本気です。引いてくれる気配はなさそうです。

レーネさんに視線で助けを求めますと、なにやらごそごそしていたレーネさんが手を止めて、からからと笑いを返してきました。

「ん？　無理無理無理。こうなるとリーダーは意固地《いこじ》だからさ。持っといても、かさばる以外は困るもんでもなし、取り分は取り分として、ありがたくいただいといたら？　仮にもタクミん、これから冒険者やるんだったら、お金についてはきっちりしといたほうがいいよ？　冒険者パーティ解散の一番の原因って、やっぱお金に関することだから」

そんなものなのですか。

でしたら、使う使わないは別としても、とりあえずは貰《もら》っておきましょう。

これ以上辞退《じたい》するのは、逆にご迷惑になりそうです。

といいますか、レーネさんは先ほどから、なにをされてるんでしょうね。手荷物から小道具っぽい物を取り出しては身に着けたり、上着を着替えたりと――なにかの準備でしょうか。

「では、いったん解散して、ラレントのギルドに集合――で、決まりということでいいですか?」

「あ、はい。そのように」

「俺たちの滞在期間は今日の夕刻までなので……あと、二時間といったところですね」

「私は三日後なので、遅くてもその日の夜発の定期馬車には乗ることにします」

期限は今日を含めてあと四日しかありませんから、それまでにはネネさんの問題について、なんらかの打開策《だかいさく》を見い出したいところですね。

「つまり、二時間は猶予《ゆうよ》があるということですよ、タクミさん」

「はい?」

私の意識は、すでにネネさんの件に移りかけていたのですが、カレッツさんの話はまだ終わっていませんでした。

「もっと早くにタクミさんと再会できて事情を聞けていたら、もう少しやりようもあったんですが……こればっかりはしょうがないですよね。レーネ、いけるよな?」

「はいさ、リーダー。もう準備はできてるし」

先ほどから、なにをごそごそしているのかと思ってはいたのですが……レーネさんは外出の準備を整えて、ブーツの紐《ひも》を締《し》め直しているところでした。

「……どうしました、レーネさん？」

装備を携《たずさ》え、いかにも荒事《あらごと》専門の冒険者ふうだった出で立ちから、そこいらの街中《まちなか》でも見かけそうな住人と変わらない軽装《けいそう》に変わっていました。

これでしたら、どこを歩いていても不自然なく人の目には留まらないでしょう。あえて、印象に残らないことを意識したような、そんな感じです。

「にしし。あたいたちはこれから仲間になるんだから、協力させろってことだよ、タクミん。情報収集は盗賊職スキルの腕の見せどころ。時間いっぱいまでやってみるからさ。期待して待っててよ」

なんともそれは……とてもありがたいことです。

やはり『青狼のたてがみ』の方たちはいい人ですね。思わず胸が熱くなってしまいます。

「俺はここでフェレリナを看《み》ているから、頼んだぞ、レーネ！」

「ほいほい、わかってるって！　んじゃねー」

一度決めたらこうして話している時間も惜《お》しいのでしょうか、レーネさんは身軽な挙動で店から飛び出していってしまいました。

店内には、ダウンしているフェレリナさんも含めて、私たち三人だけが取り残されます。

……ん？　三人？

「おや？　あの子はどうしました？」

いつの間にか、同じテーブルに着いていたはずの少年の姿がありません。

「あれ、本当だ……いついなくなったんでしょうね。俺は気付かなかったですけど。それであの少年は誰だったんですか？」

カレッツさんから奇妙なことを訊《き》かれました。誰かと問われましても。

「カレッツさんたちの新しいパーティメンバーではなかったのですか？　当然のようにそこに座っていましたから、てっきりそうなのだと……」

「ええっ!?　初対面ですよ？　俺たちはタクミさんのお連れさんだと思って……ってことは、あれ誰だったんだろ？」

お互いに相手の関係者と思っていたということですか。

どうりで、一向に紹介がなかったわけですね。途中でおかしいとは感じたのですが、騒動に紛《まぎ》れてすっかり忘れていました。

しっかり私たちと同じくお茶を注文して完飲《かんいん》していましたので、こちらに便乗した新手《あらて》の食い逃げ――ならぬ、飲み逃げでしょうか。

そんなあくどいことをするような少年には見えませんでしたが……はて。

その日の夕刻、『青狼のたてがみ』の皆さんとはファルティマの都の外壁門で別れました。

お見送りをした際、再会を約束してカレッツさんと握手を交わしたのが、印象深かったですね。

皆さんには、お手間をおかけしました。それでも、こんな私を必要としてくれているのが嬉しかったですね。

◇◇◇

戻り際《ぎわ》、集落のほうに目を向けますと、相変わらずどんよりとした陰気《いんき》が漂っています。

短い時間でしたが、レーネさんが収集してくれた情報は、耳を疑うものでした。

思い返しますと、私の思考までどんよりと濁《にご》ってくる気がします。

懸念していた通り、あの集落は都に住む信徒と、そして巡礼に訪れる信徒のために用意されていたものでした。

信徒が信心深くあることで、いかに神の恩恵《おんけい》を受けてよい暮らしができているかの再認識、もしくは貧しい彼らに信徒が施しを与えることで自尊心を満足させる、そのようなことのためにです。

それでも、そこに救済の意思があれば、まだマシだったでしょう。衣食住も満足にない環境から、それらを得られる環境へと移行できるのでしたら、周囲からどう見られようとも、少なくともそこには彼らにとっての救いがあったはずです。

しかし、現実は真逆で、慈善《じぜん》どころか悪意しか感じられませんでした。

大神官様主導のもとで行なわれているこの施策《しさく》は、当初は貧しい人々の救済の理念があったのかもしれません。

ですが、近年では各方面での技術改革と発展に伴い、国民の生活水準《すいじゅん》も向上——一昔前は溢《あふ》れんばかりだった孤児や生活貧困者も、減少《げんしょう》傾向にあるそうです。

また、冒険者ギルドによる冒険者システムの確立も一役買っているとのことでした。どのような貧しい環境下でも、立身出世《りっしんしゅっせ》の道が残されていることで、明日へ生きる励みとなるのでしょう。

今となっては、この教会の弱者救済の施策自体が、すっかり形骸化《けいがいか》してしまっているようです。

神の威光を信徒に示すため、一定数の〝保護すべき可哀相な弱者〟が欲しい教会側。そのために弱者を集落に連れてきた者には、謝礼金さえ支払われるようになりました。しかも、謝礼額は年々上がる始末。

次に台頭《たいとう》してきたのは、謝礼金を目当てにした裏稼業の者たちだったそうです。

不当な金利で借金のかたに、あまつさえ誘拐《ゆうかい》によって集められ——集落に老人以外に子供ばかりなのは、そういった理由からでした。

さらにはそんな子供たちも、十四歳の成人を迎えると、いずこかへと連れられていくそうです。表向きは教会の仕事に従事《じゅうじ》するとのことですが、真実は確かめようがありません。

これは人身売買と、どう違うのでしょうか。

短時間でこれほどの情報が集まるということは、単にレーネさんの腕が優《すぐ》れているだけではないでしょう。宗教の総本山であるにもかかわらず、こういったことが市中でまことしやかに囁《ささや》かれている時点で、根も葉もない噂《うわさ》とはとても信じられません。

なお信じられないのは、こうした公然の秘密に対して、神に仕えているはずの神官はもとより、信徒の誰も声を上げないということです。

神の教えとは、人の道を外れないための教訓ではないのでしょうか。

これは私が日本での倫理を持つからで、この異世界では逆に異質な考え方なのかもしれません。

おそらくネネさんもこの事実を知り、私と同じ感性で嫌悪感を抱いているのでしょう。ネネさんにとっては、現状教会側にいるという罪悪感もあるのかもしれません。

根はとても深そうですが、レーネさんの調査では、もうひとつ興味深い内容がありました。

大神官様はあまりに信仰心が篤《あつ》いため、陰では盲信《もうしん》者または狂信者とまで呼ばれているそうです。彼の物事の判断基準《きじゅん》は、神の信徒か否か、教典に載っているか否か、そういったことらしいです。

思い起こしますと、あの壁画の前で初めて対面したときも、最初は敬虔《けいけん》な老紳士という印象でした。

あの場は部外者は立ち入れない施設でしたから、私を信徒と思い込んでの応対だったのかもしれません。態度が豹変《ひょうへん》したのは、私が信徒ではないと知った瞬間からではなかったでしょうか。

教会の方針とはトップダウン方式のようで、この集落の創設と同様、現在の大神官様の意向が強く反映されているとのこと。

そうなると、あの大神官様の意識を少しでも変えることができれば、現状の打破《だは》にも繋がっていくのではないでしょうか。

全体をいきなり変えることは無理でも、人ひとりの意識の変革はできるかもしれません。まあ、毛嫌いされている私がなにを進言しても無駄でしょうが、ネネさんは大神官様から聖女様と称《たた》えられており、ずいぶんと好意的な扱いでした。

昨日、ネネさん自身が言っていた〝内側から〟というのも、これを見据《みす》えてのことかもしれません。

ネネさんと打ち合わせをして、そこら辺から攻めていくことで、案外どうにかならないものでしょうか。さすがに楽観的《らっかんてき》すぎますかね。

さておき。

まだ年若いネネさんばかり頼りにするわけにもいきませんね。

年長者たる私の責任としましても、できるだけのことはやっておくとしましょう。

ちょうど――といってはカレッツさんたちに悪いですが、私は今現在、存外の大金を所持しています。

金貨で千枚。集落の方が入信するための献金は金貨十枚。そして、集落で暮らす人数はおよそ百人。

まさに、意図したような一致ですね。これぞ、神様の思し召《おぼ》《め》しではないでしょうか。

信徒になれるのでしたら、あの集落の方々も将来に希望を見い出せるかもしれません。

もともと、私などには過分な金銭です。降って湧《わ》いたようなあぶく銭《ぜに》ですから、ここで他人のためにぱーっと使ってみることも一興でしょう。

これは私の単なる自己満足で、偽善《ぎぜん》かもしれません。

それでも、しない善よりする偽善、それでいいような気がします。

私は金貨の入った袋を担《かつ》ぎまして、集落に足を向けました。

◇◇◇

「これはどういうことなのですか⁉」

狭い詰所《つめしょ》の中で、私は思わず声を荒《あら》らげてしまっていました。

冷静にならなくてはと、心中ではわかっているのですが、あまりの理不尽《りふじん》に憤《いきどお》りを抑えきれません。

私はあの後、集落へと向かいまして、住人の皆さんに金貨を十枚ずつ配りました。

もちろん、献金をして教会から信者と認めてもらうことで、都での仕事に従事し、自分の人生を手にしてもらいたかったからです。

幼い子供は訳がわかっていないようでしたが、お兄さんやお姉さん役の大きな子が、手を引いて連れていきました。

人生を諦《あきら》めていた老人の方もそうですが、未来を悲観《ひかん》していた子供たちも、衰弱《すいじゃく》した表情に、わずかな希望の灯くらいは見えた気がしました。

人数が人数ですから時間もかかりそうでしたので、私は集落で待っておくことにして、所定の詰所に申し込みに行く皆さんの後姿を見送りました。

そして――皆さんは思ったよりもずっと早く、戻ってきました。

結果を聞き、愕然《がくぜん》としました。

献金はしました。申し込みもしました。しかしながら、入信は叶《かな》わなかったというのです。ただのひとりさえも――

あのときの、絶望に暮れた皆さんの表情が忘れられません。仮初《かりそめ》の希望を与えて、すぐさま奪ってしまったわけです。私はなんと、残酷《ざんこく》なことをしてしまったのでしょう。

私はすぐさま詰所に駆け込みました。

気付けば、思わず拳を叩《たた》きつけた受付のデスクが木端微塵《こっぱみじん》になっており、神官服を着た担当者が腰を抜かしそうになっていましたが、そんなことは関係ありません。

「ちょっと、あんた！　ここは周囲の信者様方の目もあるんだ。こっちに来てくれ。な？　いいから」

「……わかりました」

この詰所の責任者でしょうか。控室《ひかえしつ》から慌《あわ》てて飛び出してきた別の神官さんに宥《なだ》められ、私は別室に案内されました。

その頃には、私も幾分《いくぶん》落ち着きまして、話を聞くくらいはできそうでした。

なぜ、あのようなことになったのか。まずは経緯と理由を把握《はあく》しておく必要があります。

私にソファーを勧めてから、その神官さんは対面のソファーに座りました。

「困るんですよね。連中相手にああいうことをされますと」

相手の第一声はそれでした。一瞬、聞き違いかと思いましたが、間違いではないようです。

「あんた、聖女様のお知り合いですよね？　一緒にいるところを何度か見たことがある。だからって、あんな酔狂《すいきょう》なことはやめてほしいんですよ。わかります？」

私が黙っていますと、相手はそれを返答と受け取ったようで、続けて喋《しゃべ》り出しました。

「これまでも、連中を引き取りたいとか身受けしたいとかいい出す信者もいましたが、まさか全員なんてねえ。そりゃ無理ってもんですよ、あんた。このご時世、ああした従順《じゅうじゅん》な連中を集めるのにも一苦労なんですから。ここ数年は、ずっと冒険者なんてのが幅を利かせてますからね。こーんな子供でも一攫千金《いっかくせんきん》を夢見て、従うどころか生意気な奴ばっかりでしてね。連中の世話もこっちの仕事でして、面倒ったらありゃしない。ああなるまで躾《しつ》けるのも、意外に大変なんですよ？」

「…………」

「おっと、話が逸《そ》れてしまいましたね。いえね。たしかに聖女様の知り合いとして、連中すべてを解放するってのは美談《びだん》でしょう。周囲にだって褒め称《たた》えられること間違いなし。余分な金さえあったら、やってみたいのだってわかります。神様だって、そりゃあ慈悲《じひ》深いと諸手《もろて》を上げて喜ばれるってもんですよ。ですがね、これはあの大神官様の言い付けなんですよ？　それを忘れちゃあまずいでしょう？」

「……なにがどうまずいというのでしょうか？」

「へっ？　そりゃあ……教典の教えを実践《じっせん》できなくなりますよ。隣人《りんじん》を憐《あわ》れむにも施しを与えるにも、貧しい隣人がいないことには無理じゃないですか。可哀相な弱者がいないと、慈《いつく》しみの心を持つのも難しいでしょう？　大神官様だって、いつも口を酸《す》っぱくして仰《おっしゃ》られているじゃないですか」

「それ、本気で言っているのですか？　でしたら、その立場を強《し》いられる弱者はどうなるというのです？」

声が震えそうになるのを、必死に抑えます。

「嫌ですねえ。連中は信者ではないじゃないですか。我ら教会が守るべき者は、あくまで同じ神を崇《あが》める信者だけ。信者でもない他の連中を、気にかける必要がありますか？　なんのため？」

「そうですか……薄々わかってはいましたが、本当にそういう考えなのですね。なるほど、知ると見るとでは大違いです」

「え？　あんた……念のために訊《き》きますが、聖女様と一緒だったってことは、こちら側の人間ですよね？　あれだけの無駄金を使えるんだ、どこかの貴族様《スポンサー》のお忍びかなにかなのでしょう？　……まさか、一般信徒ってことはありませんよね？」

「違いますよ」

一般どころか、信徒などでもありませんから。

「なあんだ、よかった！　驚かさないでくださいよ。こんなこと、一般信者相手に漏らしたとあっちゃあ、厳罰《げんばつ》もんですから！　ま、一般信者が、あんな大金をぽんっと出せるわけありませんからね。連中からの献金は、きちんとそちらにお返ししますので。原則、献金された金銭はお返しできないのですが、今回は特別ですよ？　なに、あんたが行なおうとした善行は、神様だって認めておられますよ」

「よくわかりました。ただし、あのお金は彼らに返していただけますか？」

「あ～……すみません。それは少々問題がありまして」

また、大神官様の意向、というやつですか。

「でしたら、返却は結構です。あれは彼らに差し上げたものですから」

視線を逸《そ》らしつつ、ソファーから立ち上がります。

もはやこれ以上、彼を視界に収めたくありません。といいますか、今、目の当たりにしますと、どういう行動に出てしまうか、自分でも自信がありません。

「気前いいですねえ。こちらに少し回してほしいくらいですよ。まあ、一度他人に施したものを返してもらうというのも、気分が悪いのもわかりますがね。今回は、そのまま献金として処理しておきましょう。あんたに神のご加護があらんことを」

「……そのような加護など、こちらから願い下げですよ」

相手に聞こえたかはわかりませんが、そういい残して別室の外に出ました。

後ろ手にドアを閉めた瞬間、腰砕《こしくだ》けしそうになります。気持ち悪くて吐《は》きそうです。

あの神官の彼は、口は悪そうでしたが、気さくそうな方でした。

酒の席で出会ったら、意外に盛り上がったかもしれません。

私が嘔吐《おうと》しそうなほど嫌悪感を抱いたのは、彼には最後まで集落の方々に対しての悪意がなかったことです。

後ろ暗さもなく、心からそう思っているのでしょう。それが、さも当然のことであるかのように。

人を導く神官という立場にありながら、あんなおぞましいことを平然と口にできるなど、まるで洗脳《せんのう》ではないですか。

◇◇◇

大神官の朝は、神に礼拝することから始まる。

まだ日も昇らぬ夜明け前、簡易の儀礼服に着替えた大神官は、自室に特別にしつらえた神像を前に、一心不乱に祈りを捧げていた。

彼が神の使徒《しと》となって、もう半世紀以上になるが、神への祈りはただの一日たりとも欠かしたことがない。

神の存在を身近に感じ、敬服《けいふく》し敬愛《けいあい》し、時にはその慈愛《じあい》に触れて涙する。神との無言の語らいは、何人《なんぴと》にも侵《おか》されざる神聖な儀式であった。

神は名を持たない。それは比するもののない、唯一無二の崇高《すうこう》な存在であるから。

教団は名を冠さない。それは唯一神を崇《あが》める教団もまた唯一であり、名など必要ないから。

であれば、大神官にも固有名を必要としない。教団に大神官はただひとり。神に仕える大神官は、すなわち自分のみを指すのだから。

彼は、大神官の拝命《はいめい》と同時に、己が名も捨て去った。すべてを神に捧げるために。

今日もまた、三時間にも及ぶ祈りを終え、大神官は床にひれ伏《ふ》していた身を起こす。

齢《よわい》七十も目前となり、長時間の祈りは身体の端々《はしばし》を蝕《むしば》んでいたが、痛みすら彼にとっては神への愛の証明のようで誇らしかった。

午前七時。

付き人が朝食を運んでくる。メニューはこの数十年、変わり映えしない固いパンと水のみだ。

教典により、飽食《ほうしょく》は罪とされている。

神に感謝の祈りを捧げてから食事を済ませ、今日の糧《かて》を得たことをまた神に感謝する。

付き人に手伝わせて神官服に着替え、大神官のみ着用を許された衣を羽織《はお》り、大神官の官位を示す長帽子《ながぼうし》を被り、最後に大神官専用の錫杖《しゃくじょう》を持つ。

こうして今日もまた、巨大教団――通称〝教会〟の最高位者、大神官としての彼の日常が始まるのだ。

「本日は、大聖堂にて説教を行なう日となっております」

「信徒の数はいかほどですかな？」

「三百名ほどが集まる予定となっております」

「それは素晴らしいことです。敬虔なる者が大勢集い、神もお喜びになられるでしょう」

大神官は心からの喜びの声を発し、胸の前で祈りの印《いん》を切る。

「午後からは南区画に新設された、礼拝所の視察となっております」

「おお……あの神の後光のごとく純白で輝かしい――ついに完成ですか。まさに信心深き信徒の拠《よ》り所として、相応《ふさわ》しき建物でしょう。喜ばしいことです。事前に彩《いろど》りの花も用意しておきなさい。信徒の心の安らぎともなるでしょう」

「はい。どのような花にいたしますか？」

「白に映える赤いものにしましょうか。ただし、量が過剰《かじょう》にならぬよう。教典にあるように、過剰は神も好まれません。わかっていますね？」

「はい。ではそのように。次に、先日の福音の鐘が鳴った件についての調査結果ですが……」

「おおっ、どうでしたか⁉　なにか判明しましたか⁉」

途端に大神官の瞳がぎらつく。実際、鐘が鳴ったことについて、多くの教会関係者は取るに足らないものとしていたが、大神官だけは違っており、当面の最重要課題として、調査を進めさせていた。

「……残念ながら、神の降臨らしき事象は見受けられませんでした。突風などの自然現象によるものではないかと――うっ⁉」

言い終わる前に、大神官の錫杖《しゃくじょう》が、付き人の側頭部を打ち据えていた。金属製の錫杖《しゃくじょう》だけに、老人の腕力でも脳震盪《のうしんとう》を起こしかけ、付き人の体躯《たいく》がぐらりと揺《ゆ》れて倒れそうになる。

「なにを不敬なことを！　あの鐘は、神の来訪を告げると教典に記されているのです。であれば、神がご降臨――もしくはそれに類するだけの奇跡が起こっていないわけがないでしょう⁉　見つからないのであれば、それは信心が足りていないということです。恥を知りなさい！」

睨《ね》めつける大神官の血走った目に、付き人は身震いしつつも、必死に感情を押し殺している。杖の装飾で引っかけたのか、こめかみには血が滲《にじ》んでいたが、それを気にすることができるほどの余裕はなかった。

「も、申し訳ありませんでした。猛省《もうせい》しまして、引き続き調査を進めます……」

「わかればよいのです。ええ。そのようにお願いしますよ」

一転して大神官は穏やかな笑みを浮かべていた。

付き人は血を拭《ぬぐ》う間さえなく、報告を続ける。

「アルケーノ商会から多額の献金が届けられております。大神官様には、くれぐれもよろしくとの、お言葉を預かっております」

「信心篤《あつ》きことは善《よ》きことです。祈りましょう。彼らに神の恩恵のあらんことを……」

「次に、例のラブル村ですが、教会に保護を求めてきておりますが……いかがなさいますか？」

「……ああ、土着信仰などと、不遜《ふそん》な辺境の村ですか。悪辣《あくらつ》な盗賊団に狙われて、ようやく間違った信仰に気付いたというわけですね」

「はい。改宗を条件に、盗賊団からの保護を、と申し出ております」

「追い返しておきなさい。あの周辺には、まだ他にも土着信仰の村がありましたね。いざというとき、なんの役にも立たない有象無象《うぞうむぞう》を崇《あが》めることが、どのように愚かなことか、周囲への見せしめにもなるでしょう。そろそろ潮時《しおどき》ですね。盗賊どもには、好きにやるようにと新たな指示を与えておきなさい」

「承知しました、そのように。次ですが……ケラルド卿《きょう》から、人員手配の要望がきています」

「またですか。して、今度はいかほどと？」

「労働力としての男を二十人ほど。華奢な少年を五人。見目の良い若い女を十人とのことです」

「ふむ、少々多いですね。とはいえ、あの御仁は熱心な信者ですから、無下《むげ》にするわけにはいかぬでしょう。現状でのストックはどのくらいですか？」

「先日、他国からの難民《なんみん》受け入れで補充《ほじゅう》したこともありまして、男で八十、女で五十ほどとなります。ただし、条件に該当《がいとう》する者となりますと、男のほうは問題ないでしょうが、女は二割にも満たないかと」

「心許《こころもと》ないですね……おお、そうです。先ほどのラテル村ですが、方針を生《い》け捕《ど》りに変更しましょうか。二十人に満たない小さな村落《そんらく》だったはずですが、多少の足しにはなるでしょう」

「見せしめのほうは、よろしかったでしょうか？」

「それもありましたね。それでは、老人のみ排除することにしましょう。何人がいなくなったか悟られぬよう、残骸《ざんがい》を散らしておくといいでしょうね」

「では、そのように指示しておきます」

「忌《い》まわしき異教徒も、これで少しは役に立つでしょう。こうして敬虔な信徒のためになるとあれば、我が神もお喜びになられるはずです」

すべては神のために。

神の言葉は教典に記されている。その教えを守ること、すなわち神の御声を賜《たま》うことと同義である。

大神官はそんな自らの考えに疑問すら抱かない。

神を崇《あが》め、神に従い、神を愛し、神に尽くすことこそが、彼の至上《しじょう》の命題《めいだい》であり至福だった。

信徒にとって最も幸福で、異教徒にとって最も不幸だったのは、教典は同じ神を崇《あが》める信徒のもの――つまり異教徒は教えの対象に含まれない、そう解釈《かいしゃく》していることだった。

教典という神の言葉で示されている〝人〟とは信徒を指す。ならば教典において、人扱いされない異教徒はどう扱ってもいい、むしろ信徒のためになるならば、神に祝福されるはず。

極論《きょくろん》でしかないが、それが大神官の絶対の信仰にして揺《ゆ》るぎない正義だった。

「最後に、聖女様についてご報告いたします」

聖女という言葉を聞いて、大神官の表情が恍惚《こうこつ》となる。

「朝七時ちょうどにご起床。身支度《みじたく》に三十一分、朝食に二十二分を費やしたのちに自室を後にされ、その十四分後にご知人の方と合流」

「知人？　ああ、またあのタクミとかいう者ですか……聖女様も酔狂《すいきょう》が過ぎますね。戯《たわむ》れにせよ、あのような下郎《げろう》となど。ご自身の崇高な身分を顧《かえり》みていただきたいものですな。

「それで?」

「いつものように外の集落に出かけられ、徒歩二十五分で到着。五十八分を集落で過ごされて、十時にはおひとりで聖堂にお戻りになられています。その後、癒《いや》しの儀を執《と》り行われ、約一時間後の十一時十五分に終了。同時刻の三十八分に食堂に向かわれ、十二時三分に信徒たちと昼食をともにされています」

「おお、なんと素晴らしい！　居合わせた信徒はなんと幸運なことか、さぞ感激《かんげき》したことでしょう！　聖女様の信徒に対する慈愛《じあい》もさることながら、お人柄には頭が下がる思いです！」

その後も、聖女の日常生活に関する詳細《しょうさい》な報告は続く。

それは入浴時間やトイレの回数に至るまで。聖女の就寝の時間をもって、ようやく報告は終わる。

「どうやら、昨日も聖女様はつつがなく過ごされたようですね。善《よ》きことです」

これはなにも昨日に限ってのことではなく、聖女がファルティマの都に来た当日から、大神官の命《めい》のもとに連日行われていることだった。

当然、聖女自身は知らない。よもやストーカー紛《まが》いに監視されているなど、夢にも思っていないだろう。

大神官に一切の悪意はない。あるのは、聖女の身を案じる純粋《じゅんすい》な善意のみ。だからこそ、けられていた。


仔細《しさい》を把握《はあく》しておくことは、当然のことだと考えている。

愚直《ぐちょく》なまでに神を信奉《しんぽう》する大神官にとって、聖女の存在は神に準ずるものとして位置づけられていた。

異界から降臨したと伝えられる神。そして、異界から召喚されたという女性は、『聖女』の職を持っていた。これが偶然の一致であるはずがない。

大神官は当初から、神が聖女を遣わされたという結論に至っている。

その崇高なる存在に仕えることは、至上の喜びだった。

聖女を通じて、自分は神の御心に触れているのだと。

しかし、最近になり、大神官はひとつだけ疑問に思うところがあった。

根本的な疑問――神が聖女を遣わされた真意についてである。

歴史上、幾人もの大神官は存在したが、なぜ聖女が遣わされたのが、自分が大神官の地位にある今なのか。

そして、なぜ遣わされたのが聖女――つまり女性だったのか。男性の聖人でもよかったのではないか。そこにはなんらかの重大な、隠された神の真意があるのではないか、と。

「試されて――いるのでしょうか。おお、神よ。御身はなにをお望みになられているのか。いまだ御身の御心に及ばぬ哀れなこの身に道をお示しください……」

大神官は神像の前に跪《ひざまず》き、額を床に擦《こす》りつけんばかりに祈りを捧げる。

黄金に輝く純金製の神像は、大神官の私的な物で、金貨にしておよそ一万枚もの大金を費やしている。

奪うな、分け与えよ――教典に記された神言に従い、献金は信徒へと還元《かんげん》すべきとして、大神官が教会の資金を私的に流用することはない。黄金の神像の製作費は、すべて異教徒からの略奪《りゃくだつ》によって賄《まかな》われていた。

穢《けが》れた者が持つ穢《けが》れた金は、こうして正しき者の正しき用途《ようと》により浄化《じょうか》される――かつて大神官は、教典を通じてそのように神託《しんたく》を受けた。少なくとも本人はそう信じている。

いかなるときも、迷いしときに神は道を示してくださる。此度《こたび》もまた。

「――おおっ！　わたくしは今！　大いなる天啓《てんけい》を得た！」

大神官はにわかに立ち上がり、天を仰《あお》いで涙する。

「そうか、そうだったのですね！　おお、神よ！　それが御身の望みとあれば、わたくしは伏して従うのみ！　今宵《こよい》、御心に添いましょうぞ！」

歓喜《かんき》に打ち震え、誇らしく声高らかに歓呼《かんこ》する姿は、まるで親から褒められて喜ぶ、無《む》垢《く》な幼子のようにも見えた。

◇◇◇

横並びに開けられた狭い通気口の隙間《すきま》から、外の様子を窺《うかが》います。

ネネさんはそわそわと落ち着かないように、部屋の中央付近をぐるぐるとうろついていますね。

私の視線に気付いたネネさんが、小さく手を振っています。

こちらも手を振り返しますが、見えませんよね。

ここはネネさんの自室の——クローゼットの中です。

ただ今、私はここで絶賛待機中。まるで間男《まおとこ》のような風体ですが、これにはきちんとしたわけがあるのです。それはなにかといいますと……

時刻は本日の午前中まで遡《さかのぼ》ります。今日もまた集落に出かけるネネさんと落ち合ったのですが、その際に私は前日の集落での一件を、ネネさんに事細《ことこま》かに話しました。

内心、憤慨冷めやらぬこともありまして、私はやや感情的になってしまったのですが、ネネさんは逆に嘆《なげ》き悲しみ、集落の方々に申し訳ないと謝罪していました。

そういった事情まで、ネネさんは知っていたようですね。

教会の他の聖職者と同じく、大神官様の横暴《おうぼう》を見て見ぬ振りをしていた自分を、悔《く》いているようでした。

実のところ、行きすぎた大神官様の方策は、教会内でも問題視されているそうです。

しかしながら、その強大すぎる権力ゆえ、口に出せる者がいなかったとか。

実際に意見した方がいなかったわけではないらしいですが、背信者のレッテルを貼られて破門《はもん》――あるいは人知れず行方《ゆくえ》不明になることさえあったとか。

私も私情を抑え、ネネさんと話し合うことにしました。

その中で、ネネさんは言っていました。

「タクミさん、あたしね、この異世界に来てから、思うようになったんだ。これまでのあたしの人生、とっても狭い世界で、ずいぶん気楽に過ごしてきたんだなって。なんとなく勉強して進学して、趣味に没頭《ぼっとう》して気ままに遊んで……それで大学で就職《しゅうしょく》活動をするようになって社会の厳しさを目の当たりにして。最初はあたしなりにやりたいことなんてのもあったけれど、何社も面接しながら就活《しゅうかつ》を続けるうちに、とにかく内定をもらうことだけが目標みたいになっちゃって。会社のレベルも、職種まで妥協《だきょう》して妥協《だきょう》して……安易なほう、安易なほうって流されて――ちょっと辛《つら》いことにも耐えられなくって、逃げ癖《ぐせ》がついてたんだろうなあ、きっと。そんなときに、こっちの世界に召喚されて、あたしは『聖女』だった。人から求められて、それに応《こた》えるだけの力を持っていた。あたしは思ったんだ。皆、笑顔を向けてくれる。ありがとうって感謝してくれて、信じてくれている。だったら、今度こそ逃げずに頑張《がんば》らなくちゃって。真剣に向き合っていこうって――なのに、またいつの間にか、目を背けて逃げようとしていたみたい。この集落のことも、原因はわかってたのに、ただ罪悪感から逃れようと通うだけで……自己満足もいいところよね……」

ネネさんは体育座りしたまま、膝に顔を埋《うず》めていました。

無力と悲嘆に暮れて、泣いているのかと思いましたが……そうではありませんでした。上げた顔には、涙の後も迷いの後もなく、むしろ決意に満ちています。

「うん！　あたし、決めた！　大神官様に直訴《じきそ》してみる！　だって、誰がどう見たって、今の教会がこのままでいいわけないもの！　『聖女』の立場を利用したものではあるかもしれないけど、それだってあたしにしかできないってことだもんね！」

そう言い切ったネネさんは、もはやお嬢さんなどと侮《あなど》れない、立派な志を有したひとりの大人の女性でした。

「……でも、タクミさん。あたしひとりじゃ心細いから、付き合ってくれると嬉しいなーなんて」

と、お茶目に付け加えるあたりは、ネネさんらしかったですが。

もちろん、協力はやぶさかではありません。

それどころか私だって、あの大神官様に一言物申しておかないと収まりがつきません。教会に身を置いている立場上、最高位に就《つ》く大神官様に進言するのは、ネネさんにとっていかに勇気と覚悟のいることか推察《すいさつ》できます。そのネネさんが一念発起《いちねんほっき》するというのに、人生の先達《せんだつ》たる私がやらないわけにはいきませんね。笑われてしまいます。

そういったことがありまして。

それで、この現状の経緯はといいますと――今宵《こよい》、重要な用件があって、大神官様がネネさんの自室を訪れるとの通達があったそうなのです。ネネさん曰《いわ》く、公の場以外で大神官様とふたりきりで会うのは、このファルティマの都に来て初めてのことらしいですね。

これ幸い、善は急げということで、この機会に便乗しようと思いまして、ひっそりこのクローゼットに立てこもる現状となるわけです。

部屋に来たときに、いきなり私の姿があっては、回れ右で帰ってしまうこともありそうですから。

その重要な用件とやらが済んだのちに、折を見て突入し、なし崩し的に話を持っていくつもりです。

正確に何時とは伝えられなかったそうですので、あまり遅くに女性の部屋を訪れることはないかと、夕刻ぐらいから待つことすでに二時間ばかりです。

狭く暗い場所に何時間もこもっていては、精神的に辛《つら》いものがありますね。

唯一の外界との接点である通気口から、中腰でずっと部屋を覗《のぞ》いているさまを想像するだけで、なんだか犯罪者の気分です。

それからさらに二時間。

緊張からか、始終動き回っていたネネさんでしたが、さすがに疲れた様子でソファーにぐったりとしています。

……寝ていませんかね、あれ。これから大神官様と一戦交えようというのに、大物ですね、ネネさん。

さらにさらに二時間。

もはや、深夜といってもいい時間帯です。

こんな時間に女性の部屋を訪問するような非常識はありませんよね。

なにか行き違いでもあったのでしょうか。

ネネさんはソファーの肘《ひじ》掛けに深くもたれかかり、すっかりご就寝中です。

私もいつもの寝る時間はとっくに超過《ちょうか》していて眠いですね。

かといって、このまま女性の部屋――もとい、クローゼットの中で眠りこけるのもまずいでしょう。

今夜の訪問はなさそうです。ここいらで切り上げるべきですね。

そう思ってクローゼットの扉に手をかけた瞬間、部屋のドアが外からノックされました。

慌《あわ》てて手を引っ込めて、中腰の定位置に戻ります。

ネネさんも跳《は》ね起きたようでして、一瞬、寝ぼけたのか左右を見回してから、思い出したようにソファーから急いで立ち上がっていました。

「はい、お待ちください。ただ今」

ドアの傍の鏡で身だしなみを確認してから、ネネさんはドアを開けました。

もうすっかり暗くなっている廊下から現われたのは、この深夜でも神官服に青衣に帽子《ぼうし》に錫杖《しゃくじょう》と、いつものように正装《せいそう》した大神官様でした。

温和な表情……？　といいますか、歓喜したような表情を浮かべています。

ちょっと異質な印象を受けますが、私も実際に会ったのは壁画のところでの一回きりですので、断言はできません。

「これはこれは聖女様。ご機嫌麗《うるわ》しく。このような夜分に、誠に申し訳ありません」

恭《うやうや》しく頭を下げて、大神官様が入室してきました。

ネネさんに対しては、この人は本当に腰が低いですね。

予想外に、お供のひとりもいないようです。余人を交えられない、それほどの用件ということでしょうか。今更ながら、私がこの場で盗《ぬす》み聞きしていい内容かとは思ったりもしますが。

「神託が下《くだ》ったのです！」

これまた予想外の第一声でした。

まだろくに席にも着いていないというのに、忙《せわ》しないことです。

ネネさんも大神官様を迎えようと、お茶の用意をするためにティーポットを傾けた姿勢で唖然《あぜん》として固まっています。

夜間ということなどお構いなしの大声量で、大神官様は両手を掲《かか》げて、天を仰《あお》いでいます。

「聖女様、このわたくしとともに、御子を成しましょうぞ！」

「「は？」」

ネネさんとクローゼットの中の私――気持ちと声がハモった瞬間でした。


「大神官様……それはどのような意味でしょう……？」

「神託が下《くだ》ったのです。わたくしとの間に、子供を作りましょう！」

大神官様は一片の迷いもない満面の笑みです。

大神官様のネネさんへの重要な話とは、プロポーズだったのでしょうか。でしたら、人目を忍んで遅い時間帯に自室への訪問も納得できます。

歳の差が半世紀近いこともあり驚きですが、歴史に鑑《かんが》みてもないとはいい切れません。

ただ、私にはアンジーくんとのことがありましたから複雑でしたが。

ネネさんも予想外だったようで、傾けたティーポットからお茶が零《こぼ》れてしまっています。

それはそうでしょうね。事前にしていた心構えとは、まったく方向性の違う事態ですから、戸惑っても仕方のないことです。私だって大神官様への憤《いきどお》りも忘れて、おったまげ状態で固まってしまっていました。

まさか、大神官様がネネさんに抱いていたのが、敬慕《けいぼ》ではなく恋慕《れんぼ》とは。ネネさんが応じるとは、とても思えませんが。

「……聖職者の婚姻《こんいん》は、教会の準則《じゅんそく》で規制されているのでは？」

「その通りです。神は独身であることを好ましいとされています。そのお言葉に従い、これまでわたくしも独り身を貫いております。それは今後も変えるつもりはありません。聖女様には、ただわたくしと子作りをしていただけるとよいのです」

……はて、どういうことでしょう？　つまり、結婚はしないが子供は作ろう……そういうことですか？　ネネさんも困惑しています。

「結婚もしていない男女の関係は、教典で姦淫《かんいん》行為として禁じられているはずですが？」

「おお、なんと畏《おそ》れ多いことを！　それは違います！　わたくしが神の教えに背くはずがないでしょう⁉　教典にある姦淫《かんいん》の罪は、あくまで一般の信徒に対してのものです。神の第一の信徒であるこの大神官と、神の使徒である聖女様にまで当て嵌《は》まるとは、どこにも記されておりません。つまり、わたくしたちとの間では、無効ということなのです。おわかりいただけましたか？」

おわかりいただけるわけがありません。まったくもって共感度皆無《かいむ》です。

なんですか、その身勝手なとんでも論理《ろんり》は。倫理の欠片《かけら》もないではないですか。

ですが、大神官様のほうは、それがさも当然と、よくわからない自信に満ち溢《あふ》れています。

それがまるで崇高な使命とばかりに、恍惚《こうこつ》としているふうさえあります。

断られるなど微塵《みじん》も考えていない――そんな雰囲気《ふんいき》なのですが。

「……大神官様には申し訳ないのですが、わたくしにそのつもりはありません。謹《つつし》んで辞退させていただきます」

ネネさんが畏《かしこ》まり、深々と頭を下げます。

ごめんなさいされちゃいましたか。やっぱりそうなりますよね。

まあ、仕方がないでしょう。いくら教会のお偉い人といいましても、そんな世迷い言《よまいごと》のような一方的な要求に、応《こた》える女性はいないですよね。すっぱりと袖にされるのも当たり前でしょう。

ともかくこれで、用件とやらも終わりでしょうか。

傷心なところに追い打ちをかけるようで心苦しいのですが、せっかくのチャンスです。大神官様には、まだこちらの追及《ついきゅう》を受けてもらわないといけません。

気の毒ですが……いえ、むしろ傷心な今こそ、虐《しいた》げられる弱者の気持ちが理解できるのかもしれませんね。

「……ふくくく……ほーっほっほほ！」

しかし、そんな私の胸中を余所《よそ》に、顔を上げた大神官様は笑っていました。

なんでしょう。とてつもなく雲行きが怪しい気がします。

「聖女様は、なにを不可解なことを仰《おっしゃ》られるやら――このことは、すでに神がお決めになられたこと！　決定事項なのですよ⁉」

大神官様の笑顔がぐにゃりと歪《ゆが》み、狂喜《きょうき》に満ちたものに変貌《へんぼう》します。

焦点の定まらない目は血走り、呼吸は荒《あら》く、口の端からは涎《よだれ》を垂らしています。

「第一信徒であるわたくしと、聖女様との御子ともなれば、さぞ敬虔な子を授《さず》かりましょう！　その子供こそ、神の恩寵《おんちょう》を一身に受けた、神の現身《うつしみ》たる聖なる御子となりうるのです！　聖女様とわたくしが出会った――引き合わされたのは、運命にして奇跡！　神がご用意された必然！　貴女様はこのためにご降臨されたのですよ⁉　本心ではご理解なされているはずです！」

「な、なにを馬鹿なこと――」

異様な空気に、じりっとネネさんが後退り、大神官様から距離を取りました。

それを埋《う》めるように、大神官様もまたゆっくりと歩を進めます。

「今まさに聞こえるではありませんか！　神の声が！　ほら、このように！　我らの神がそれをお望みなのですよ⁉　さあ、今こそ御身を捧げるのです！　そして、神の子を身籠《みごも》るのです！」

当然、そんなもの聞こえはしません。私には、その言動すべてに理解が及びません。

大神官様が纏《まと》うのは、すでに狂気です。狂信といい換えるべきでしょうか。

理解不能のものに対する恐怖でしょう。壁際《かべぎわ》まで追い込まれたネネさんの身体が震えています。

いけません！　これは段取り云々《うんぬん》などといっている場合ではありませんよ⁉

「さあ、孕《はら》むのです――――！」

「いやぁぁ！　助けて、タクミさん！」

「――お待ちなさい！」

クローゼットの扉を蹴破《けやぶ》り、即座に大神官様とネネさんの間に割り込みます。

「うっ⁉」

真正面から大神官様を見てしまい、思わず呻《うめ》き声を洩《も》らしてしまいました。

光を模した純白の神官服、聖なる青い法衣、神の権威を表わす長帽子《ながぼうし》、輝く銀の錫杖《しゃくじょう》――それら神聖なはずの衣装を纏《まと》う者の容貌《ようぼう》の、なんと醜悪《しゅうあく》なことか。

まるで人間の負の感情すべてを詰め合わせたような、目を背けたくなる光景です。

これが、神を崇《あが》める神聖な宗教集団の代表？　それこそ冗談《じょうだん》でしょう。

手近にあったソファーを蹴り飛ばし、大神官様が怯《ひる》んだ隙《すき》に、ネネさんを連れて部屋の反対側へ回り込みます。

ネネさんだけでも部屋の外に退去させたかったのですが、生憎《あいにく》と部屋の出入り口は大神官様を挟んだ向こう側です。

「なぁんだ、貴様は～！　どこから、湧《わ》いて出たのですか～⁉」

大神官様の首がぐるんと回り、こちらに向きます。

憤怒《ふんぬ》で赤黒く染《そ》まった顔で、皺《しわ》に埋《う》もれた双眸《そうぼう》が爛々《らんらん》と怪しく瞬《またた》いています。

人というよりも獣相に近いような、なんとも寝る前には思い出したくないホラーチックな表情です。

「……ささ、聖女様。そのような者から離れて、こちらに」

ネネさんに向かい、大神官様がにたりと口を歪《ゆが》めます。

本人は微笑《ほほえ》んでいるつもりかもしれませんが、見た目はもはや和製ホラーでしかありません。

おぞましい呪いでも振り撒《ま》いているのではないでしょうかね。

背後のネネさんが、私の陰に身を隠して腕にぎゅっと掴まります。

これは駄目《だめ》です。モザイクなしでよそ様にお見せしていいものではありません。テレビだったら即座にチャンネルを変えているレベルでしょう。

ネネさんが無言の反意を示したことで、大神官様の人相がいっそう凶悪になりました。

「おのれおのれおのれおのれ――――！　聖女様を誑《たぶら》かしおったなぁ⁉　そうか、貴様！　さては汚らわしき悪魔だな⁉　悪魔はいつでも敬虔な者を穢《けが》そうと、甘言《かんげん》を囁《ささや》いてきおる！　悪《あ》しき悪魔めが！　このわたくしのっ！　わたくしだけの聖女様を！　この悪魔が！　悪

んでいます。

癇癪《かんしゃく》でも起こしたように、床に錫杖《しゃくじょう》を何度も叩《たた》きつけながら、大神官様は地団太《じだんだ》を踏んでいます。

口から涎《よだれ》の泡《あわ》を吹いている凶相《きょうそう》だけに、どちらが悪魔かと問い返したくなるほどです。

直視に堪《た》えない様相ですが、こちらにもいいたいことはごまんとあります。引き下がってなどいられませんよ。

「いい加減にしなさいっ！」

私は一歩前に踏み出します。

「先ほどから、天啓だの神託だのと、あなたはそれでも本当に神を信奉する聖職者ですか⁉　自分の行動の正当化に、神様の名を利用するのはおやめなさい！」

神、という単語を口にした瞬間、大神官様の相貌《そうぼう》がさらに歪《ゆが》みます。

「貴様ごとき痴れ者の糞虫《くそむし》が、神を口にするでない！　この悪魔が‼」

さらにもう一歩踏み出します。

「あなたこそ、何様のつもりですか⁉　その神の名のもとに、他者を虐《しいた》げ、見下《みくだ》し、利用する——そんなこと、どこの神様が望んでいるというのです⁉　少しは常識でものを考えなさい！　あげく、自分の意に反する相手を悪魔呼ばわり——駄々《だだ》をこねる子供が、思い通りにならずに癇癪《かんしゃく》を起こしているのと、どこが違うというのですか⁉　聖職者の前に、まずは大人として、人としての恥を知りなさいっ！」

「悪魔が世迷い言《よまいごと》をほざくでない！　わたくしの行動は、すべて偉大なる神のご意思に則《のっと》っておる！　教典の教えを遵守《じゅんしゅ》しているわたくしは、いわば神の地上代行人！　神のご意思は、わたくしとともにあるのです！」

「それこそ戯言《ざれごと》です！　その神様の教えを都合よく曲解《きょっかい》している者が口にしていい台詞《せりふ》ではありませんよ⁉　神様だって迷惑です！　第一、教典に載っていなければすべて許されるなどと、誰が決めたというのですか⁉」

「愚かな！　それこそ神に決まっているでしょう⁉　神の道は人の法に勝るのです！」

「人の道を踏み外した神の教えなどあるはずがないでしょう⁉　神の教えとは、人の道を外れないためにあるはずです！　その逆はあり得ません。あってはならないはずです！　そんな簡単なこと、宗教家でもない私にだってわかります！　それすら理解しない者は、たとえ大神官の地位にあっても、他人に神様の道を説《と》く資格などありはしません！　神様を崇拝していると口にしながらも、足蹴《あしげ》にしているのは、結局あなた自身ではないですか⁉」

「……タクミさん……」

「きききき、貴様！　貴様ごときが！　いうに事欠《ことか》いて、わたくしの前で我が神を語るとは！　この糞が！　悪魔が！　糞糞糞糞糞糞糞糞糞糞――！」

大神官様は周辺の物に当たり散らし、しっちゃかめっちゃかに錫杖《しゃくじょう》を叩《たた》きつけています。ネネさんの部屋が、なんとも哀れすぎる状況です。

こめかみに浮き出た血管からの流血で顔面は血まみれ。歯ぎしりがこちらまで聞こえそうなほどに食いしばった口元からも、血の泡が出ています。

神官服も青衣も自らの血で濡れそぼり、長帽子《ながぼうし》は脱げてしまったところを踏みつけ、錫《しゃく》杖《じょう》はすでに原型を損なうほどに曲がってしまっています。

充血で真っ赤に血走り、吊《つ》り上がった双眸《そうぼう》の尋常《じんじょう》ならざる眼光が、それこそまるで悪魔の形相《ぎょうそう》です。

これ、本当に人間なのでしょうか？　人に化けた魔物じゃないですよね？　自信がなくなってきました。

「わたくしが間違っておりました」

「え？」

唐突に、大神官様が無表情になったかし思いきや、ぴたっと暴威の嵐がやみました。

手に持った錫杖《しゃくじょう》の残骸を放り出し、床に両膝を突いて手を組み、祈りを捧げるポーズを取っています。

私たちに向けた言葉ではなく、彼の神に向けた言葉のようです。

奇妙なほどに清々《すがすが》しく、慈愛《じあい》の表情に満ちています。

なんでしょう、この豹変《ひょうへん》っぷりは。つい先ほど暴れ狂っていた人と、およそ同一人物とは思えません。いっそ不気味なのですが。

「しょせんは異教徒。人と同列に扱い、言葉で諭《さと》そうなどとした、わたくしが間違っておりました。いまだ御心に及ばぬこの身の不徳《ふとく》と愚かさをお許しください……」

ついには独り言を呟《つぶや》きはじめましたよ。

こちらをほっぽり出して、熱心にどなたかと会話中のようですね。まあ、彼の脳内〝だけ〟におわすという神様なのでしょうけれど。

どうせなら、その姿をこちらからも見えるようにしてもらい、とことんまで論議《ろんぎ》して、大神官様の行動の是非《ぜひ》を問いたいですね。彼の信じる神様の言い付けでしたら、耳を傾けてくれるでしょうし。

大神官様はこちらなどすでに眼中にないように背を向けて、床に這《は》い蹲《つくば》ったまま祈祷《きとう》の真っ最中です。

すでに五分が経過中です。どうしたものでしょうね、これ。

ネネさんと顔を見合わせて困惑します。

相変わらず、言動も思考も、常軌《じょうき》を逸《いっ》しています。少なくとも、私の常識とは。

自分の常識は他人の非常識といいますが、ここまで常識の乖離《かいり》した方と出会ったのは初めてです。このような方と、話し合い理解し合うなど、本当に可能なのでしょうか……？

「ええ、心得ました、我が神よ――御身の御心のままに。我が神に願い奉る。我が欲するは魔を滅《めっ》する破邪《はじゃ》の檻《おり》」

「っ！　いけないっ、タクミさん！」

「はい？」

完全に油断していました。

駆け寄ろうとしたネネさんが、視界を覆った青い透明の壁に阻《はば》まれます。

いつの間にか、私とネネさんを分断するように、青白く輝く半円球の光の壁が、私のみを覆い尽くしていました。

これは……魔法でしょうか。

祈祷《きとう》の最中、呪文――ではなく〝祈り〟でしたか。密《ひそ》かにそちらに移行していたようです。

すっかり油断してしまったこちらのミスですね。

内側から光の壁に触れようとしますと、近付けた指にぱちりと火花が散りました。高圧電流の類《たぐい》でしょうか。とはいえ、拘束《こうそく》系の魔法でしたら、〈万物創生〉スキルがありますから、脱する手段はいくらでもあります。

「ネネさん、少し下がっていてくださいね」

『アサルトライフル、クリエイトします』

貫通性の高いライフルを創生しまして、光の壁に向けて乱射《らんしゃ》します。

しかし、弾丸は光をすり抜けて、部屋の壁に弾痕《だんこん》を残すのみでした。

ならばと新たに創生した刀で斬《き》りつけますが、こちらも刃先が透過《とうか》してしまいます。どうやら特殊な魔法のようですね。

神聖魔法ということですから、人命にかかわるものではないでしょうが、このまま拘束されるわけにはいきませんね。最悪、大神官様に都合のいいように、謂《いわ》れなき咎人《とがびと》として捕縛《ほばく》されないとも限りません。

「神に願い奉ります！　戒《いまし》めを排《はい》する聖なる光を与え給《たま》え――ホーリーディスペル！」

狼狽《ろうばい》したネネさんが、神聖魔法で対抗しようとしたようですが、生まれた白い光は青い光と混じり合って消えてしまいました。

「ふひっ！　ふほほほっ、ふほほほほほ――！」

室内に哄笑《こうしょう》が木霊《こだま》します。声の主は当然、大神官様でした。隠そうともしない愉悦《ゆえつ》に顔を歪《ゆが》めながら、高笑《たかわら》いを続けています。狂騒《きょうそう》再びといったところでしょうか。

「無駄無駄無駄無駄、無駄なのですよ、聖女様！　いくら貴女様の神聖魔法とはいえ、同属性の神聖魔法で解除《かいじょ》することは叶《かな》いませぬよ!?」

「大神官様！　このような無体は即刻お止めください！　人間相手に破邪滅殺《はじゃめっさつ》の法の行使など、行きすぎです！　貴方は、生命を侵すなかれの教えにすら背くおつもりですか!?」

え？　滅殺……ですか？

「なにを仰《おっしゃ》られますやら！　彼奴《きゃつ》は悪魔！　しかも、聖女様をかどわかし、神を愚弄《ぐろう》する不届き者！　その罪は万死《ばんし》に値します！　畏《おそ》れ多くも神に敵対する魔の遣いなれば、聖なる光にて浄化《じょうか》されるが必然！　さあ、最高位の神聖魔法にて、塵《ちり》と化しなさい！　神よ、悪しき存在を滅する御力を顕現《けんげん》させ給《たま》え――」

「駄目《だめ》ぇ！　タクミさん！」

ネネさんの悲痛な叫《さけ》びが耳を打ちます。

……甘く見ていましたね。神聖魔法というからには、他者を害するものがないと決めてかかっていたこともそうですが、仮にも神職、その最高地位にある者が、こうも容易《たやす》く禁《きん》忌《き》を犯《おか》そうとするとは、考えていませんでした。

脱出の手段はいくらか思いつきはしますが、この狭い屋内では周囲ごと崩壊させかねません。

そうなりますと、ネネさん――あと、ついでに大神官様も、生き埋《う》めは必至でしょう。

それは避けたいところです。

これはもしかして、大ピンチというやつではないのでしょうか。

「ひゃひゃっひゃっ！　貴様はこれから死ぬのだ！　偉大な神の御力で、魂《たましい》まで砕《くだ》けて無に帰《き》するとよいわっ！　この神の代行者たるわたくしに向かって、散々大言を吐《は》いてくれおったな⁉　さあ、悔《く》い改めよ！　そして惨《みじ》めに死ね！　ひゃはははは！　ほーっほほほほ！」

なんて腹が立つ笑い声なのでしょう。

床に寝転がりながら、駄々っ子のように両足をじたばたして狂喜しているさまが、イラッと来ます。

じわじわと光の半円球が狭《せば》まってくるあたり、いたぶるだけいたぶってから嬲《なぶ》り殺しにする魂胆《こんたん》なのでしょう。

使用者の人格が反映しているようで、唾棄《だき》したくなるほどいい趣味してますね。

「タクミさんっ！　タクミさんっ！　もう、おやめください、大神官様！」

外側からネネさんが光の壁にソファーをぶつけていますが、びくともしないようです。

そうこうしている間にも壁はどんどん狭まり、身体に触れそうになってきています。これはさすがにまずそうですね。

こうなれば、一か八《ばち》か床をぶち抜き、階下に移ることを試みるしかありません。

ただ、この半円球が、実際は床を透過した球体の可能性も拭《ぬぐ》えません。

――ピー！

「おおぅ⁉」

突然、どこからともなく鳴り響いた音とともに、目の前に半透明のプレートが出現しました。

思わずびくっとなってしまい、仰《の》け反《ぞ》った拍子《ひょうし》に危うく背中から盛大に光の壁に突っ込んでしまうところでしたよ。

ここにきて自爆などと、冗談《じょうだん》ではありません。

なんと、このタイミングで、例の〝はい　いいえ〟のご登場ですよ。

以前から時間や場所を問わず出ていましたが、なにも今でなくとも。

しかも、今回は謎の音付きです。もうちょっと、場の空気を読むとかないのでしょうかね、あなた。

とにかく、音はけたたましく鳴りっ放しで、プレートは視界のど真ん中に陣取っていますので、煩《わずら》わしいことこの上ないです。

いつものように、さっさと選択して消して、脱出行動に移らないといけませんね。

**k0f55es0cde3 の背神《はいしん》行為が確認されました。**
**承認を解除しますか？　　　はい　　　いいえ**

……背信……いえ、背神、ですか？　なにやらいつもと文面が違いますね。なんでしょう？

って、のんびり考え込んでいる場合ではありませんね。

時間もありません、ここはいつものように、迷ったら〝はい〟を――と、押しかけた指が止まります。

そういえば、ネネさんに言われていましたね。「あたしだったら、怖いから絶対に〝いいえ〟ってするかな」と。

たしかにそうかもしれません。この際、どちらでもいいですので、ここは〝いいえ〟を――と、押しかけた指がまた止まります。

なぜこの非常時にこんなことで悩んでいるのか、自分でも不可解ですが、どうでもいいような気がしません。

「ふひゃははは！　なにをごそごそとしておる⁉　迫る死の恐怖でついに気でも触れたか⁉　いいぞ、悔《く》いろ！　もっと悔《く》いろっ！　そして己が愚かさを噛《か》み締《し》めながら、惨《みじ》めに死ぬがよい！　さあ、神よ！　我が神よ！　御身に背いた不逞《ふてい》の輩《やから》に、天罰《てんばつ》の刻《とき》ですぞっ⁉　大いなる神の御力の前に、伏して灰燼《かいじん》と帰すがよい！」

すみません、ネネさん。

やっぱり迷ったら押すべきは――〝はい〟でしょう。ぽちっとな。

「セイント・ノヴァ――！」

「やめて、いやっ！　タクミさん――！」

大神官様が狂気の哄笑《こうしょう》とともに両手を振り上げ、ネネさんが泣きながらこちらに手を伸ばし――

その恰好《かっこう》のまま、数秒が経過します。

一秒、二秒、三秒……

おや？　なにも起きませんね？

結局、選択に手間取ったせいで間に合わず、なんの対処もできませんでした。

身構えたまま、反射的に瞑《つぶ》ってしまっていた目を、おそるおそる片方ずつ開けてみます。

最後に見た光景となんら変わらないようです。ただし、ひとつだけ。青光を放っていた光の壁が、色をなくしてしまっています。

シャボンの泡のようになった表面に触りますと、ぽんっと小気味いい音を立てて、壁は消えてしまいました。

「タクミさん！」

いち早く金縛《かなしば》りから解き放たれたネネさんが、感極まって飛びついてきます。

「よく無事で……なにをしたの？」

「さあ……？　強《し》いていえば……ぽちっとな、でしょうか」

「ぽちっとな？」

「以前に話した〝はい　いいえ〟のことですよ。今回は、なにやら背神が云々《うんぬん》、承認の解除がどうこうと訊《き》いてきましたので、とりあえず〝はい〟と押しただけでして——ああ、いえ！　別にネネさんの意見を無視したというわけではありませんからね？　やはり迷ったときには〝はい〟のほうが落ち着くといいますか——」

しどろもどろになってしまいます。

「……背神？　……解除？　それって……」

「ああああああああああああ——‼」

私たちの会話を掻《か》き消すように、大声量の叫《さけ》び声が響きます。

大神官様でした。彼は何事かを絶叫《ぜっきょう》しては、流血するほどに額を床に打ちつけています。

「ああ——これも駄目《だめ》！　なぜ、使えないのです⁉　これも——ああ、これさえも——！」

こちらに見向きもせずに、といいますか、それだけの余裕もなさそうで、一心不乱に独り言を繰り返しています。

取り乱しているどころではなく、錯乱《さくらん》に近い状態のようです。

「……どうしたのでしょうね？」

「さっきから繰り返しているこれ、いろんな種類の初級の神聖魔法……？」

「あ゛あ゛あ゛——！　神よ、我が神よ！　お慈悲《じひ》を！　お慈悲《じひ》をぉぉ！　神の従僕《じゅうぼく》、敬虔なるこの身の全霊を捧げ、我が神に伏して伏して願い奉る！　どうかどうか！　聖光にて暗き闇を照らし給《たま》え！　ホーリーライト！」

今のは私も聞いたことがありますね。

ファルティマの都を訪れた初日、ネネさんに神聖魔法の説明を受けたときに見せてもらいました。

ですが、あのときのネネさんには発光する球体が現われたはずですが、今は肝心なそれが見受けられませんね。

「ホーリーライト！　ホーリーライト！　ホーリーライト！　ホーリーライト！　ホー、リー……ライ……ああっ、ああああああ……！」

膝立ちで、天を仰《あお》いでいた大神官様が、そのまま仰向《あおむ》けに倒れ込みました。

しかも、声を荒《あら》らげて恥も外聞《がいぶん》もなく、泣き出してしまいました。まさに号泣《ごうきゅう》です。

「これは……もしかして、神の加護を失ったの……？」

「どういうことですか？」

「うん、タクミさんには説明したよね。神聖魔法を使うには、〝誓約の儀〟――神への誓約が必要だって。今のホーリーライトは〝誓約の儀〟を終えた見習い神官が、最初に使うことができる神聖魔法なの」

「つまり、それすら使えなくなったということは、一切の神聖魔法を失ったということですか？」

「それだけじゃないわ。一度結んだ誓約が破棄《はき》されるなんて、前代未聞《ぜんだいみもん》よ。信じる神から完全に拒絶《きょぜつ》されたということだから。大神官どころか、低位神官の資格すら失った……うん、一般の信徒以下の立場になってしまったということね……」

「神よ！　我が神よ！　ああ——永年、あれほど身近に感じていた御身の御力が感じられません！　なにも！　なにひとつ！　ああ、どうしてなのですか⁉　御身を愛し、御身のためにすべてを捧げてきたわたくしを、お見捨てになったというのですか⁉　なぜです、神よ、お答えください！　神よ神よ神よ！　神神神神神神神神神神神神神神神神神神神神神よ——！」

大神官様……いえ、もはや元大神官様になるのでしょうか。

あまりの絶叫《ぜっきょう》に喉が破けて血の泡を吹いており、涙は血涙《けつるい》となって床に血溜《ちだ》まりを作っています。

やがて、絶叫《ぜっきょう》も泣き声もやみました。

床に大の字に横たわる彼は、虚《うつ》ろな視線を宙に彷徨《さまよ》わせています。

毛髪はところどころ抜け落ち、深い皺《しわ》はいっそう深くなっており、もともと七十近い高齢とのことでしたが、今では百歳を超えるほどの小さな弱々しい老人にしか見えません。

「……これも因果応報《いんがおうほう》というものでしょうか。神様はきちんと見ていたということですかね……」

抜け殻《がら》のようになった姿から、彼にとってどれほどのものが一瞬にして失われたのか、

わかるような気がします。

彼も、最初は敬虔な一信者だったはずです。それが神官となり、半世紀以上も神に仕え――大神官という最高位まで上り詰めて、どこで道を誤ったのでしょうか。

いろいろ間違いだらけでしたが、少なくとも信仰心という一点だけでは、彼はまさしく第一の信徒だったのでしょう。

そう思いますと、この結果は哀れでしかありませんね。

◇◇◇

あの大神官様の一件から、すでに三日が経過しました。

教会内部では、上を下への大騒ぎだったようですね。

もともと部外者の私は蚊帳《かや》の外でしたが、聖女であり現場にいた渦中《かちゅう》の人であるネネさんは、それはもう大変だったそうです。

大神官の突然の退任――

人の口に戸は立てられないものでして、ファルティマの都ではすでに憶測《おくそく》まじりの噂《うわさ》が飛び交っていました。

そのため、混乱を避ける意図でしょう、今日は取り急ぎ一般信者さんに対する公式表明が行われました。

場所は、都市の中央――あの〝福音の鐘〟が設置された尖塔の下の大広場です。

重要施設の密集《みっしゅう》地帯のど真ん中ということもありまして、普段は聖職者以外は立ち入りもできないものの、今回は一般信者さんのために開放されています。

さすがに経緯はあんまりですので省かれたのですが、大神官様が神様の加護を失ったこと、廃人《はいじん》のように成り果てて施設に収容されたことが、大広場に詰めかけた人々に報告されました。

あんなお人でしたが、意外にも一般信者さんには尊敬されていたようですね。悲しみ惜《お》しむ人たちが大勢いました。

表裏の激しい人でしたからね……今更ではありますが、同じ信徒に対する親愛を、他教徒にも向けていたら、きっと偉大なる傑物《けつぶつ》となっていたでしょうに。

信者さんたちや教会関係者の埋《う》め尽くす広場では、表明に引き続き、高位の神官様方による説教が行われています。

壇上《だんじょう》には聖女であるネネさんの姿もあり、ただ今、彼女のお話しの真っ最中です。

私は信者ではありませんが、ネネさんの厚意により、広場の片隅《かたすみ》でこっそり参加させてもらっています。

壇上に立つネネさんが豆粒くらいにしか見えないほどの距離がありますので、魔法で拡張されたネネさんの澄《す》んだ声だけが、届けられます。

「──残念なことに、大神官様は道を誤られました。神の教えは偉大です。しかし、我らは敬虔な神の信徒ではありますが、その前にひとりの今を生きる人間でもあります。自らの正当性の証明に、神の名を利用してはなりません。人の道を踏み外しての神の道など、あろうはずがないのです。神の教えは、人として正しく生きるためのもの──わたくしは、そのように神より啓示《けいじ》を賜《たまわ》りました」

はて、どっかで耳にしたような内容ですね。

それにしても、ネネさんの聖女様っぷりも板につき、こんな大勢を前にして堂々としたものです。

もはや気軽にお嬢さんといえませんね。ご立派になられました。

なんだか、孫の成長を見守るお祖父《じい》ちゃんの気分でして、胸がいっぱいになりますよ。

つつがなく説教も終了し、解散となりました。

信者さんの中には、説教に感銘《かんめい》を受けたのか、広場で跪《ひざまず》いたまま祈りを捧げて動かない人たちもいました。

そんな熱気冷めやらぬ広場を、帰路に着く人の流れと逆行して、壇上のほうに向かいます。

数人の神官様たちと立ち話をしていたネネさんがこちらに気付き、話を切り上げて小走りで駆け寄ってきました。

「タクミさん、本当に来てくれてたんだ」

「お話し中にお邪魔してしまったようですね。よろしかったのですか？」

「あ、大丈夫！　これからのちょっとした打ち合わせだけだったから。この後、別に話し合いの時間は取ってあるし」

先ほどまでの厳粛《げんしゅく》そうなイメージではなく、いつもの気安いネネさんです。

私としては、こちらのほうが落ち着きますね。

「そうでしたか。先ほどは素晴らしいお説教でしたね」

「そう？　さすがにこの人数を前にしてけ初めてだったから、緊張しちゃった」

「いえいえ、そんな素振《そぶ》りは窺《うかが》えませんでしたよ。実に堂々としたものでした。ただ、内容の一部に、どこかで聞いたことがあるような一節があったのですが……」

「やっぱり、わかっちゃった？」

ネネさんはぺろっと舌を出し、ころころっと笑います。

「あのときのタクミさんの言葉が胸に響いてさ、引用しちゃった！」

「よろしいのですか？　引用は光栄ですが、それを神の啓示と称するのも……」

「いいんじゃない？　それはそれで、間違ってるわけでもないんだし」

「……？　ええ。たしかに私としても間違ったことを言ったとは思っていませんが……」

なにやら少しニュアンスが違うように感じたのは気のせいでしょうか。

「それに、ああして公言したからには、教会内での牽制《けんせい》にもなるでしょ？」

なるほど。永年の大神官様の意向が染みついた教会だけに、今後、同じ考えで愚行《ぐこう》を侵す輩《やから》が出てこないとも限りません。

大神官様の行動を間違った前例として挙げた上で、聖女様がそのような神の啓示を受けたとあれば、皆さんもこれからの行動を是正《ぜせい》せざるを得ないというわけですね。

すでに実例として神様からの審判《しんぱん》は下《くだ》っています。二の舞になりたくなければ、ということでしょう。見事なものです。

「次の大神官に就任《しゅうにん》予定の方は、前大神官派閥《はばつ》の対立派で、人格者で知られる方だから心配はないとは思うんだけど……大所帯《おおじょたい》だけに、纏《まと》め上げるのもたいへんそうなの。あたしもできることから、少しずつでも意識改革していかないとね。ただでさえ、前大神官様の失脚《しっきゃく》とともに、出てくる出てくる――裏事情がすんごいことになっているから。頭の痛いところよね」

「前大神官様は、どうなったのですか？」

「……心神喪失《しんしんそうしつ》状態ね。錯乱《さくらん》して暴れるから、今は格子《こうし》付きの病室に入れられているらしいけど……日がな一日、格子越しに窓の外を見上げては、祈りを捧げて泣いてるって。それでも、そうしている今がまだマシなのかも。正気《しょうき》に戻ったら、法に照らし合わせて極刑《きょっけい》は確実らしいから……」

「……そうですか」

哀れなものです。道を誤った末路《まつろ》とは、悲惨《ひさん》ですね。そうなりたくはないものです。

私も人としての道を踏み外さないように、いっそう心掛けないといけませんね。

「それで、ネネさんはこれからもこちらに？　──と、愚問《ぐもん》でしたね」

「うん。やれるだけのことはやってみるつもり。これでも、どうするか悩んだんだよ？　でも、悩んだときは〝はい〟なんでしょう？　だから、あたしもそれにあやかってみようかな、って」

「これは一本取られましたね」

ネネさんがくすくすと笑っています。

冗談《じょうだん》めかしてはいるものの、あの日の決意を聞いていましたから、そうではないかとは思っていました。教会はこれから大変でしょうが、ネネさんは決意と希望とやる気に満ちています。

もし、聖女という重責《じゅうせき》に押し潰《つぶ》されて暗い影を落とすようでしたら、多少強引にでも私と一緒にと冒険者に誘うつもりでしたが、どうやら杞憂《きゆう》のようですね。

「タクミさんこそ、これからどうするの……かな？　タクミさんさえよければ、あたしのサポート……いえ、傍にいてくれるだけも心強いんだけどな……あ！　もちろん衣食住は保障するよ⁉　タクミさんは生真面目《きまじめ》だから、仕事がしたいなら今の教会なら掃《は》いて捨てるほどやることはあるし！　って、これはメリットじゃないよね。ああ、とにかく、どうかなっ⁉」

両手を熱烈に握られながら迫られます。なかなかの押しの強さです。

知らない仲ではありませんし、メタボな王様からの窮地《きゅうち》を救ってもらった恩もあります。

それに、ネネさんはこの異世界では一番の旧知《きゅうち》、そして前途《ぜんと》に燃える彼女を、手助けしてあげたいという気持ちもあります。

――ですが。

「申し出はひじょうに嬉しいのですが……申し訳ありませんが、先約がありまして。私はラレントの町に戻らないといけないのです」

ラレント町で冒険者になる。カレッツさんたちとの約束を反故《ほご》にするわけにもいきません。

あの方々にも多大なご迷惑をおかけしています。まずはその義理を果たさないといけません。

「……そっかー。残念、振られちゃったかぁ。でも、また会いには来てくれるでしょ？」

「それはもう。ラレントの町とこの都とは、そんなに離れていないようですし。落ち着いたら、すぐにでも顔を出させてもらいますよ」

「ん。やたっ、よかった。これでまたやる気出そう！　そのときを楽しみにして、がんばろ！」

ネネさんは晴れやかな顔で大きく伸びをしました。

「どうせ、忙しさに追われるだろうから、あっという間だろうしね！」

おどけて軽口《かるくち》をいえるあたり、ネネさんは大丈夫のようですね。安心しました。

「訪れる際には、事前にご連絡しますね」

「それはいいかな。電話もないし、こっちの一般の情報網は全然発達していないから、きっと手紙だったら届く前に着いちゃうでしょうしね。それに、タクミさんがここに着いたら、すぐにわかると思うし」

ネネさんが意味ありげに背後の尖塔を見上げます。はて。

「出立はいつなの？」

「滞在期限が今日までなので、もう少ししたら馬車の停留所に向かわないといけませんね」

もともと手荷物はなきに等しいので、いつでも準備万端《ばんたん》です。

「えっ、そうなの？　しまった、早く確認しとくんだった……これから、教会の重鎮《じゅうちん》たちとの会議なの。新しい大神官の就任のこともあるし、外せないの。見送りしたかったけど、ごめんね」

「いえいえ、お気になさらず。今生《こんじょう》の別れというわけでもありませんから、またすぐに会えるでしょうしね。それに、今の状況で聖女様からのお見送りを受けるとなりますと、ちょっとした騒動になりかねませんしね。質問攻めに遭《あ》ってしまいそうですよ。ははっ」

「ふふっ。たしかにそれもそうかも」

楽しそうに笑っています。こうしたネネさんの笑い顔も、しばらくは見納めですね。

これから辛《つら》いこともあるかと思いますが、頑張《がんば》ってほしいものです。

この地の神様も、きっと応援してくれることでしょう。頼みましたよ。

その後、他愛《たあい》もない話で和《なご》んでいるところに、教会の方がネネさんを呼びにこられたので、そこで別れることにしました。

姿が見えなくなるまで、ネネさんは手を振っていてくれました。

親子どころか、孫ほどの歳の差ですが、彼女とはいい友人関係になれたと思います。

思い起こすと、ネネさんへのお礼を述べるためにラレントの町を出発してから、実に長い旅路でした。

日数以上に、内容の濃い旅だったと思います。いろいろな地へ赴《おもむ》き、さまざまな人と出会い、多くの体験を経ることになりました。

私の異世界での初めての旅路は、こうしてファルティマの都でネネさんとの別れをもって幕を閉じたのでした。

# あとがき

皆様、はじめまして。二度目の方はお久しぶりでございます。作者のまはぷるです。

この度は、文庫版『巻き込まれ召喚!? そして私は『神』でした??2』をお手にしていただき、誠にありがとうございます。


本作は元々Ｗｅｂ小説だったこともあり、ほぼ毎日、物語を更新していました。思い起こせば大変な日々ではありましたが、思うがままに書き連ね、それが読者様に受けが良かったときなどは舞い上がり、のめり込むように筆を走らせたものです。

ただし、連日ともなりますと、時間的に書き続けることが難しい日もあり、そのようなときには〝書き溜め〟した分で更新をして凌いでおりました。

そんなときです。ちょうど物語的には、この二巻の中盤《ちゅうばん》あたりを執筆していた頃でしょうか……使っていたパソコンがお亡くなりになりました。書き溜めていた分もろともに。

スマホの操作が壊滅《かいめつ》的に苦手な私は、執筆にはパソコンを用いていました。それまでも、保存する前にファイルを閉じてしまったり、誤って文章を消してしまったりして一話丸々書き直し、などということはあったのですが、よもやパソコン本体が逝《い》ってしまうとは……

当時は、二ヶ月ほど続けていた更新が止まったことと、新しいパソコンを用意するまで再開の見通しが立たないことに、申し訳なさと悔しさで絶望したのを覚えています。

しかし同時に、その際に頂いた読者様方からの慰めや励ましの温かいお言葉に救われたことも、深く記憶に残っております。

結局、復帰まで半月ほどを要してしまいましたが、それでも再開の折には温かく迎えていただきました。お心当たりの方がおられましたら、この場をお借りして御礼申し上げます。

とまあ、そんなこんなと物語の外でも色々とあった今作ですが、今では文庫版のみならず、アルファポリスのＷｅｂサイトではコミカライズもされています。よろしければ、漫画家のトミイ大塚さんの手による文庫版とは一味違った漫画の世界もお楽しみください。

それでは、次回またお会いできることを心待ちにしております。

二〇二一年一月　まはぷる

**ネットで人気爆発作品が続々文庫化！**

# アルファライト文庫 大好評発売中!!

借金返済から竜退治まで、なんでもやります

## 世話焼き職人！

困った時は俺を呼べ！

## お人好し職人のぶらり異世界旅 1～3

**1～3巻 好評発売中!**

**電電世界** DENDENSEKAI　illustration シソ（1～2巻） 青乃下（3巻）

**技術とチートでお悩み解決！**
**お助け職人が今日も行く！**

電気工事店を営んでいた青年、石川良一はある日、異世界転移することに。ぶらり旅する第二の人生……のはずが、困っている人は放っておけない。分身、アイテム増殖、超再生など、神様から授かった数々のチートと現代技術でお悩み解決。料理を振る舞い、借金姉妹を助け、時には魔物を蹴散らして、お助け職人が今日も行く！ お助け職人の異世界ドタバタファンタジー、待望の文庫化！

文庫判　各定価：本体610円+税

アルファライト文庫

この作品に対する皆様のご意見・ご感想をお待ちしております。

おハガキ・お手紙は以下の宛先にお送りください。

【宛先】

〒150-6008 東京都渋谷区恵比寿4-20-3 恵比寿ガーデンプレイスタワー 8F
(株) アルファポリス 書籍感想係

メールフォームでのご意見・ご感想は右のQRコードから、
あるいは以下のワードで検索をかけてください。

アルファポリス 書籍の感想 検索

ご感想はこちらから

本書は、2019年1月当社より単行本として
刊行されたものを文庫化したものです。

# 巻《ま》き込《こ》まれ召喚《しょうかん》!? そして私《わたし》は『神《かみ》』でした??2

まはぷる

2021年2月20日初版発行

文庫編集－中野大樹／篠木歩
編集長－太田鉄平
発行者－梶本雄介
発行所－株式会社アルファポリス
〒150-6008東京都渋谷区恵比寿4-20-3恵比寿ガーデンプレイスタワー8F
TEL 03-6277-1601（営業） 03-6277-1602（編集）
URL https://www.alphapolis.co.jp/
発売元－株式会社星雲社（共同出版社・流通責任出版社）
〒112-0005東京都文京区水道1-3-30
TEL 03-3868-3275
装丁・本文イラスト－蓮禾
文庫デザイン—AFTERGLOW
（レーベルフォーマットデザイン－ansyyqdesign）
印刷－中央精版印刷株式会社

価格はカバーに表示されてあります。

落丁乱丁の場合はアルファポリスまでご連絡ください。

送料は小社負担でお取り替えします。


ISBN978-4-434-28504-2 C0193